楚辭探考

炳正題

紀念祖父之銘先生逝世四十五周年

在瀛

目錄

前言

荊山高迴接重霄，百代空聞產玉瑤。
和氏忠良雙刖足，屈平耿介最蕭條。
江楓隱恨愁霾雨，峽水鳴冤起怒潮。
楚老相逢因有意，彩絲猶得繫長蛟。

——《荊山》

西元一九八二年六月，在屈原故里秭歸舉行了屈原學術討論會。端陽節前夕，我寫了《荊山》詩悼念屈原，並向大會呈上一篇論文《屈原的民族精神略論》，後來登載在《屈原研究論集》上。這次盛會是對多年來的屈原研究工作的一次總結，也是對屈原研究隊伍的一次檢閱。我因爲教先秦兩漢魏晉南北朝文學史，對屈原與楚辭以及與之相關的問題並不陌生。

但是說不上「研究」，以往僅僅在課堂上傳授習見的知識而已。

秭歸會議之後，我經常記掛著屈原與楚辭問題。好生奇怪，屈原一人獨創了騷體，而且空前絕後，百代無匹，這本領是怎樣獲得的？五言詩的形成和興盛，經歷了漫長的歲月，格律詩的形成也由於六朝人的長期蘊釀，而騷體的成熟卻是突發式的。文學史上說楚國有民歌，有地方音樂，有原始宗教的巫風等等，都是楚辭產生的基礎。說法雖然不錯，但靠這幾首民歌、幾章樂曲就能孕育出以六言爲主的十分成熟的《離騷》？《離騷》、《天問》、《九歌》、《招魂》在體制上差別很大，屈原也像杜甫一樣，乃是各種體裁兼備兼善的詩人？屈原是楚國詩人協會的主席，一生專門從事各種詩體的創作實踐？《四庫提要·集部總敘》說：「古人不以文章名，故秦以前書無稱屈原、宋玉工賦者。洎乎漢代，始有詞人，迹其著作，率由追錄。」如此說來，屈原活著的時候，靠什麼出名？他是先當三閭大夫、後當左徒，還是先左徒、後大夫？他跟楚懷王有什麼特殊關係？屈原首次成功地運用了浪漫主義創作方法嗎？他從哪兒學來的？劉勰說：「酌奇而不失其貞，玩華而不墜其實」，是主張現實主義與浪漫主義相結合嗎？屈原的作品能稱「賦」嗎？所謂「屈原賦二十五篇」，都是屈原的作品嗎？其中哪些是，哪些不是？劉安、班固、賈逵缺而不說的問題，王逸說得清楚嗎？還有屈原愛國問題，所謂法家政治家問題，屈原參加稷下學派活動問題，屈原否定論問題，以及楚辭注釋問題等等，都經常縈繞在我心中，有重新認識的必要，因爲過去的結論未必都正確。

當然，我對屈原的景仰，對楚辭的愛好，並不是由上述問題引起的，而是由於熟讀《離騷》的結果。每一次讀《離騷》，就感慨古往今來沒有第二個人能像屈原那樣峻潔高超，那樣善於歌唱自己。假如沒有《離騷》，到哪兒去尋找屈原的光輝形象？去聽司馬遷《屈原列傳》片斷的介紹嗎？去聽王逸的關於「忠臣」的說教嗎？去聽劉勰的「四同」、「四異」的審理報告嗎？可惜屈原缺少知音，生前被放逐，十分孤獨；死後也難以被人理解。在漫長的封建社會裡，劉安而外，有幾人說騷眞正高明？王逸、朱熹將楚辭作爲忠臣教科書，曾國藩的《聖哲畫像記》列出中國文化代表三十二人，竟沒有屈原的位置。或則郢書而燕說，或則買櫝而還珠，紛論舛錯，言人人殊。近、現代以來，由於考古工作的新發現，研究方法的趨新，使這門學問獲得新的生命。有窮畢生之精力研究屈原和楚辭的專家，也有偶然一回顧而見識卓異的學者，隊伍不斷地擴大，論文和專著逐年增加，使屈原與楚辭的研究成爲熱門，一直熱到今天。關於現、當代人的研究成果，已有高文評述，茲不妄說。拙著《楚辭探奇》別有天地，試圖對屈原和楚辭以及與之相關的問題作新的論考，目的是爲了求得眞事實，並非故作新奇。

第一篇《奇人屈原論》：以「十二證」證明屈原是一位職業性的浪漫人物，他由一名優秀的巫官而晉升爲宗族長兼祭司長——三閭大夫，所謂「左徒」之職，時間短暫，政績不顯。屈原是一位理想主義者，天才的藝術家。

第二篇《奇文〈離騷〉論》：分析詩人自我形象的五大特點，聯繫屈原一生的經歷，進一步闡明屈原的巫官作風。本篇是第一篇的補充、或問：你怎麼能把作品中的藝術形象與屈原本人等同起來呢？答曰：我從來沒有將兩者之間畫上等號，只說有廣泛的內在聯繫。難道說《離騷》、《九章》等主觀抒情的作品中的詩人自我形象與詩人自身毫無關係嗎？真是「心畫心聲總失眞」嗎？有位著名學者還提倡以史證詩，以詩證史呢！如何在我這裡又行不通了？

第三篇《神曲〈九歌〉論》：認爲《九歌》是神曲，十一篇中有九篇是九種神祇的專場歌舞，故曰《九歌》，天數曰九，地數曰八，故「九歌」與「八闋」是有天壤之別的。屈原奉懷王之命編定《九歌》，祀於南郊，用於「兵禱」。

第四篇《巫詩〈天問〉論》：認爲《天問》不是屈原書壁之作，不是抒情詩，而是巫史所傳唱的啓示錄、教育詩，僅在末尾有幾句是屈原加上去的感嘆的話。《天問》述史，《九歌》娛神，功用有別，目的一致，都是爲了鞏固楚王的統治。

第五篇《〈招魂〉自招論》：認爲《招魂》的開頭和結尾是屈原自己作的，而主體部分招魂詞本是工祝巫官製作並保存下來的口頭文學，屈原借用來自招生魂。

第六篇《〈九章〉抒怨論》：認爲《九章》是研究屈原的生平和思想的可靠依據，可以用來證明屈原的巫官職任以及與懷王的特殊關係。屈原「受命詔以昭時」與《周禮・春官》

所言巫官保章氏「以詔救政」相同。

第七篇《〈遠遊〉避世論》：認爲屈原在無路可走的情況下產生出世思想，與《離騷》的「從彭咸之所居」實質是一碼事。

第八篇《屈原愛國論》：認爲屈原愛楚國、愛故鄉實乃久已形成的楚民族精神的體現。

第九篇《鯀功考》：考證鯀治黃河的功績，說明屈原三次爲鯀鳴冤，實是替自己鳴冤。

第十篇《聞一多〈楚辭校補〉讀後》：盛贊一多先生的考索之功及愛國精神，他與屈原千載同心，學者、詩人兼鬥士的一多永遠是我們的師表。

第十一篇《騷、經不同論》：認爲楚辭改變了經典的文風，《離騷》作而文辭之士興。

第十二篇《騷、賦不同論》：指出班固納騷於賦的錯誤，分辨騷與賦的不同特點，闡明賦的歷程。

第十三篇《〈鸚鵡賦〉——屈騷的嗣響》：介紹東漢末年的著名狂士禰衡及其《鸚鵡賦》的價值。禰衡以孔子信徒自居，而他的抒情小賦卻深得屈騷的風骨。

第十四篇《咽咽學楚吟》：認爲李賀堪稱屈子的苗裔，他的歌詩奇麗虛幻的作風，是《離騷》、《九歌》藝術風格的繼承和發揚。

第十五篇《餘論》：重申屈騷的成功是宗教意識與文學創作相結合的成果，屈原研究應當擴展到受屈原沾溉的後世作家、藝術家及其作品方面。

總此十五篇，暫告一段落。其中某些觀點，實受比較宗教學、文化人類學的啓發。屈原與楚辭的研究也是心靈的科學的一個分支，心靈的科學，必須用科學的心靈去對待它，從前的由現象到現象的研究方法，已爲歷史比較的推論、文學美學的批評以及心理學的考察所取代。《楚辭探奇》是在筆者以往發表的論文的基礎上寫成的，它未能總結專家學者的豐碩成果，僅在一個「奇」字上作些新的探索。在寫作過程中，曾向中國屈原學會會長湯炳正教授請益，得到指教和鼓勵，謹此致謝。

鄭在瀛

一九九二年五月二十五日

一　奇人屈原論

引言

屈原是中國第一位偉大詩人，他同希臘文學之父荷馬一樣享有崇高的聲譽，又具有極大的神秘性。近代以來，疑古的風氣熾烈，有的學者否認荷馬的存在，認爲荷馬史詩不過是原有的民間神話和傳說，經過多人長期修改增益而成，屈原的情況比荷馬要好得多，他有自敘身世的長詩《離騷》傳世、有比他稍後的賈誼作《弔屈原賦》悼念他，有司馬遷替他作了深情的傳記，因此屈原的歷史地位是搖撼不動的。但是屈原是一個神秘人物，朦朦朧朧，令人把握不住，關於他的生平事跡，很難從他的作品中找到具體的答案。

一篇《屈原列傳》所能提供的眞實材料甚少，司馬遷自己就說不清楚。《漢書·藝文志

》所載「屈原賦二十五篇」，落實不了屈原作品的篇名。劉安、班固、賈逵都是博極群書的鴻儒，他們只對《離騷》作簡略的講解，其餘缺而不說。校書郎王逸作《楚辭章句》，以爲事事可曉，他用漢儒解經的辦法來詮釋屈宋諸騷，而乖謬實多。此后學者沿波，研究方法以「說文」爲本體，見仁見智，觀點上不出乎愛國忠君。到本世紀，廖平、胡適大膽懷疑，從否定屈原的著作權進而否定屈原其人的存在，既背離歷史事實，又違反人們的意願，結果招來詬罵。另一種傾向是把屈原愈放愈大，有意爲詩人潤色增華。當代的屈原研究仍是熱門，專家學者都拿出了很多富有特色的論著，已有高文評述，茲不妄說。拙文《奇人屈原》爲了求得眞事實，將另闢蹊徑，亦可避免疊床架屋、傷廉愆義之譏。新人物聞而撫掌，是所甘心；老先生見而陋之，固其宜也。

屈原是中國古代的奇人。

楚辭是中國古代的奇文。

我用這樣兩句話表明我對屈原和楚辭的基本看法，並非故意弔奇弄詭、聳人聽聞，卻可以說是別有一番用心。楚辭產生在二千年前，它以神奇妙麗的特質，贏得了無數讀者的喜愛，經久不衰，歷代研究楚辭的專家學者繩繩繼繼，數逾千計，可是無論怎樣的博學而詳說，也許是：「休夸此地分天下，只得徐妃半面妝。」①第一個稱楚辭爲奇文的人是劉勰，他在《文心雕龍．辨騷》的開頭說：「自風雅寢聲，莫或抽緒，奇文鬱起，其《離騷》（這裡以

《離騷》代表楚辭）哉！固已軒翥詩人之後，奮飛辭家之前，豈去聖之未遠，而楚人之多才乎！」能看出楚辭是奇文，眞了不起！但是楚辭爲什麼會奇？根本原因在哪裡？是因爲距離孔聖的時代不遠、孔子的靈光所孕化，影響的結果嗎？是由於楚人多才，故能別出心裁嗎？對這個問題，劉勰並沒有作出正確的回答，爾後衆多的楚辭研究者也說不清楚。

單靠楚辭箋證一類的書去認識屈原和楚辭，是不會有眞知的，必須作一種寬博的研究。美國聖經學家歐伯曼（J.0bermann）在葛瑞司曼（H.Gress-mann）所著《巴別塔》（Tower of Babel）一書的序言中說：「葛瑞司曼的研究證明，十九世紀的專深已讓步於二十世紀的寬博。不論是好或壞，語文的考訂，經文的評檢，以及來源的分析，這些都終爲歷史比較的推論（historic-comparative speculation）、文學美學的批評和心理學的考察所取代。正如所有心靈科學一樣，舊約聖經學所討論的已經不再是年代、人物和現象之類的問題，而是時期、環境和動態」（The Tower of Babel,1928）中國是一個史學發達的國家，重視已然的事實，眞實的記錄，不尙詭異之辭、譎怪之談，因而徵實有功，想像乏力。即使有很少的幾個人格調不凡，如莊周的荒唐、李白的浪漫、李賀的怪誕，但那是在無路可走的情況下的一種暫時逃避，誰能像屈原那樣長期自覺自願地與神靈混同一氣呢？

人們習慣於將楚辭之奇看成屈原的寫作技巧或者叫做創作方法上的浪漫主義，試問這種「浪漫主義」是怎樣獲得的？難道同他的生活方式、工作條件乃至家庭教養、個人成長等方面毫無關係？楚辭之奇的原因是很多的，但根本原因還在於它的主要作家屈原是一位奇人。何以知道屈原是奇人？從司馬遷、王逸那裡得不到這種認知，只能從屈原創作的和由他改編、傳唱的作品中去尋找答案。《楚辭章句》是一部總集，《四庫提要》認爲其中的《離騷》、《九歌》、《天問》、《九章》、《遠遊》、《卜居》、《漁父》是屈原的作品，正合乎《漢書・藝文志》所謂「二十五篇」之數。《四庫全書》集部總敘說：「古人不以文章名，故秦以前書無稱屈原、宋玉工賦者，洎乎漢代，始有詞人，跡其著作，率由追錄。」既是後人追錄，就很難準確無誤，《卜居》、《漁父》顯非屈子之作。又有人認爲《招魂》是屈原所作，乃至《大招》亦是。大體說來，屈原獨創的和加工的作品有三種不同的類型：

一、是關於個人在政治生活中遭遇不幸的憂愁幽思之作，如《離騷》、《九章》，這是瞭解屈原的思想和行蹤的主要依據；

二、是關於宇宙自然和歷史傳說的問難，這就是文義古奧的《天問》（《天問》很可能是經過屈原加工和傳唱的史詩，我另有專論）；

三、是經過屈原加工潤飾的祀神樂歌，這就是神奇妙曼的《九歌》。

這三種不同類型的詩歌，其內容和風格差別極大，而由屈原一人完成，則屈原其人必具有爲官從政而被讒見逐的經歷，必具有豐富的自然知識和歷史知識，必具有祀神的經驗和唱巫歌的本領。「屈原放逐，乃賦《離騷》。」②司馬遷說對了。但他僅僅道出了屈子賦騷的原因，並未說明賦騷的本領何由而得。中國歷史上被放逐、受迫害的忠臣義士該有多少！他們都有共同的怨和恨，可是有幾人能賦騷？無論是演《周易》的文王、作《春秋》的孔子，或是撰著《說難》、《孤憤》的韓非，他們都是發憤著書的人傑，卻沒有唱騷的本領和才情。換言之，文王長於卜筮，孔子深於歷史，韓非明於法治，而屈原善於歌詩，各人只能根據自己的擅長發憤，以表達述往思來的旨意。

聞一多在《神話與詩·屈原問題》一文中寫道：「我不相信《離騷》是什麼絕命書，我每逢讀到這篇奇文，總彷彿看見一個粉墨登場的神采奕奕、瀟灑出塵的美男子，扮演著一個什麼名正則、字靈均的『神仙中人』說話（毋寧是唱歌），但說著說著，優伶丟掉了他劇中人的身分，說出自己的心事來，於是個人的身世，國家的命運，變成哀怨和憤怒，火漿似的噴向聽眾，炙灼著、燃燒著千百人的心——這時大概他自己也不知道是在演戲，還是罵街吧！」講得好！屈原先是扮演「神仙中人」唱歌，後來直接歌唱自己的身世和國家民族的命運，唱出了彌天的怨憤，唱出了悅人的悲傷。這裡告訴我們一個底細，屈原本來就會歌唱。他的歌唱本領並不是唱騷的時候突然學會的，在此以前早就是職業的歌唱家。有人說，聞一多這一段話不過是文學家的想像之辭，如何能作爲證據？我認爲這不是想像，這是絕妙的理解，只有智慧方能理解智慧，只有天才才能發現天才，「知音其難哉！」③詩人兼學者的聞一多眞正是屈原的知音。聞一多說屈原是「優伶」，已經搔到了癢處，不過，屈原還不是一般的優伶，而是特殊的優伶，這一層，聞一多還未來得及將謎底揭穿，留下文章讓我們來做，但他給我們的啓示，卻照亮了探尋驪珠的道路。讓我大膽地說：屈原本是一名特出的宗教優伶，一名能歌善舞的巫官。他因爲年輕貌美，博學多才，受到楚懷王的青睞，一躍而登上政治舞臺，並且當上了左徒，「入則與王圖議國事，以出號令；出則接遇賓客，應對諸侯。」④他的卓越的政治才能和銳意改革的抱負充分顯示出來，因而受到楚懷王的信任。《惜往日》說：

惜往日之曾信兮，受命詔以昭時。
奉先功以照下兮，明法度之嫌疑。
國富強而法立兮，屬貞臣而日娭。
秘密事之載心兮，雖過失猶弗治。

可是好景不長，他很快從政治舞臺上跌落下來，原因是：「上官大夫與之同列，爭寵而心害其能。懷王使屈原造爲憲令，屈平屬草稿未定，上官大夫見而欲奪之，屈平不與，因讒之曰：王使屈平爲令，衆莫不知，每一令出，平伐其功，曰非我莫能爲也。王怒而疏屈平。」⑤多麼簡單，一個上官大夫的一次進讒，能使身爲左徒的屈原靠邊站。他還公然從屈原手中搶奪憲令草案，簡直無法無天。我們不禁要問：屈原在朝官心目中究竟有多少重量？表面上看，位高職顯，實際上無勢無權。他背後並沒有一個官僚群體來支撐他，甚至連一個幫助他闢謠弭謗的人都沒有。他像一隻獨行的孤獸，狂顧四周，卻沒有任何呼應的夥伴，滿腔的悲憤，空前的失落感，使他呼天搶地，歌哭無端。於是這位歌者在從政失敗之後，走向廣闊的社會大舞臺，開始了眞正偉大的歌唱：

長太息以掩涕兮，哀民主之多艱。

……

既莫足與爲美政兮，吾將從彭咸之所居。

——《離騷》

屈原沒有錯，所以他如此地執著，而他的失敗是注定了的，因爲楚國的統治集團太腐敗，政治環境太黑暗，無可救藥。屈原和他的父親屈伯庸本是楚國的文化人，政治上沒有實力地位，更不是核心力量，僅僅與楚王同姓又有什麼用？因此，屈原爲官參政，配合懷王推行新憲令，實在是一樁沒有基礎的勉爲其難的事情。《惜誦》說：

思君其莫我忠兮，忽忘身之賤貧。
事君而不貳兮，迷不知寵之門。

屈原在失敗之後才深深認識到貧賤者人微言輕，求進無門，遠不如那些世襲的朝官易於受到懷王的寵信。到底自稱貧賤的屈大夫出生在什麼樣的家庭？他的父親伯庸、姐姐女嬃都是些什麼樣的人？請諸君一聽狂夫之言、醬瓿之議。

屈原生於楚國的一個巫官世家，他一家人以巫爲業，不僅屈原是巫，女嬃也是巫，伯庸很可能是楚國大名鼎鼎的靈巫。下面我將以十二證來證成己說。

(一) 顓頊高陽氏與屈原的關係

《離騷》開頭八句詩便敘述了詩人身世的由來、生辰的吉利和名字的嘉美：

帝高陽之苗裔兮，朕皇考曰伯庸。
攝提貞於孟陬兮，惟庚寅吾以降。
皇覽揆余初度兮，肇錫余以嘉名：

名余曰正則兮，字余曰靈均。

從字面上看，不過是自我介紹，毫無奇怪之處。但是，試問在屈原以前，有誰這樣自敘身世？孔子有過嗎？諸子有過嗎？尹吉甫、寺人孟子等詩人有過嗎？⑥沒有。在屈原之後，司馬遷自敘身世也很詳細，但於自己的生辰、名字並未考究。屈原如此不憚煩地交代自己的一切，似乎是蒙受了絕大的冤屈而急需辯明，而申辯的方式與巫的關係極大。一開始便稱述顓頊高陽氏，正是濫觴於遠古時代的祖先崇拜的遺習，而祖先崇拜在「宗教史上所起的作用大得無與倫比。」⑦如果僅僅為了說明與楚王同姓，那就該稱述鬻熊或熊繹，他們才是楚王的遠祖近宗，何必扯得那麼遙遠？

顓頊的聲名地位遠在楚國的封君之上，他不僅是楚民族的開山老祖，也是諸夏之先祖，遠古之帝王，同時又是一位宗教領袖，不僅主管人事，而且過問鬼神，是一位被神化了的老祖宗。《史記．五帝本紀》說：「顓頊靜淵以有謀，疏通而知事，養材以任地，載時以象天，依鬼神以制義，治氣以教化，潔誠以祭祀。北至於幽陵，南至於交阯，西至於流沙，東至於蟠木。動靜之物，大小之神，日月所照，莫不砥屬。」顓頊既是老祖，又是神靈；既是人君，又是神君。《國語．楚語下》說，少皞金天氏的末世，「九黎亂德，民神雜揉，不可方物，夫人作享，家為巫史，無有要質。民匱於祀，而不知其福。」顓頊即位，「乃命南正重司天以屬神，命火正黎司地以屬民，」絕地民與天神相通之道，使神與民不相侵瀆。於是溝通人與神的關係全靠巫官，巫官即神官，主接神。顓頊「絕地天通」，卻大大提高了巫官的地位。屈原崇拜顓頊，自詡「帝高陽之苗裔」，是將祖先崇拜和神靈崇拜結合到一起了。這是他的巫職習慣使然，他是神的子孫，並非強調「與君共祖」。《遠遊》說：「高陽邈以遠兮，余將焉所程？」又說：「軼迅風於清源兮，從顓頊乎增冰。」屈原思慕顓頊，以他為效法的榜樣，只恨邈遠難追。但仍能鼓足勇氣，令其騎從飛快地超越疾風（北風），免為所吹，直達於北海，在那北極「群冰之野」（《淮南子，地形訓》）終於追上了顓頊。董楚平《楚辭譯注》以為《遠遊》一篇中「高陽」與「顓頊」分別並提，疑為二人，實是誤解。《離騷》中既稱「舜」，又稱「重華」，《天問》中既稱「伯昌」，又稱「西伯」，其人不異，稱謂不同。

總之，上古之世，宗教與行政合一，顓頊為人間帝王，又是神界領袖，他的「絕地天通」是宗教上的一次大革命，理順了人的秩序和神的秩序，鞏固了巫官的神聖地位。屈原崇拜顓頊，自稱是其苗裔，這是站在神官立場上說話的，他說的是神話。屈原經常說神話又說人話，是由於他的特殊身分決定的，後面還要詳說。

(二)伯庸是楚國的名巫

屈原在交代神聖的遠祖顓頊之後，緊接著說「朕皇考曰伯庸」。伯庸爲何人？史書不載，按道理也應當是一位著名人物，否則與上句的高陽搭配不上。葉夢得《石林燕語》根據《禮記・祭法》說「皇考」是曾祖，不同意王逸解釋爲原父。殊不知王逸也有所本，《禮記・曲禮》說：「祭王父曰皇祖考，王母曰皇祖妣，父曰皇考，母曰皇妣。」王逸說伯庸是屈原父名，正確。否則，後面的「覽揆」就無法落實。

屈伯庸本名應當是屈庸，「伯」是對有爵位者的尊稱，如伯鯀、伯昌、伯禹。這位皇考有何行爲表現？屈原只提起一件大事，即「覽揆余初度」之後，「肇錫余以嘉名」。戴震說：「言始生有端善之度，爰以立名。」又自注曰：「初度，即《列女傳》所謂生子形容端正。」初生嬰兒有何氣度可觀？於理不通。聞一多說：「初度，謂天體運行紀數之開端。《離騷》用夏正，以日月俱入營室五度（日月如連璧，五星如貫珠）爲天之初度，曆家所謂『天一元始，正月建寅，』、『太歲在寅曰攝提格』是矣。」解釋正確，屈原所生時日，正是天之初度。伯庸考察屈原生時吉利，於是根據其生辰舉行卜筮而確定嘉名。劉向《九嘆・離世》說：「兆出名曰正則兮，卦發字曰靈均。」王逸注曰：「言己生有形兆，伯庸名我爲正則以法天；筮而卜之，卦得坤，字我曰靈均，以法地也。」近人陳直也相信屈原之名因卜筮而得，說「肇」即「兆」字之假借，也言之成理。起名字舉行卜筮，這是巫風的表現。伯庸親自占卜，給兒子起了如此則天法地的嘉美的名字，足見是一個很有學問的人。軒轅黃帝教誨顓頊說：「爰有大圜在上，大矩在下，汝能法之，爲民父母。」（嚴可均《全上古三代文》卷一）顓頊是黃帝之孫，昌意之子，黃帝崩，高陽立。如今伯庸給兒子命名「正則」、「靈均」，此其志不在小，實指望屈原效法顓頊高陽氏。

從伯庸的表現看來，他熟知陰陽曆法，也是一位卜筮專家，很可能是一位名巫，他在政治上沒有突出的表現，而在宗教界頗有名望，甚至是頭面人物，其地位同於五等爵位的第三等（「伯」），人稱「伯庸」是合情合理的。所以屈原自豪地說：「朕皇考曰伯庸。」屈氏作巫官的並非絕無僅有，比如屈巫，一名巫臣，字子靈，封申公，就是一位著名的巫官，他的兒子狐庸作爲晉國的使臣派往吳國，「教之射御，導之伐楚」呢！當然，伯庸父子是愛國的巫官，不與子靈同類。

楚國重淫祀，信巫術；原始宗教的餘風未泯。巫師自稱能通神，可以同神講話，上達民意，下傳神旨，預知吉凶禍福，懂科學技術，爲人治病，替死人送魂。巫師是人與神之間的媒介、橋樑，具有半人半神的特點。他們受過專門的訓練，有豐富的宗教、歷史、科學、醫療知識，而且師徒相傳，父子相傳。如接生、起名字、成年儀式、婚喪嫁娶等重大活動，都要由巫師遘述氏族的歷史和遷徙路線。他們能背誦氏族的譜系，講述重大的歷史事件，同時還能歌善舞，在群衆中享有很高的威信。屈原怎麼知道自己是「帝高陽之苗裔」？是他父親講述的。怎麼知道自己生辰及命名的詳情細節？也是他父親講述的。屈原很迷信這一套，十分自重自愛，日日修能。這都是他父親伯庸教育和影響的結果。姜亮夫先生說：「原本楚之宗臣，以其世為左徒莫敖而觀，蓋楚世傳之神巫歟？蓋古初社會，在氏族時期，其豪長以軍人與巫史分任之，自軍權龐大，政治演為王朝，巫史遂夷為百僚，楚人重鬼，則巫史之事，必仍守宗親世襲之習而未替。」⑧不必懷疑，屈原就是楚國世代相傳的神巫系統中的一員，而且是一位最優秀的巫官。

(三)女嬃也是巫

屈原的作品裡只提到他的兩位親人——伯庸和女嬃。女嬃是屈原的什麼人？說法很多，難於統一。但可以肯定地說，她是屈原家庭中一個重要成員。王逸說：「女嬃，屈原姊也。」這位女性，僅在《離騷》中出現過一次。（王逸以為《湘君》的「女嬋媛兮為余太息」的「女」謂女嬃，根據不足。）屈原遭流放之後，始終堅持正義立場，不肯向腐朽勢力妥協，女嬃放心不下，站出來責備屈原：

女嬃之嬋媛兮，申申其詈予。
曰：「鯀婞直以亡身兮，終然殀乎羽之野。
汝何博謇而好修兮，紛獨有此姱節。
薋菉葹以盈室兮，判獨離而不服。
衆不可戶說兮，孰云察余之中情？
世並舉而好朋兮，夫何煢獨而不予聽！」

從女嬃責備屈原的這段話中，可以看出她閱歷甚深，知識豐富。鯀是顓頊之子，也是楚之先祖，與舜爭位失敗，流放至死。《尚書》、《左傳》、《史記》都說鯀是惡人，治水無功而被殛死。這實在是冤枉。屈原在《離騷》、《惜誦》、《天問》裡三次提到鯀，替他鳴不平，並不是故意唱反腔，而是另有所本。女嬃、屈原所傳鯀的事跡來自巫書古史，鯀依龜跡築堤防水是古代水利事業上一大創舉，若按他的主意治水終會成功，只是因爲帝舜怕他有功，不讓他成功，把他放逐之後，恨其不速死，親自趕到羽山剖開了他的肚皮。《天問》說：「順欲成功，帝何刑焉？」可見鯀的被刑是一大冤案。女嬃認爲鯀過分剛直而忘了自身的安危，故下場悲慘。這不是她的新說，而是舊說在現實中的運用。夏朝人懷念鯀，不忘祖德宗功。《國語・魯語》說：「夏后氏禘黃帝而祖顓頊，郊鯀而宗禹。」郊祀是祭法的一種，祭天曰郊。郊鯀，謂郊祀鯀以配天。《路史・後紀》十三注引「喪服要記」曰：「魯哀公葬其父，孔子問曰：『寧設表門乎？』公曰：『夫表門起於禹，禹治洪水，故表其門以紀其功，吾父無功，何用焉？』」夏禹設表門（刻石於里門以紀功）記父之功，表示了對鯀的崇敬。夏朝歷史在殷、周人手中有所損益，而在南方卻得到完好的保存，所以南方的巫官所傳古史與北方史官所傳古史不盡相同。女嬃對鯀的看法正是代表了南方巫官的舊說，她的話，屈原當然聽得懂；如果用北方的觀點，以鯀爲惡人，惡人沒有好下場，屈原能接受嗎？或以爲女嬃本無其人，而是屈原信手塑造的人物。那就讓我再重覆一遍：「女嬃之嬋媛兮，申申其詈予。」屈原的感受多麼眞實，她那嬋媛的情態猶在目前，她那責備的聲音猶在耳邊，豈能說是虛構？

女嬃之名，一見於《離騷》，兩見於《漢書》。《漢書・高后紀》中有呂嬃，是呂后之妹，樊噲之妻。《漢書・武五子傳》中有位女巫名女嬃（須同嬃）。《傳》曰：「始，昭帝時，（廣陵厲王）胥見上年少無子，有覬欲心。而楚地巫鬼，胥迎女巫李女須，使下神詛咒。女須泣曰：『孝武帝下我。』左右皆伏。」此處李氏女巫名叫女須，十分明白，不用解釋。而顏師古於「女須」下注曰：「女須者，巫之名也。」這就是說，「女須」是女巫的專名。顏師古博覽群書，尤精於訓詁，他的話是可信的。在春秋時代的齊國，有一種名叫「巫兒」的女巫，《漢書·地理志》說：「始桓公兄襄公淫亂，姑姊妹不嫁，於是令國中民家長女不得嫁，名曰『巫兒』，爲家主祠，嫁者不利其家，民至今以爲俗。」周拱辰《離騷拾細》說：「按《漢書·廣陵王胥傳》，胥迎李巫女須，使下神咒詛。則須乃女巫之稱，與靈氛之詹卜同一流人，以爲原姊，繆矣。」謂女須與靈氛是同一流人，不錯；謂女巫低下，不可能是原姊，則又失之眉睫之前。殊不知春秋戰國時代的楚國，巫職乃神聖職業，並非下流。他更沒有想到屈原也是巫，與女巫本是同道。所不同者，一個是不問政治的巫，另一個是經受過政治鍛煉、立場堅定、是非分明的巫。

原姊女嬃也是一位神秘人物，她的祠廟至今尚存。秭歸縣北有屈原故宅，宅之東有女嬃廟、搗衣石，這些歷史的舊跡雖然是後人所爲，但關於她的傳說從來沒有息滅。女嬃廟又稱巫女廟，白居易《題三峽中石上》詩曰：「巫女廟花紅似粉，昭君村柳翠如眉，誠知老去風情少，見此爭無一句詩？」

㈣巫官屈原——職業性的浪漫人物

屈原是一個超凡脫俗的人，原來他是從天上降下來的，「惟庚寅吾以降。」顧炎武解釋「降」爲「下母體而生」，還不如李陳玉解釋爲「惟岳降神之降」。⑨巫、屍、靈、保是被認爲代表神的人，生由天降，死歸於天。他們代表神的時候，本身就被當作神了，所謂「天命」都是從他們口中講出來的。他們都是半人半神式的浪漫人物。屈原正是這樣的人，他一開口便有些神奇，這是無須琢磨的自然神奇。無論是李白的佯狂、李賀的瑰詭、蒲松齡的談狐說鬼，都達不到屈原的浪漫水準。桓譚說：「余少時好《離騷》，博觀他書，輒欲反學。」⑩蘇軾說：「吾生平所學而不能企其萬一者，屈平一人而已。」⑪這都是大學問家的肺腑之言。「痛飲酒，熟讀《離騷》，方可爲名士。」聞一多的話至今動聽。

屈原不是刻意爲詩，並不想當作家協會的主席或什麼詩會的會長，他不曾故意搜羅神話、排比故實、決定採用所謂「浪漫主義創作方法」來製作悅人的詩篇。他原本是能歌善舞的人，尤其會唱史詩，他從宗教舞臺轉入政治舞臺後，又「受命詔以昭時」，從政失敗後，他走向社會大舞臺、宇宙大舞臺，泣血歌唱自己身世之多艱和國家民族之不幸，這是政治鬥爭的繼續，是他偉大愛國情懷和進步的政治理想的延伸。他從地上唱到天上，從人界唱到神界，他到處訴說，到處告狀，升天入地，奔馳絕塵，儼然是神仙中人。同古人打交道，與神仙相往來，構成了他的詩歌的主體部分。在屈原心目中，現實世界與神仙世界之間沒有任何藩籬，人與神以及自然界的動、植、飛、潛、風、雲、日、月都十分親近，息息相關。不像後世的詩人作家之注重目前，注重世俗的人際關係，天地越來越狹小，語言越來越密致，令人覺得司空見慣，味道不鮮。楚辭裡出現了大量的神話傳說，這是一個突出的特色。與其說楚辭保存了神話傳說，不如說宗教保存了神話傳說。屈原唱慣了巫歌，宗教職業使他博聞而浪漫，許多古人古事都是隨口唱出來的，並不需要引經據典、沾沾獺祭來創作詩歌，像後世的李商隱那樣。所以他賦《離騷》也就能夠從容自如地把神話傳說一起唱了出來。而劉勰不知究竟，指斥爲「荒淫之意」、「譎怪之談」⑫，豈不謬乎！

屈原的浪漫是靈巫的浪漫，是神性的表現。他說鬼神怪異就像說現實人事一樣自由自在。在他看來，人和神同存於廣闊的天地之間，生和死可以等量齊觀，死了還可以流亡，「寧溘死以流亡兮，余不忍爲此態也。」屈原多次說到死，大概很少有人能像他那樣不畏死吧！只要堅持正義，行爲高尙，死和生都一樣偉大。因此，他九死不悔，萬死不辭。屈原擁有兩個世界，一陰一陽，活動範圍無法估量，他是一個宇宙人，不受時間和空間的限制，又是一位陰陽先生——通乎陰陽兩界的人。據說高山族把人寫成，鬼寫成，巫寫成，介乎人鬼之間。屈原當左徒之前，不也是嗎？聞一多說他「瀟灑出塵」，正是巫師風度啊！他一會兒說人話，一會兒說神話，一會兒在地上，一會兒在天上，一會兒在眼前，一會兒上跨幾千年與古人爲伴。屈原眞夠浪漫，李白不及他，李賀不及他，因爲他是受過長期訓練的職業性的浪漫人物。說巫官浪漫佯狂，還可以找到旁證。《漢書．蒯通傳》說蒯通勸韓信背漢，韓信不聽，通「惶恐，乃佯狂爲巫。」足見佯狂是巫的一大特色。

(五)動人心魄的歌哭

屈原不是爲了想當詩人而刻意賦騷，他的《離騷》是哭著唱出來的。屈原本來就善於歌哭，這與他的宗教職業有很大關係。歌哭乃巫官之能事，男巫女巫都有此種本領。《周禮・春官宗伯》曰：「凡邦之大災，歌哭而請。」鄭玄注曰：「有歌者，有哭者，冀以悲哀感神靈也。」宗教儀式上這種至誠至哀的歌哭表演，旨在求神開恩啓慈，消災袪疾，其場面尤其感人，能令衆庶無不爲之欷歔掩泣，慨歎不已。這種大哀大慟反而使人們心理上得到一種滿足和慰藉，人們普遍地相信此種精誠足以感天動地，能令天神地祇爲之動容而激發惻隱之心，願爲黎民百姓消弭災禍而帶來福佑。楚國巫風盛行，歌哭的風習普遍，「楚人善哭」正是這種巫風造成的特殊心理狀態。屈原先在神壇上表演歌哭，從政失敗之後，他眞的失聲慟哭，引吭悲歌。我們讀屈原的作品，從未聽見他的笑聲，而他的哭聲是不絕於耳的。今略舉幾例：

長太息以掩涕兮，哀民生之多艱。——《離騷》

攬茹蕙以掩涕兮，霑余襟之浪浪。——《離騷》

忽反顧以流涕兮，哀高丘之無女。——《離騷》

望長楸而太息兮，涕淫淫其若霰。——《哀郢》

望北山而流涕兮，臨流水而太息。——《抽思》

曾傷爰哀，永嘆喟兮。——《懷沙》

曾歔欷之嗟嗟兮，獨隱伏而思慮。——《悲回風》

涕泣交而淒淒兮，思不眠以至曙。——《悲回風》

孤子吟而抆淚兮，放子出而不還。——《悲回風》

他幾乎一說就哭，他的神經因長時間受刺激而變得脆弱，又特別敏感。他的憂愁幽思與從前表演歌哭的情形有很大的不同，從前是爲了宗教儀式的需要，如今是爲社會與人生而哭而歌。從前是爲了表演歌哭而調動悲情，「爲賦新詞強說愁」，如今的歌哭是悲哀不能自已的一種自然的宣洩。

屈原的宗教職業培養了他的宗教感情，而宗教感情又轉化爲文學感情，他以巨大的悲情哀思唱出了時代的最強音。仔細想來，屈原是個病人。因爲國家有病，民族有病，世人皆醉，麻木不仁，所以他憂心忡忡，慮久至疾，高歌慟哭，呼天搶地，目的不是爲了個人，而是「冀幸君之一悟，俗之一改也！」他的歌聲和哭聲震顫著千千萬萬楚人的心，引起了廣泛的共鳴，所以「楚人高其行義，瑋其文采，以相教傳，」⑬永遠忘不了這位偉大的愛國愛人民的詩人。

㈥象徵中介的妙用

自王逸說「《離騷》之文，依《詩》取興」以來，一切研究楚辭的專家學者無不相信楚辭向《詩經》學得了比興手法。經學家王逸甚至認爲「《離騷》之文，依託五經以立義，」並且稱《離騷》爲「離騷經」。楚辭是生於南國的奇葩，是巫文化的結晶，與六經是大有逕庭的。楚辭並沒有「依《詩》取興」，它的許許多多的優美形象不同於《詩經》中的用於比興的形象，而是一種象徵。象徵是認識過程中的實在對象、過程和現象的借代。它不是對某一形象或現象的單純的比附，而是代表了一種觀念，包含了一定的內容，有著深刻的寓意。黑格爾說：「比如雄獅藉以象徵豁達，狐狸藉以象徵狡猾，圓形藉以象徵永恆，三角形藉以象徵三位一體……象徵，就這一較爲廣泛的含義來說，不單是無謂的記號，而是已經在外部形式中包含著所要揭示的那種觀念的內容和記號。」⑭象徵還能借助衆多的形象造成一種氛圍，產生一種情感，而且培植一種性格。象徵本是宗教藝術的慣用手法，它原是以服從宗教的需要爲目的，成爲表現虛幻的超自然界的客體的一種最方便的形式。在宗教膜拜藝術中，象徵是塵世與仙境、人間與天上的一種獨特的中介，通過象徵中介這種具體的感性的東西，來幻畫彼岸的神靈與光明世界，乃是整個宗教美學的全部創作方法的基礎。任何宗教都敵視膜拜藝術中的現實主義因素，反對把現實世界眞實地再現出來，而盡一切可能表現凡夫俗子所無法感受的超自然界。

試看屈原的作品，有多少現實的記錄？他受到楚懷王、頃襄王、子蘭、靳尚之流的打擊和迫害，可是在他的作品中連這些人的名字都不曾提及，至於那些受迫害的詳情細節，就更無從得知了。他的代表作自敘身世的長詩《離騷》，大部分說的神話與史話，盡量回避對現實生活的眞實的敘述和描寫，他的愛憎，他的理想，他的追求，幾乎全是用象徵中介表示出來的，他筆下的美人香草、宓妃佚女、鸞鳳虬龍、鴆鳥雄鳩、閬苑玄圃、帝宮清都、瓊枝玉液、飄風雲霓等等，都有著特殊的意義，都包蘊了深刻的政治內容，能使我們產生不盡的聯想。他經常稱懷王爲「靈修」、「美人」、「荃」、「蓀」等，純是巫官的口頭語，別人可不這樣說。象徵中介使他的作品神奇、美麗、豐富，具有極高的審美價值，它強化了詩人的信仰，擴大了詩的容量，深化了詩的主題。

我們不禁要問：屈原是怎樣學會使用象徵中介的？是因爲「去聖未遠」，孔子教的？是因爲「楚人多才」，憑空臆造的？都不是。屈原在巫文化的環境中長大，善於學習包括《九歌》在內的楚國的巫歌和民歌，爲他後來賦騷打下了深厚的基礎。《九歌》裡大量地運用了象徵中介，更有豐富的想像，絕麗的文辭，屈原從中得到莫大的收穫和啓示。或以爲《九歌》是屈原自己創作的，根據不足。還不若朱熹以爲是經過屈原加工潤色的。實際上，屈原到底加工了多少，誰也說不具體。《越人歌》、《楚人歌》、《滄浪歌》、《接輿歌》、《子文歌》、《詩經》中的《漢廣》、《江有汜》等都是楚國的歌謠，又是誰加工的？可以肯定地說，在屈原的時代，楚國已有大量的民歌和巫歌，數量不比北方的少。在北方，有孔子刪詩，將「三千」削減成「三百」；在南方，連這種保存十分之一的幸運都沒有了。屈原不僅善於向民歌、巫歌學習，而且長期參與宗教活動的實踐，在無數次的馨香禱祝中，積累了豐富的知識和經驗，從前唱著巫歌，藉助象徵中介芝蘭蕙草、玉珥瓊瑤、桂酒椒漿去親近神靈，后來便藉助象徵中介去泣血謳歌他的政治理想，內容不同，目的不同，而手段則是一貫的。

(七)神巫之愛

用詩歌表現愛情和性愛，唯屈原與李義山爲能。《離騷》、《九歌》、《招魂》諸篇對愛情之追求和性愛之熾熱作了生動的描述，這是楚辭惹人喜愛的一個重要原因。班固早已看出屈原的一套作法與北方的經術、聖人的教誨是背道而馳的，簡直離經叛道，因而在《離騷序》中批評其「多稱崑崙冥婚宓妃虛無之語，皆非法度之政、經義所載。謂之兼詩風雅而與日月爭光，過矣！」王逸愛惜屈原，又不得罪儒教，說屈原以夫婦之道喻君臣之義，不是寫愛情，寫的是君臣關係。「故善鳥香草以配忠貞，惡禽臭物以比讒佞，靈修美人以媲於君，宓妃佚女以譬賢臣，虬龍鸞鳳以託君子，飄風雲霓以爲小人。」

屈原以道誘掖君臣，則吾既得聞命矣。但是屈原在《離騷》中四求美人，心情多麼迫切，選擇多麼苛刻，方式多麼講究，經驗多麼充足。在《九歌》中唱著「滿堂兮美人，忽獨與余兮目成。」在《招魂》中唱著「蛾眉曼睩，目騰光些；靡顏膩理，遺視矊些。」這一切是多麼大膽，多麼有經驗。起碼屈原在青年時代有過戀愛，有過對愛情的追求和體驗，而且感受頗深，否則就只能講一通「哀窈窕，思賢才」⑮之類的空話罷了。屈原年輕時因爲宗教職業的需要，經常跟女性打交道，所接觸的都是漂亮的「姱女」——表演宗教歌舞的演員，悅慕她們，而不肯降低標準，因爲他自身就是一位美人。有了特殊的生活基礎，有了特殊的心理習慣，所以後來每於眞情實感中流露出來。「衆女嫉余之娥眉兮，謠諑謂余以善淫。」屈原的本意是指同僚對他的惡意中傷，可是一打比方，又說到他的本行上去了，眞是「三句話不離本行。」

屈原不像孔子，孔子去拜見南子⑯，卻害怕別人知道，屈原公開地追求異性的情愛，毫不諱飾，甚至置儒家倫理道德於不顧，像宓妃、簡狄、建疵、二姚這些老祖母、祖姑奶奶在未嫁之前都成了他追求的對象，眞可謂「大逆不道」。難怪先儒咒罵屈夫「狎侮聖配」。這位「帝高陽之苗裔」爲什麼如此糊塗？只有一種解釋可通，屈原的愛情是神巫之愛，他愛的是女神。楚國重淫祀，巫風盛行，懷、襄之世尤盛。《呂氏春秋．侈樂篇》說：「楚之衰也，作爲巫音。」民間祭祀時，必使巫覡「作歌樂鼓舞以樂諸神」，充滿了歡樂氣氛。在人們的想像中，神跟人一樣，不但需要飲饌，而且需要聲色，需要愛情。跟神結合，博得神的歡欣，是巫師引爲快樂的事情。男巫女巫都要媚神，跟神結婚並產生性行爲，使神得到快感，就等於完成了一項崇拜任務。屈原狂熱地追求神女的愛慕，可以說是從政失敗之後重溫舊夢，故伎重演，他對高丘神女、宓妃、二姚、有娀佚女等女性的追求，是他在入神狀態中的生動體現。

屈原在政治鬥爭中失敗了，希望以宗教的幻想來塡補虛空，他在冥冥之中忙忙碌碌，奔馳不息，到處追求，屢遭失敗。他在幻想中的感受同他在現實生活中的感受完全一樣。他從前唱巫歌，唱人神戀愛之歌，後來唱政治詩，唱他對光明未來之索求，於是對性愛的追求與對進步的政治理想的追求在他那裡得到和諧和統一。純潔的愛情是美麗的，光明的政治也是美麗的，兩種審美理想貫通一氣，融爲一體，說政治，必稱美人，求美人，不忘美政：可以言情，可以喻道，給人的美的享受是層出不窮的。這就是巫官加詩人的屈原的特殊貢獻，是後世詩人所不可企及的。

(八)巫官的服飾與飲食

《涉江》開頭寫道：

> 余幼好此奇服兮，年既老而不衰。
> 帶長鋏之陸離兮，冠切雲之崔嵬。

屈原的裝束與衆不同，自幼愛穿奇服，到老仍不改此習。大概在朝爲官未著此服，離開左徒之任，他又嗜好如初：

> 進不入以離尤兮，退將復修吾初服。

屈原說：「我既在朝廷中不見用而獲罪，就退下來整治我始初的衣服。」（胡念貽《楚辭選注及考證》譯文）「初服」是什麼服裝？清人屈復《楚辭新注》說：「初服，隱者之服也。」不對，初服即奇服，隱者之服不奇。奇服即巫服，上面繪有日月星辰的圖形，「披明月兮佩寶璐」，當然與常服差別極大。屈原那兩句話的深意是：咱當不了朝官，乾脆退下來重操舊業，穿上巫服幹自己的老行當。爲什麼要穿奇服呢？這是工作需要。《漢書．郊祀志》有一段記載：「齊人少翁以方見上……文成言：『上即欲與神通，宮室被服非象神，神物不至。』」原來穿巫服是爲了通神。巫官佩飾莊嚴，衣服華麗鮮艷，在祭壇上伴著音樂的節拍載歌載舞，很像演戲的場面。

屈原從政治舞臺上跌落下來，他穿上巫衣奇服，戴上高高的切雲冠，舉起長劍指天誓地破口大罵：「怨靈修之浩蕩兮，終不察夫民心。」屈原罵君王。「惟夫黨人之偷樂兮，路幽昧以險隘。」屈原罵「黨人」。「何昔日之芳草兮，今直爲此蕭艾也。豈其有他故兮，莫好修之害也。余以蘭爲可恃兮，羌無實而容長，委厥美以從俗兮，苟得列乎衆芳。」屈原罵那些不爭氣的貴胄王孫。聞一多說他「罵街」，我說他的詈罵近於詛咒，「固亂流其鮮終兮」，罵那些腐敗分子沒有好下場！

屈原還多次誇說自己服飾的美好：「高余冠之岌岌兮，長余佩之陸離。」「矯菌桂以紉蕙兮，索胡繩之纚纚。」「制芰荷以爲衣兮，集芙蓉以爲裳。」「佩繽紛其繁飾兮，芳菲菲其彌彰。」（《離騷》）他甚至直言自己長得漂亮，「好姱佳麗兮，牉獨處此異域。」（《抽思》）說他是自我欣賞也不錯，這種常常關注自己的美容麗服的意識與演員頗相似。

誠然，屈原就是表演宗教歌舞的演唱家，他「奏《九歌》而舞《韶》兮，聊假日以娛樂。」他的此種審美意識是在長期的宗教活動中逐漸培養形成的，因爲宗教儀式上的載歌載舞，不僅表現了宗教的需要，而且也表現了人的審美要求。「和調度以自娛兮，聊浮遊而求女；及余飾之方壯兮，周流觀乎上下。」屈原的審美體驗和自我調節的本領，是宗教藝術實踐的結果。

屈原好潔成性，一日三濯纓，是一位隨時不忘拂拭身心使之不染塵埃的人物。在想像中，木蘭之露、秋菊之英、瓊靡申椒都成了他的主要食糧：

朝飲木蘭之墜露兮，夕餐秋菊之落英。
苟余情其信姱以練要兮，長顑頷亦何傷！——《離騷》

折瓊枝以爲羞兮，精瓊爢以爲粻。——《離騷》

擣木蘭以矯蕙兮，糳申椒以爲糧。
播江離與滋菊兮，願春日以爲糗芳。——《惜誦》

吾與重華遊兮瑤之圃，登崑崙兮食玉英。——《涉江》

吸湛露之浮源兮，漱凝霜之紛紛。——《悲回風》

餐六氣而飲沆瀣兮，漱正陽而含朝霞。——《遠遊》

吸飛泉之微液兮，懷琬琰之華英。——《遠遊》

屈原在《卜居》中說：「吾聞之，新沐者，必彈冠；新浴者，必振衣，安能以身之察察受物之汶汶者乎！寧赴湘流，葬於江魚之腹中，安能以皓皓之白，而蒙世俗之塵埃乎！」《史記》本傳引劉安的話讚美屈原：「濯淖污泥之中，蟬蛻於濁穢，以浮遊塵埃之外，不獲世之滋垢，皭然泥而不滓者也。推此志也，雖與日月爭光可也。」從這些記載和贊譽之辭中，我們對屈原的高潔形象留下了極其深刻的印象，即使是藐姑射之山的神人與他相比，無以過也。屈原的好潔本是職業性的、專門化的，他先業巫，後從政，放逐之後，他嚮往神仙世界，茹霜漱泉，吸露餐霞。他要「與天地兮比壽，與日月兮齊光。」這就是巫師、方士、神仙家的最高理想。

(九)屈原的特技——巫術

巫術是一種宗教行爲，它往往與所期待的結果聯繫在一起。巫術「是人們企圖藉以超自然地影響周圍事物和現象的各種信仰和專門巫術活動的總和。」⑰這種宗教法術的把戲，在屈原的作品中有多種形式的表現。

1.向神陳辭　屈原「就重華而陳辭」，「跪敷衽以陳辭」，「結微情以陳詞」，「茲歷情以陳辭」，「指蒼天以爲證」，「命咎陶使聽直」，在人間講不清的道理，就對神靈訴說，找神評理。劉向很能領會屈原的苦衷，他的《九嘆．離世》說：「靈懷其不吾知兮，靈懷其不吾聞。就靈懷之皇祖兮，愬靈懷之鬼神。」向神陳辭是巫官告狀的最方便的形式。遇到問題，求神裁斷，以決嫌疑，是巫官一慣的作法。

2.驅邪術 「忽奔走以先後兮，及前王之踵武。」爲人臣者，在君王面前忽先忽後，如同兒戲，於禮不合。巫師驅邪趕鬼，必先後奔走，手持長劍一忽兒在前面開路，飛快地向前奔跑，一忽兒在背後催人上前，擔負著保衛的作用。屈原先後其君，正是爲了掃除奸邪，清除障礙，使楚王能免於凶邪的干擾，順利地踵武前王。

3.飛升術 屈原動輒升空，脫離塵世，且習以爲常，毫不犯難。「駟玉虬以乘鷖兮，溘埃風余上征。」、「朝吾將濟於白水兮，登閬風而緤馬。」、「覽相觀於四極兮，周流乎天余乃下。」「高飛兮安翔，乘清氣兮御陰陽。」「吾方高馳而不顧，駕青虬兮驂白螭。」「下峥嶸而無地兮，上寥廓而無天。」「超無爲以至清兮，與泰初而爲鄰。」無論是說自己周遊四荒，飄流六漠，或是扮演神靈高飛安翔，都顯示了超越現實的本領，這就是古代的巫術，它雖然是解決不了任何問題的「銀樣蠟槍頭」，卻能讓人在想像中成爲勝利者。

4.陰陽術 《大司命》說：「靈衣兮被被，玉佩兮陸離，壹陰兮壹陽，衆莫知其余所爲。」王逸注曰：「屈原言己得配神俱行，出陰入陽，一晦一明，衆人無緣知我所爲作也。」本篇是由一名巫師扮演大司命和另一名巫師扮演迎神者的對唱。大司命（主宰人的壽命之神）「壹陰壹陽」，是由巫來表演的，這就是巫師作法，出陰入陽，變幻莫測，令衆人莫明其妙。屈原演唱《九歌》，不僅能導演陰陽術，而且能親自表演此種巫術，這是不成問題的。

5.降神術　《離騷》曰：「巫咸將夕降兮，懷椒糈而要之。」巫咸是神，他應屈原的邀請而降臨下界，百神遮護著他一同降下，九嶷山的地方諸神紛紛出迎。屈原懷揣椒糈親自降神，不求旁人代勞。《淮南子・說山訓》：「巫之用糈。」王逸說：「糈，精米所以享神也。」糈字取義於巫胥所用以求神之米。疋、胥取用足舞蹈之意。湯炳正先生說：「《東門之枌》所謂『婆娑其下』，乃巫舞以降神，所謂『貽我握椒』，乃貽巫以椒用以通神。」（《楚辭類稿》二二〇頁）屈原也是用椒通神，其作法與巫無異。有的注釋將「巫咸夕降」理解為「巫咸降神」，這豈不是犯了「增字解經」的錯誤嗎？其他如招魂術、詛咒術等等宗教法術的把戲，屈原都精通其道。賈生有言曰：「古之聖人，不居朝廷，必在卜醫之中。」⑱其屈平之謂乎！

㈩左徒、三閭大夫與《九歌》

在屈原的作品中找不出「左徒」的稱謂。班固說屈原「露才揚己」，此話若當眞，則無論如何應該在他的作品中顯示一下這榮耀的左徒之職，那比說皇皇祖考更有用處。稱屈原為「三閭大夫」，始見於《漁父》。《漁父》可能是與屈原同時或稍後的人所作，司馬遷將它作為屈原事跡載入列傳。《漁父》說：「屈原既放，遊於江潭，行吟澤畔；顏色憔悴，形容枯槁。漁父見而問之曰：『子非三閭大夫與？何故至於斯？』」漁父不稱屈原「左徒」，而稱「三閭大夫」，大概屈原作三閭大夫的官職時間較久，以此職聞名於世，而當左徒的時間短暫，政績不顯，又在此任上遭禍，若呼他「左徒」，簡直是一個諷刺。「爲楚懷王左徒」，是司馬遷說的，根據楚史或是根據傳聞，不得而知。秦始皇焚書，而諸侯史記尤甚，楚國亦未能倖免。司馬談已深感「諸侯相兼，史記放絕。」司馬遷未必資料齊全，所記皆有據案。梁啓超說：「比如屈原，人格偉大，但是資料枯窘得很。太史公作《屈原列傳》，完全由淮南王安的《離騷序》裡面抄出一部分來。」⑲

就按司馬遷的說法，屈原確是左徒，但左徒未必是副宰相或莫敖一類的權臣。左徒即佐徒，是幫手，是幫助君王處理政務大事的助理，只對君王負責任。司馬遷強調屈原「爲楚懷王左徒」，沒有說「楚左徒」或「懷王時爲左徒」，而直言其爲懷王的左徒，可是說到令尹之職時，則往往稱「楚令尹」。可見左徒之職完全繫於君王一人。「起草憲令」，「應對諸侯」，全是在懷王指使下的行爲，並沒有在朝官中認眞地討論，所以得不到衆官吏的支持。被讒見疏之後，離開君王，根據他的特長，仍然擔任昭、屈、景三姓公族長——三閭大夫之職，主持公族祭祀和教育冑子。

王逸《離騷經序》說：「屈原序其譜屬，率其賢良，以厲國士。」屈原當了宗教長兼教育長。以教育工作而論，他培養人才至殷至切，一篇《橘頌》寄託了他對青年一代無限的期望。但是楚國整個環境不好，人才變質。他失望了，傷心地「哀衆芳之蕪穢」。現實世界太殘酷，這是絕望的死水，決不是美的所在。他在屢遭打擊之後，幾乎憎恨一切。他痛罵「蘭芷變而不芳」、「荃蕙化而爲茅」、「椒專佞以慢慆」，沒有一個好東西！愈是憎惡現實，就愈是嚮往超現實。他的宗教情緒又勃發起來，對宗教事業的熱情到達了高潮。美妙絕倫的《九歌》就是屈原根據民間祭祀樂歌加工而成，並且在郊祀中演唱。

《漢書·郊祀志》載谷永對成帝說：「楚懷王隆祭祀，事鬼神，欲以獲福助，卻秦師，而兵挫地削，身辱國危。」馬其昶根據這一段記載，認爲《九歌》是屈原「承懷王之命而作。」（《屈賦微》）《九歌》裡大部分篇章早已有之，而《國殤》一篇更具有現實意義，應當是屈原奉懷王之命，爲祭奠陣亡將士而作。二湘美麗而憂傷，山鬼纏綿而哀怨，東皇莊重而肅穆，國殤慘烈而剛強。送美人於南浦，晞女髮於九陽，或傳情於江上，或接目於高堂，聽姱女之歌唱，賞秋菊之芬芳。《九歌》深情綿渺，瑰麗天成，眞有驚風雨、泣鬼神之功。沈亞之《屈原外傳》說：「至《山鬼》篇成，四山忽啾啾若啼嘯，聲聞十里外。」《九歌》是典型的宗教藝術，因爲它是被納入宗教膜拜體系並且履行一定的宗教職能的藝術作品。更定《九歌》不是簡單的文字增刪潤飾，而是一件莊嚴神聖的大事，要符合祭祀儀式的程序（宗教儀式是多麼重要！）和演唱的規則，這只有請宗教界的權威——祭司長兼公族長——三閭大夫屈原主持此項大事才算有效，才具有權威性。

(十)巫史合流的人

姜亮夫先生在《九歌解題》中稱屈原是「宗族巫史之世子，才思博辨之能臣。」又在《中國歷代著名文學家評傳》的《屈原傳》裡寫道：「總起來看是巫與史合流的人，所以屈子行事也頗於巫史有關。」這觀點無疑是正確的，惜未有申論。屈原若沒有豐富的巫史知識，就當不了左徒和三閭大夫之職。像《離騷》、《九歌》、《天問》、《招魂》、《大招》等，涉及的巫史知識多麼豐富，屈原與楚國的左史倚相是同一流人。《左傳．昭公十二年》：「楚左史倚相趨過。王曰：『是良史也，子善視之。是能讀三墳、五典、八索、九丘。』」左史倚相是一位良史，楚靈王與子革之言，特別強調他的特殊本領：能「讀」三墳、五典、八索、九丘。什麼是「讀」？《說文》段注曰：「諷誦亦可云讀，而讀之義不止於諷誦。諷誦只得其文辭，讀乃得其義蘊。」左史倚相於四部古史不僅能諷誦其文，且能抽繹其義，而一般史官沒有這本領。四部古史到底是什麼性質的書？孔安國《尙書序》以三墳、五典爲三皇五帝之書，以八索爲八卦之說，九丘爲九州之志。如果眞是這樣，則殷周古史當有記載，何至於連影子也找不到，僅見於楚靈王的一句話？三墳、五典、八索、九丘很有可能是楚國的巫書古史，其古奧奇詭或有甚於任何典籍，《天問》、《山海經》反映了其中某些成分。

左史倚相是史官也是巫官，請看《國語·楚語下》的一段話：

又有左史倚相，能道訓典，以敘百物，以朝夕獻善敗於寡君，使寡君無忘先王之業；又能上下悅於鬼神，順道其欲惡，使神無有怨痛於楚國。

倚相具有史與巫兩種職能，被視爲國寶。屈原酷似倚相，具備巫史兩種本領：既能獻善敗於楚君，又能上下悅於鬼神。試看《離騷》中列舉了多少善敗興亡的史實，又升降上下求媚於多少神祇，不都是爲了楚君和楚國嗎？所以說姜亮夫先生稱屈原「巫與史合流的人」，最合道理。屈原作爲一個政治人物，放黜之後，找誰釋疑解惑？未必在宮中府中找不到一個人可以對話？昭睢大夫何如？陳軫大夫何如？這兩位臣僚應當是進步人物，優秀分子，屈原都不去找，而是去尋覓自己的同道，如靈氛、巫咸和老太卜鄭詹尹，向他們請教。這不能不說是屈原的巫職習慣帶來的弱點。

㈢彭咸——巫官屈原的榜樣

彭咸在屈原的作品中出現過七次：

雖不周於今之人兮，願依彭咸之遺則。——《離騷》

既莫足與爲美政兮，吾將從彭咸之所居。——《離騷》

望三五以爲象兮，指彭咸以爲儀。——《抽思》

獨煢煢而南行兮，思彭咸之故也。——《思美人》

夫何彭咸之造思兮，暨志介而不忘。——《悲回風》

孰能思而不隱兮，照彭咸之所聞。——《悲回風》

凌大波而流風兮，托彭咸之所居。——《悲回風》

史書上沒有彭咸，無從查考。王逸說：「彭咸，殷賢大夫，諫其君不聽，自投水而死。」王逸之說本之劉向，劉向《九嘆・靈懷》曰：「九年之中不吾反兮，思彭咸之水游。」劉向有什麼根據說彭咸水死，也無從知道。俞樾說：「《離騷》之彭咸，《論語》之老彭，同爲殷賢大夫，或一人歟？《尚書》巫咸乂王家，而《山海經・大荒西經》言巫咸，又言巫彭，《海內西經》言巫彭，不言巫咸。疑本一人。巫者，其官也；系氏言之曰巫彭，系名言之曰巫咸耳。」俞樾認爲彭咸是巫官，最爲正確。

屈原所稱述的賢臣衆多，如傅說、呂望、甯戚、伍子胥、接輿、桑扈、比干、伯夷、伊尹、百里奚、介之推、韓衆等等，然而最推崇的還是彭咸。其關鍵在於他與彭咸不同時而同道，都是巫官出身的賢臣。「指彭咸以爲儀」，「依彭咸之遺則」，最後「從彭咸之所居」。但他並不是從彭咸而水死，他在《懷沙》中說到將以身殉國的結局，但都沒有與彭咸掛鈎。彭咸似乎不死，也是神仙中人。「獨煢煢而南行兮，思彭咸之故也。」屈原南行的目的是追尋彭咸。「凌大波而流風兮，托彭咸之所居。」接著說：「上高岩之峭岸兮，處雌霓之標顚。據青冥而攄虹兮，遂倏忽而捫天。」他不是去死，而是暫住於彭咸之居所，然後作廣闊的遨遊。巫咸不死，屈原永生，前者是後者的榜樣，後者是前者的繼承。——這就是巫官的邏輯，巫官之妙想。

結束語

十二證既畢，我感到還有很多話沒有說完。屈原雖然當過左徒，可惜在政治上的建樹甚少，也缺乏鬥爭經驗，甚至在職期間就有過錯誤。「雖過失猶弗治」，懷王始則諒解了他，後來聽信纔言，在盛怒之下才疏遠了他。懷王昏庸，但不是賣國賊，屈平忠信，卻也有不少欠缺。屈原的作風與吳起、商鞅大不相同，也沒有關於政治方面的表、奏、論、說之文傳世。屈原是一位理想主義者，一位天才藝術家，從他的作品中，我們彷彿聽見了尼采慣於叫喚的聲音：「我痛苦，我痛苦，我痛苦呀！」他以巨大的悲情哀思破天荒地唱出了最美麗的模糊文學（既有神仙的，又有世俗的）——楚辭，從個人的命運唱到國家民族的命運，他哭起來了！他決定以死來完成他的人格美，最後在汨羅一躍，濺起無限波瀾。當千百成群的人們含著眼淚祭奠三閭大夫的冤魂的時候，所感受到的不是幻滅的悲哀，而是一種從未有過的崇高的壯美。屈原的詩卷長留天地之間，屈原的靈魂長存於我們民族的性靈之中，直到永遠、永遠……

【注釋】

①李商隱《南朝》詩。
②司馬遷《報任安書》。
③《文心雕龍．知音》。
④《史記．屈原賈生列傳》。
⑤同上。
⑥尹吉甫，《詩．大雅》中的《崧高》、《烝民》的作者。寺人孟子，《詩．小雅．巷伯》的作者。
⑦《論宗教》。
⑧姜亮夫《楚辭學論文集．九歌解題》。
⑨均見《離騷纂義》（游國恩著）。
⑩桓譚《新論》。
⑪轉引自胡念貽《楚辭選注及考證》前言。
⑫《文心雕龍．辨騷》。
⑬《楚辭章句序》。
⑭黑格爾《美學》第二卷。
⑮《毛詩序》。
⑯《論語．雍也篇》。

⑰《藝術與宗教》（三聯書店西元一九八七年八月第一版）第四十三頁。
⑱《史記・日者列傳》。
⑲《中國歷史研究法補編》商務（萬有文庫本）第七十一頁。

二 奇文《離騷》論

在中國詩歌史上，沒有比《離騷》更偉大的詩篇。一首詩被看作一種文體的總代表、一個文學時期的里程碑，只有《離騷》才是這樣。最好的詩出自巫官之手，有幾人料想得到？只有奇人才能寫得出奇文，又有幾人作過深入的探討？好多專家學者都說《離騷》是屈原的自敘傳，可是在這二千四百九十字的「自敘傳」中，竟然落實不了屈原一生的任何眞實事跡，就連他的自報生辰，至今尚無準確的說法，你說怪不怪？玉谿生的《無題》詩，設覆置謎，本事難求，然而別鳳離鸞，皆有據案。《離騷》爲長篇巨制，屈原喋喋便便，然而能將眞事隱去，滴水不漏，豈不奇哉！

大凡革新派政治人物，無論成敗，都能將政治生活的基本內容如實地反映到文學創作實踐中來，可是《離騷》不是說史話，就是說神話，卻不大講現實的話。這種長於述史、長於幻想的作風，不能不使人認定屈原曾經是巫官，巫官憑藉特殊身分和豐富的知識參政，可是作風並未改變，在朝爲官，屢稱歷史上的興亡善敗，一旦受挫，往往哭訴於神靈祖考之前，這種情形與改革家商鞅、吳起的政治作風是多麼不同。《離騷》事幻而情眞，旨遠而味深。至於政治見解，則未見高明之處。所謂「舉賢而授能」，「循繩墨而不頗」，前人已經說過，至於用善服義的主張，別人也說得出。如果用美政的標準去衡量《離騷》，突出的地方並不多。如果深味屈原在這首長詩中所表現出的不停地追求進步與光明，掙扎前進，輾轉求通，一息尚存，志不稍懈的奮鬥精神，則《離騷》顯示出無比的鮮艷輝煌，眞可使一切詩篇暗然失色。一個天才的藝術家，一個獨醒於濁世的理想主義者，在通往理想國的漫長的道路上，狂奔不息，上下求索，如精衛的塡海，如夸父的追日，眞令人驚心動魄。他那感天動地的歌哭，他那潔白忠貞的品性，在一切志士仁人的心靈深處無不引起強烈的共鳴。「藝術效果之高，教育意義之大，在中國歷史上，這還是破天荒第一次。」

(一)

《離騷》是屈原一生坎坷的政治生涯的形象的回顧，是屈原的政治前途徹底破滅之後，在極端孤立、無可告訴的情況下，向神靈告哀的泣血悲歌。《離騷》的不朽價値就在於塑造了一個無比的峻潔、瑰麗、超邁、神奇的詩人自我形象，一切文學作品中的詩人、作家的自我形象都不能與之媲美。因此，屈原是古往今來的成千上萬的詩人隊伍中最善於自我表現、最成功地刻畫了自我形象的偉大詩人。

《離騷》中的屈原的藝術形象是一個富於神性的同時又富於情感的半神半人的獨特形象，讓人感到既熟悉又陌生，既親近又遙遠，他突破了時間與空間的界限，永存於天地之間，給人以無窮無盡的美感。這一光輝形象有以下五個特點。

1.天降的神官，奇異的稟賦

屈原在《離騷》開端就詳細交代了自己的出身和生辰、名字的由來，這種特殊的寫法，班固不理解，指爲「露才揚己」。爲什麼一開口就「揚己」呢？不怕別人憎惡嗎？屈原不是「揚己」，他早已被趕出朝廷，「揚己」又有何用？他是迫不及待地交代問題，陳詞辯冤。《惜誦》說：「紛逢尤以離謗兮，謇不可釋；情沈抑而不達兮，又蔽而莫之白。」讒佞小人對屈原的誣枉之言，使屈原蒙冤難辯，他知道「衆不可戶說」，就乾脆到宗廟裡將自己的來根細歷說個一清二楚，請列祖列宗出面作證。

自稱「帝高陽之苗裔」，是強調自己是顓頊大神之後，本是一位神官。顓頊高陽氏在歷史上爲古帝王，爲人祖；在神話中則是北方主水的大神。《呂氏春秋·孟冬紀》說：「孟冬之月，月在尾，昏危中，旦七星中，其日壬癸，其帝顓頊，其神玄冥，其蟲介，其音羽，律中應鐘，其數六。」《淮南子．天文訓》說：「北方水也，其帝顓頊，其佐玄冥，執權而治冬，其神爲辰星，其獸玄武。」顓頊與神及巫的關係密切。《山海經．大荒西經》說：「顓頊之子，有神十人，名日女媧之腸。化爲神處於栗廣之野，橫道而處。」又說：「有靈山，巫咸、巫即、巫朌、巫彭、巫姑、巫眞、巫孔、巫抵、巫謝、巫羅十巫，從此升降，百藥爰在。」這十巫很可能就是顓頊與女媧之子「有神十人」，他們既是人又是神，特徵最爲明顯。如此，則顓頊與女媧爲神巫之父母，巫官之祖也。顓頊在史書上曾被描寫爲神通廣大的帝王，尤其是他「絕地天通」一舉，改變了人神雜處的陋習，理順了人與神的秩序，用巫官掌握人神相通的樞機，便巫職專門化、神聖化，大大提高了巫的地位。

巫的事業是顓頊奠定的，稱顓頊爲始祖大神是理所當然的。方孝岳在《關於屈原「天問」》一文（《楚辭研究論文集》西元一九五七年，作家出版社出版）中說：「一切巫尸靈保都是假託能事鬼神，能和鬼神交通而暗中操縱人事進而掌握政權的人。他們的名稱不同，實質只是一種東西。就他們事神的形狀來講，就叫作巫或靈。就他們代神受祭來講，就叫作尸。就他們能保佑子孫來講，就叫作保，或子保。就他們爲尸像神來講，就叫神保或陳保。就他們能到達天帝的住所來講，就叫作格保。就他們能代表天帝來講，就叫作天保。就他們的地位尊貴來講，就叫作大保。古時政治機關就是神廟。巫尸靈保就是替神行道，口裡銜著神的命令，掌握一切政權的人。」這裡說的巫官擁有很多特權，正是商朝的情況，到了周之末世，巫的地位大大降低了。但是在南方的楚國，巫官仍受敬重，像倚相、觀射父這樣的大巫官都被視爲國寶。

從屈原的口氣看，他似乎是代表天意指導君王施政的：「不撫壯而棄穢兮，何不改乎此度？乘騏驥以馳騁兮，來吾道夫先路。」、「忽奔走以先後兮，及前王之踵武。」、「指九天以爲正兮，夫唯靈修之故也。」多麼大的口氣講話，原來他是代表神靈、握有神權來輔佐君王的，絕對沒有唯君命是從的愚忠，他只對上天和祖宗負責，並不遷就一介昏君。「皇天無私阿兮，覽民德焉措輔。」他與楚懷王本有「成言」（秘密協定），曾經指天誓地互相作了保證，這一點特別重要。後來懷王聽信上官大夫的讒言，背叛了對屈原的許諾，屈原也毫不示弱，在神靈面前大膽地揭露懷王：

> 初既與余成言兮，後悔遁而有他。
> 余既不難夫離別兮，傷靈修之數化。
>
> ——《離騷》
>
> 昔君與我成言兮，曰黃昏以爲期。
> 羌中道而回畔兮，反既有此他志。

——《抽思》

屈原憑著神官職責無所畏懼，不顧「蓀佯聾而不聞」、「反信讒而齎怒」，決不屈服於昏君佞臣，置死生於度外。這裡，他的信仰起了決定作用。

屈原以寅年寅月寅日降臨人世，又是一件怪事，除了解釋爲吉祥時日之外，還有別的用意嗎？《史記·楚世家》說帝嚳以庚寅日誅重黎，而屈原恰好在重黎的忌日降生，重黎是掌天地四時之官，如《周禮·春官》中的馮相氏、保章氏一樣，與巫官是一類，與屈原的職業性質相同。爲什麼有此巧合？眞不知其中的奧秘，反正他是講給神聽的。湖北雲夢出土秦簡《日書》六七五簡：「庚寅生子女爲賈（當從一一三七簡作巫），男好衣佩而貴。」大約屈原生來就是巫官苗子。

屈原的出生，不是「生」，不是「產」，而是「降」。這個「降」字非常重要。《詩·大雅·崧高》說：「維岳降神，生甫及申。」嵩山有神降下，故生了呂侯和申侯，是「降」與「生」意義不同。屈原由天降生，且以天之初度（「天一元始，正月建寅。」）生，稟賦異於常人，故乃父經過卜筮賜以美名。「天主正，地主平。」名「正則」以法天，字「靈均」以法地，下接於地，上通於天，這是掌天地之官的必要條件。屈原的神性生來就有的，這就是他的「內美」，「又重之以修能」，外表也非常漂亮，這兩大條件對他所從事的職業是十分有利的。

2. 馨香癖與清潔狂

自古及今找不到第二個人像屈原那樣酷愛馨香與潔淨。他一生下來就與香花香草結下不解之緣，時時處處不忘用它們來美化自己和周圍的環境。他的愛好、志趣肯定是有傳教的，是先考伯庸所贊許的，因爲這是培養宗、祝一類的巫官的必要手段，有其功用之目的，不同於陶淵明的愛菊，周敦頤的愛蓮。孔子教育兒子孔鯉說：「不學《詩》，無以言；不學《禮》，無以立。」那是按周代的教育制度培養年輕人，所學都是爲了所用。楚國的教育制度怎樣，《國語．楚語》記載申叔時回答楚莊王的一段談話，說：「教之《春秋》，而爲之聳善而抑惡焉，以戒勸其心；教之《世》，而爲之昭明德而廢幽昏焉，以休懼其動；教之《詩》，而爲之導廣顯德，以耀明其志；教之《禮》，使知上下之則；教之《樂》，以疏其穢而鎮其浮；教之《令》，使訪物官；教之《語》，使明其德，而知先王之務用明德於民也；教之故《志》，使知廢興者而戒懼焉；教之《訓典》，使知族類，行比義焉。」看來，楚國貴族所學習的課目與北方大同小異。博聞強誌的屈原對上述多門學科知識應當掌握和運用得極好的。可是屈原不曾提起少年時代如何接受庭訓、聞《詩》、聞《禮》的事，卻以廣擷芳草作爲佩飾的比喻，表白自己如何及時自修美德。若是偶然說說，不足爲奇；若自始至終都這樣念念不忘，而且「芳菲菲其彌彰」，「芬至今猶未沬」，這就值得我們注意了。

屈原嗜香成癖，戀蕙若狂。僅《離騷》一首詩中出現的香花蕙草的名目就在二十種以上，如：江離、辟芷、秋蘭、木蘭、宿莽、申椒、菌桂、蕙茝、荃、留夷、揭車、杜衡、秋菊、胡繩、芰荷、芙蓉、幽蘭、薜荔、茹蕙、若木等等。屈原彷彿是在香草國裡長大的，不然爲什麼對它們如此透徹爛熟？這不是通常所說的「多識於鳥獸草木之名」，而是有形成癖好的特殊環境。在楚國，香花香草同犧牲玉帛一樣，是祭祀神祇的供品，平時就該廣種以備用。試看《九歌》中用以祭神和布置神壇、壽宮等莊嚴聖潔的場所該用了多少香花香草，那些娛神的漂亮巫女，還要用浸泡過香蘭白芷的熱水洗頭洗澡，以便在神的面前炫耀美色，搖動一身香呢！屈原對栽種花草是有經驗的，即使是培育人才也以種花爲譬：「余既滋蘭之九畹兮，又樹蕙之百畝。畦留夷與揭車兮，雜杜衡與芳芷。」孔子教育經驗豐富，門徒衆多，但是他不如老農，不如老圃，故不能有種植方面的比方和興趣。屈原的工作性質決定了馨香祝禱是其常事，與人打交道不需要蕙草芝蘭，與神打交道可是缺少不得的。

屈原愛好潔淨也是成癖成狂的，「一日三濯纓」，固屬傳說性質，可是在《離騷》中批評「黨人」「蘇糞壤以充幃」，又「哀衆芳之蕪穢」，而自己則「朝飲木蘭之墜露兮，夕餐秋菊之落英。」他不近穢濁，一塵不染，這是大異於常人的，無論外界環境怎樣惡劣，他始終保持清白，「昭質未虧」、「舉世皆濁我獨清」、「安能以身之察察，受物之汶汶者乎！

」(《漁父》)這些話難道不值得深思嗎?屈原好潔成性是一慣的,從生到死沒有絲毫的苟且,如此精爽潔誠,是受過專門訓練的,這是長期的宗教職業對他的要求。他把好的品性帶到楚國腐敗的朝廷,帶到骯髒的政治場合中,怎麼不受排擠、被放逐?「伏清白以死直兮,固前聖之所厚。」這是他無愧於神靈祖考,可以告慰於列祖列宗的,即使地老天荒,到了世界的末劫,他也是馨香的,潔白的。

3.求神以釋冤結,從巫氛以決疑

人的問題,應由人來解決,無須多說。屈原蒙冤之後,指蒼天爲證,命皋陶聽直,就重華而陳詞,從巫、氛以決疑,何其迂也!《屈原列傳》說:「屈平嫉王聽之不聰也,讒諂之蔽明也,邪曲之害公也,方正之不容也,故憂愁幽思而作《離騷》。」屈原作《離騷》是有一個過程的,先是曾向懷王陳情,對上官大夫的讒言有過申辯,指望懷王有所悔悟,說說公道話。《惜誦》說:「言與行其可跡兮,情與貌其不變;故相臣莫若君兮,所以證之不遠。」《抽思》說:「昔君與我誠言兮,曰黃昏以爲期。羌中道而回畔兮,反既有此他志。」無奈懷王昏庸,聽不進屈原的申訴,在「陳志而無路」、「呼號又莫吾聞」的情況下,只有向神靈告狀,求神裁斷。《離騷》說:「初既與余成言兮,後悔遁而有他。」劉向《九嘆·逢紛》說:「始結言於廟堂兮,信中途而叛之。」劉向非淺學之徒,他的話一定有所根據,並且與屈原的話相吻合。懷王起用屈原並有許諾之言，是在廟堂之上進行的，如今含冤負屈，懷王背信棄義，當然仍須在廟堂上申訴。《九嘆．離世》說：「靈懷其不吾知兮，靈懷其不吾聞。就靈懷之皇祖兮，愬靈懷之鬼神。」屈原好像先在廟堂工作，後來才到朝廷爲懷王左徒，所以回到廟堂找祖宗神評理是極自然的事。

屈原在廟堂上曾做過潔誠祭祀的宗祝之官，這不是一般出身的人所能做的，必須是「先聖之後」，「名姓之後」（見《國語．楚語下》）才能擔任此職，作爲「帝高陽之苗裔」與伯庸之子的屈原是當之無愧的。巫官向神陳詞，早有先例，「祝史陳詞」、「祝史正詞信」，史傳早有記載。屈原在祖廟裡陳詞訴冤，可是沒有效果。他在流放的道路上，狂顧南奔，向九疑山大神——帝舜的英靈陳詞，專講夏、商、周的興亡善敗，表現出嚴重的巫史作風，卻對離他時代不遠、改革頗有成效的商鞅、吳起隻字未提。越是述史，越覺得正確有理，儘管重華沒有作出回答，屈原在一吐衷腸之後，反而自我感覺良好。留得青山在，不伯沒柴燒，再找上帝評理。他扶搖上征，上下求索，千辛萬苦，終於到達上帝的宮闕門前。可是帝閽不開門，上帝不接待，陳詞無路。上下都一樣昏暗，是非莫辨，冤情未雪，何以還朝？從政的希望斷絕。既無出路，又無安慰，於是四求美人（放在後面詳說），結果又失望了。

一次又一次的失望使屈原不能自信了，於是出現了問命於靈氛、巫咸的兩個特別場景。靈氛與巫咸都是神巫，僅分掌的職任不同而已。靈氛即《山海經》中十巫之一的巫肹。靈，巫也，楚人稱巫爲靈子。日本人稱巫爲巫子。巫咸也是十巫之一。十巫都是神，可以升降上下。屈原又說神話了，他如何能同巫、氛對話，自是想像之辭。先請靈氛占卜，占卜的結果，說是離開故都比較有利，勸他遠走高飛。可是要離開終古所居的父母之邦，這是他最不願意的，在一陣躊躇悵惘之後，他請巫咸大神告訴他，是去是留，何者爲好。眞是人有誠心，神有靈驗，巫咸應邀當晚降下，明白地勸告屈原要趁早與君王改善關係，不用行媒，更不必去國遠遊了。屈原分析楚國的形勢，認爲「黨人」不諒，何可淹留？況且人才變質，整個社會環境惡劣，留有何用？於是靈氛的意見占了上風，屈原決意浮遊求女，西向遠遊。

遇到疑難，動輒求神，這是什麼道理？未必楚國就沒有一個像樣的明白人可以與之對話？屈原遇事不求人，寧肯遍求上下神祇排憂解惑，這恐怕不是一個腳踏實地的政治家兼社會活動家應有的作法，卻是巫祝之官的一慣作風。

4. 女性化與「求女」

屈原與女性關係密切，這在《離騷》中尤其突出。孔子嫉恨「好德不如好色」的習尙，孟子遵守「男女授受不親」的規章，屈原不是這樣，好德好色，等量齊觀。屈原喜愛女性，首先在裝扮上女性化。他把衆多的香草鮮花及美玉瓊瑤佩在身上，眞不怕麻煩。他緊束纖腰，寧可少吃飯，餓得面頰瘦削也要苗條好看，「苟余情其信姱以練要兮，長顑頷亦何傷。」

唐人沈亞之的《屈原外傳》說：「屈原瘦細美髯，丰神朗秀，長九尺，好奇服，冠切雲之冠，性潔，一日三濯纓。」這樣描寫屈原，是合乎實際的。屈原身材挺秀，眉清目秀，但並不雄壯，做爲美男子，卻有女性美。「衆女嫉余之蛾眉兮，謠諑謂余以善淫。」爲什麼不說男人嫉妒他而說女人嫉妒他呢？足見他具有女人嫉妒的特殊條件。男人女性化，這是工作的需要。《說文解字》中說：「巫，巫祝也。女能事無形，以舞降神者也。」中國上古的巫祝，大抵多以女人充任，若男子則爲覡，也要男著女裝。後來傳到新羅去，凡爲覡的男人，都著女裝，例如他們信奉的「花郎」，都是選取貴族中美秀的少年擔任。也有從韓國傳至日本的，日本迄今仍有以男著女裝而行祭祀、作歌舞的宗教儀式。

《離騷》中最精采的兩段是中間的「求女」和最後的遊仙。無論是理學家、衛道者或是英雄、政客，讀到此處，也不得不折腰嘆服。遊仙放在後面說，先言「求女」的奧秘。

屈原的巫官職責使他與衆多的巫女結下不解之緣，這些巫女都是經過挑選的容態妍麗的少女，她們都是宗教歌舞團的成員，她們的蕙心紈質給屈原留下了深刻的印象。不過屈原在男女關係上並未有絲毫的苟且，這從「求女」的態度上看得出來。或問：屈原爲何不追求現實生活中的女性，偏向女神求愛呢？前面說過，屈原在現實的政治生活中一再碰壁之後，他的宗教情緒勃發起來，對一切採取了超現實的態度。

他四求美人，可以認爲是尋求志同道合者，更可以說是巫官上下悅於神祇的故伎重演。

他在冥冥幻想中已渡過白水登上閬風山並且繫馬山前休息，回望高丘，並無女神可覓。向來解釋高丘爲楚山名，也有徑指巫山，沒有想到屈原還在閬風呢！高丘應在崑崙山上的閬風或其近處，不當在下界。下界的巫山有神女，「朝朝暮暮，陽臺之下，」豈曰「無女」？屈原失望地從閬風下來，向有跡可尋的祖宗神求愛，戀愛的對象有宓妃、有娀佚女及有虞二姚，管她是多少代以前的老祖母，她們也曾有過青青歲月，況且是古史傳說的第一流美人，暫將倫理拋到九霄雲外，這不是人與人的關係，而是巫與神的關係，愛得熱烈，福佑越多。當他在上帝門前得不到任何回答的時候，還能指望追求什麼「同志」與之共同輔政嗎？是以幾位「女同志」譬賢臣嗎？顯然不是。政治上的無出路，一腔悲憤無處申訴，於是回到了人的本能的要求——性愛的要求，如果「求女」能成功，屈原不會西遊。如果說找神評理是以現實政治鬥爭生活爲基礎的一種超現實的表現方法，那麼，向神求愛難道就沒有現實愛情生活的感受的基礎而能隨意編造出來的嗎？

5. 走向光明世界

「送你上西天。」這是今人罵人的口頭語。殊不知西天乃光明與極樂的世界，一般人上去不了。屈原在女不可求、王不可悟的兩頭落空的情況下，無牽無掛，聽信靈氛的吉占決定西遊。這是一次有組織有準備的聲勢浩大的遊仙活動。本來靈氛的意思是勸屈原遠適他國以求遇合，可是屈原一轉念棄絕塵世，從崑崙出發，遠征西海，作汗漫之遊。他選擇吉日啓程，帶上瓊枝、瓊爢的乾糧，用飛龍駕著豪華型的車輛，鳳凰承旗，蛟龍爲梁，八龍婉婉，雲旗委蛇，心怡神曠，好不快活！奏《九歌》而舞《九韶》，藉著美好的時光享受最大的歡樂。他從崑崙取道，發軔於天津，過流沙，渡赤水，經不周山向左轉彎，終極之地是西海。屈原爲何西行？又爲何至西海而止泊？最糊塗的說法是屈原欲適秦。秦在崑崙之東，豈能西進？秦國可有流沙、不周山、西海等地名？那麼，西海究竟是什麼水域？是青海、裡海、地中海、大西洋？要知道，屈原仍然在說神話，並非實際地理。西海是光明與極樂世界的代稱，它不屬於現實世界，而屬於另一世界，它與「西天」是同一意義的不同說法，不然爲什麼屈原在茫茫天路上走呢？如果眞的到了西海，那麼還有生還的可能嗎？恐怕是「一抔淨土掩風流」了啊！屈原從天上降到凡塵，奮鬥一生，終於不能實現美政，只有回到天上去。他在將要到達目的地時，已經瞻望到了西天的燦爛輝煌，可是就在這死生去留之際，一種本能的生之留戀意識突然勃發，回頭下望人寰處，瞧見了生他育他的故居舊宅，表現出無限的眷戀與彷徨。「陟升皇之赫戲兮，忽臨睨夫舊鄉；僕夫悲余馬懷兮，蜷局顧而不行。」這最後一節是全詩的高潮，詩情如滔天巨浪，一浪高過一浪，到了至高點嘎然而止。生之留戀讓詩人自高空跌落下來，熱愛舊鄉使詩人不忍離去。但問題並沒有解決，因此，在亂辭中堅決地表示從彭咸之所居。彭咸是什麼人？舊注以爲是彭祖。《史記》說彭祖是顓頊之玄孫，陸終之第三子也。《神仙傳》說，彭祖姓籛名鏗，殷賢大夫，歷夏至殷，七百六十七歲而不衰老，遂逝流沙之西。《思美人》說：「獨煢煢而南行兮，思彭咸之故也。」彭咸爲什麼又在南方呢？彭咸是神巫，即巫咸，不在地上，乃在天上。「從彭咸之所居」，是說回到天上與神巫爲伍，這是巫官屈原給自己安排的光榮的歸宿。

遠在周秦之前，就有升天登假的傳說，《禮記．曲禮》曰：「告喪，曰天王登假。」《禮器》曰：「是故昔先王尚有德……是故因天事天，因地事地，因名山升中於天。」《史記．封禪書》引管仲的話說：「古者封泰山禪梁父者七十二家，而夷吾所記者十有二焉。昔無懷氏封泰山，禪云云；伏羲封泰山，禪云云；神農封泰山，禪云云：炎帝封泰山，禪云云；黃帝封泰山，禪亭亭；顓頊封泰山，禪云云……禹封泰山，禪會稽；湯封泰山，禪雲雲；周成王封泰山，禪社首。」古帝王封禪的意義就在於升天。漢武帝於元鼎四年得寶鼎，齊人公孫卿說是黃帝所鑄，「寶鼎出而與神通，封禪。封禪七十二王，惟黃帝得上泰山封。漢主亦當上封，上封，則能仙登天矣。」封是增高的意思，在泰山頂上加土增高，希冀更近天上的神靈。古人認爲天地相去一萬五千里，從高山之顚上天，可省去一半路程，故泰山又名「天中」。帝王登封日「升中」。《封禪書》又記齊人丁公的話說：「封禪者，合不死之名也。秦皇帝不得上封。陛下（漢武帝）必欲上，稍上即無風雨，遂上封矣。」傳說黃帝既習戰又學仙，後來通神，乘龍上天，群臣及後宮從者七十餘人。

屈原以其巫官職業更易於接近神靈，他從崑崙山取道西行上天，與古聖先王的理想目標是一致的。故九死不悔，萬死不辭。

以上從五個方面探索《離騷》中的屈原自我形象的特點，也許比深化愛國忠君問題的研究更有意義，更合乎屈原的實際。屈原忠於自己的政治理想，爲實現美政奮鬥一生，從來沒有放棄或降低標準以遷就君王，相反地在蒼天百神面前控告君王如何一再背離諾言，與小人同流合污；並表示遠逝自疏，堅決不與他們合作。屈原熱愛故鄉故土，但是腐敗的楚國貴族集團已將這塊土地污染得不成樣子了，一切美好的東西都變質了，屈原能夠把他們統統趕下臺，換一批美人來實現美政嗎？屈原早已看透了的問題，還要我們拾起來讓他重新考慮嗎？靈均若眞有在天之靈，他也會搖頭苦笑的啊！他從哪裡來，回到那裡去，這才合乎屈原的邏輯。

（二）

一千四百年前的文學批評家劉勰早就用「奇文」稱美《離騷》，現代人用「浪漫主義傑作」贊譽《離騷》，都爲這首長詩放射出的奇光異彩而驚嘆不已。好生奇怪，從來未見過的，它是那樣陌生，那樣美麗！一個高潔而憂傷的形象就在前頭，我們跟著屈原走，屈原跟著感覺走，聽他講述了幾多荒遠古老的故事，善敗興亡的舊史。聽他訴說自己的不幸遭遇，深重的冤情，彌天的怨憤，令人掩泣唏噓。跟著他掙扎前進，從地上到天空，杳杳雲程，茫茫天步，奇麗的景象一幕又一幕。求女是多麼熱烈，失戀是何等悲傷。哲王永不悟，讒佞幾荒唐。聊浮遊而求女，看落日的輝煌。跟著他，周流觀乎上下，然後朝向光明與極樂的世界遠航。

誰能有屈原這樣奇特的人生經歷，難道不也是一個千古之謎？誰都知道，這是詩人屈原通過想像幻畫出來的。但是，請問：屈原爲什麼有這種奇怪的想像？最簡單的回答是：屈原採用了浪漫主義的創作方法。那麼孔子作《春秋》，就是採用了現實主義的創作方法？自覺地運用某種創作方法進行文學創作，在屈原的時代是不可能的事，只有當文學進入自覺的時代，文學的特點被充分理解之後，有關創作的方法、經驗和理論才逐漸豐富和完善起來。而屈原的浪漫是以其巫官職業爲基礎的，他經常同神靈打交通，代表神傳達指示，當他代神發話時，他自身也就是神了，所以巫官都是神官。《惜往日》裡，開始一節四句詩對我們有莫大的啓示：

惜往日之曾信兮，受命詔以昭詩（時）；
奉先功以照下兮，明法度之嫌疑。

詩人悲哀地想起往日懷王對他的信任，把非常重要的任務交給他去完成。什麼任務？第一件事是「受命詔以昭詩（時）。」幾乎所有的楚辭注釋，對此句詩作了錯誤的解釋。首先把「命詔」當作了君王的詔命，後面又舉申叔時「教之詩而爲之導廣顯德，以耀明其志」來證明「昭詩」的正確。這種解釋是完全錯誤的。怎麼能把「命詔」放在一起講呢？怎麼能把「教之詩」與「昭詩」等同起來呢？哪有「昭詩」的說法呢？也可以「昭書」、「昭易」、「昭禮」、「昭樂」、「昭春秋」嗎？正確的解釋應當是這樣：「受命」是接受任務，「詩」，朱熹改作「時」，絕對正確。「詔以昭時」即是「以詔昭時」，這個「詔」不是皇帝的「詔」，而是屈原的「詔」，屈原的報告詞。「時」是時政。詔在先秦語言中是告語，並無特殊用法，至秦始皇，改「命」爲「制」，改「令」爲「詔」。從此，制、詔專指皇帝的命令，與原來的意義不同。屈原以詔昭時，即是用自己的報告詞昭告時政，也就是《周禮．春官》所謂「以詔救政」。《周禮．春官》有「保章氏」一條說，保章氏掌天星，記載日月星辰的變動，觀天變，辨吉凶；觀九州，辨妖祥；觀太歲，辨妖祥；觀五雲，辨水旱；觀十二風，別妖祥。「凡此五物者，以詔救政，訪序事。」賈公彥疏曰：「凡此五物者，謂從掌天星以下五經，並是已見之物，有此五事。云詔者，詔告也。告王改修德政以備之，以救止前之惡政。云訪序事者，謂事未至者，預告王訪謀今年天時占相所宜，次敍其事，使不失所也。」周策縱《古巫對樂舞及詩歌發展的貢獻》（台灣清華學報新十三卷一、二期合刊）一文說保章氏、馮相氏、方相氏都是巫官。保章氏「以詔救政」與屈原「詔以昭時」完全相同，即是通過觀天象、辨妖祥，體會天意神示，寫成詔告，告訴君王修明時政以顯其德，使四時充美，鬼神降福。「皇天私阿兮，覽民德焉措輔。」屈原的第二項工作是敬祀祖宗和講述本民族的發展史，「奉先功以照下」，讓本國臣民鑒照祖德宗功，以便發揚光大，正是王逸說的「序其譜屬，率其賢良，以厲國士。」第三項工作才是「明法度之嫌疑」，即是王逸說的「與王圖議政事，決定嫌疑。」怎樣決定政策法令的嫌疑，當然要借鑒歷史經驗，也要順從神靈的意願。說到底，巫史工作是屈原的根本，深厚的巫史修養，使他知識淵博，想像神奇。試看《離騷》，內容多麼豐富，而大部分是述史與遊仙，所謂史，也挾帶著神話傳說，而遊仙更令人浮想聯翩。這兩個方面的內容，只要說出來就十分浪漫，哪裡是按照什麼創作方法的框架來炮製駭人心魄的浪漫主義作品？屈原的巫史職業使他有條件在廣闊的背景上奔馳，上下幾千年，縱橫幾萬里，幾乎不受任何限制。他的感覺和感情，不是屬於史的方面，就是屬於巫的方面，特別是升降上下的本領，接近神女的本領，駕御神物的本領，唱歌跳舞的本領，向神陳詞的本領，乃至與神同居的本領，不是巫職培養的結果嗎？難道是向什麼文學界老前輩學得了浪漫主義秘方嗎？許多本不同的《中國文學史》介紹《離騷》的藝術特色時，什麼「結構宏偉」、「想像豐富」、「比興手法」等等說了一大堆，使人不得要領。屈原的知識是混融性的，他的《離騷》是隨著主觀感情的發展變化，把他的各種感覺和感受唱出來、說出來，各種知識也因之被傳達出來，毫不做作。如神話歷史、天文地理、陰陽曆法、道德法令、鳥獸草木、旌旗車駕、上下神祇、衣服佩飾、禮儀制度、占卜降神、音樂、舞蹈等等知識，自然而然地隨時隨地湧流出來，滋潤著我們的心田，只覺得神奇、美麗、豐富，並不認爲他是有意用了什麼手法取悅於讀者。屈原唱自己，聽不聽由你。

屈原爲什麼能創作出《離騷》這樣偉大的詩篇，除了上面說的巫史的修養以及個人的不幸遭遇之外，還應當有寫詩唱騷的基礎。劉勰在《文心雕龍．通變》中說：「楚之騷文，矩式周人。」這話不可信。楚辭並沒有以周代詩歌爲榜樣，二者之間的差別太大了。或謂楚國民歌《子文歌》、《楚人歌》、《越人歌》、《滄浪歌》以及巫歌、巫樂等，都是屈原唱騷的基礎。說法是不錯的，但僅僅這樣幾首民歌，感覺單薄，巫歌的例子又舉不出多少，仍叫人失望，我們還得從屈原的作品裡尋找原因。

《離騷》的創作應當有一個過程，不是短期能完成的事。《屈原列傳》只說他被讒見疏之後憂愁幽思而作《離騷》，卻沒有明確告訴我們，何時開始，何時寫成。而屈原在《離騷》中兩次說到自己的年齡狀況：「老冉冉其將至兮，恐修名之不立。」、「及年歲之未晏兮，時亦其猶未央。」《離騷》的完成應當在五十歲左右，從作品的辭氣和南征、西遊的狀況看，精力還充沛，並無衰頽的感覺。但也不可能是青壯年時期的作品，因爲沒有如此豐富的經歷。那麼，屈原在唱騷之前，是否傳唱過巫歌和巫詩？如果沒有，試問他在《離騷》中向神陳詞述史的經驗以及與神戀愛、神遊宇宙的經驗從哪裡來？又如何能以詩歌的形式表現出來？眞的沒有任何借鑒嗎？

《楚辭》本是雜湊起來的，莊助、朱買臣讀的楚辭，其中有哪些人的作品，不得而知。淮南王劉安、班固、賈逵各作《離騷》解釋，其餘缺而不說。劉向、揚雄援引傳記對《天問》作的解說，「不能詳悉，所缺者衆」，而且早已亡佚，也無從得知。王逸編定的《楚辭章句》十七卷將《離騷》、《九歌》、《天問》、《九章》、《遠遊》、《卜居》、《漁父》、《大招》（屈原或言景差）判爲屈原之作，以求合乎《漢書，藝文志》「屈原賦二十五篇」之數，實則大有可疑。關鍵問題還不在於屈原死後一百多年才出生的人物怎樣說，而在於這些流傳下來的作品本身向我們展示了些什麼。

屈原唱《離騷》的基礎在於他從前傳唱過《天問》與《九歌》。《天問》述史，《九歌》娛神，二者以功用爲主，這與巫官屈原所從事的職業，有非常密切的關係。《天問》本是巫詩，所傳夏、商、周古史與《離騷》中向神陳詞、歷述史事是一致的。《九歌》本是巫歌，是神曲，神靈的戀愛以及將翺將翔、御風而行的本領，被屈原唱得爛熟並且運用到《離騷》中來表現自己。況且屈原的職業使他與上下神祇是天然合契的，從來沒有把自己與神靈分割開，所以沒有任何勉強做作的痕跡。或問：你豈不是大大減少了屈原的作品嗎？曰：不是我減少了屈子的詩作，而是劉向、王逸，增加了屈原的詩作。屈原有《離騷》這樣偉大的詩篇，還有《惜誦》、《涉江》、《哀郢》、《抽思》、《懷沙》等著名篇章，足以使他不朽，難道寫過一萬多首詩的乾隆皇帝能成爲偉大詩人嗎？或問：司馬遷說：「余讀《離騷》、《天問》、《招魂》、《哀郢》，悲其志。」不是明謂《天問》是屈子之作嗎？曰：司馬遷的話絕對可靠嗎？王逸這樣遵循古訓的人，還不相信《招魂》是屈原所作呢！爲了證明巫詩《天問》與神曲《九歌》的特殊功用以及這兩篇大作非屈原所作，後面將以兩篇專論詳加討論，這裡無庸贅言了。

附：「苟余情其信姱以練要兮」新解

《離騷》中有這樣兩句詩：

苟余情其信姱以練要兮，

長顑頷亦何傷。

《中國歷代文學作品選》（朱東潤主編）上編第一冊對此二句詩作了如下的注釋：

信，眞實。姱，美好。信姱，確實美好。練要，朱熹說「言所修練，所守要約也。」即精誠專一的意思。顑頷，食不飽而面呈黃色之貌。

依照上面的注釋尋繹詩義，可以譯成這樣的兩句：

如果我的內心眞正美好而且精誠專一，
即使長期地面黃肌瘦又有什麼關係！

只要稍稍留意一下，就會發現這樣的兩句譯詩是令人不安的。詩人的內心美好和專一篤誠同他的體質下降、面容憔悴並沒有必然的聯係，所謂「食不飽而面呈黃色之貌」，並不是精神品格的美好所造成的。詩人營養不良，面容憔悴，必另有原因，這原因又只能在詩中去尋求了。我懷疑「苟余情其信姱以練要兮」的注釋有問題，於是打開游國恩主編的《離騷纂義》尋求答案。書中對這兩句詩的注解竟有十七家的意見，還有編者的按語，應該說是比較全面了。茲舉出幾條有代表性的意見：

苟，誠也。練，簡也。顑頷，不飽貌。言己飲食清潔，誠欲使我形貌信而美好，中心簡練，而合於道要，雖長顑頷，飢而不飽，亦何所傷病也。何者，衆人苟欲飽於財利，己獨欲飽於仁義也。（王逸）

苟，且。姱，大。練，擇也。且信大擇要道而行，雖長飢苦，亦何傷於我。（李周翰）

信姱，言實好也，與信芳、信美同意。言我中情實美，又擇要道而行，雖顏色憔悴，形容枯槁，亦何傷乎？彼先口體而後仁義，豈知要者？顑頷，食不飽，面黃貌。（洪興祖）

練要，言所修精練，所守要約也。（朱熹）

姱，盛美也。治帛曰練，練要，猶治要也。（錢杲之）

信姱，其姱足自信也。練謂老成諳練，要謂提綱挈領。爲國樹人，此要練之實務也。己既有其內美，又所樹皆眾芳，斯其信姱以練要也。（錢澄之）

此二句言但求中情美善，而合於要道，雖飲露餐英，面有飢色，亦自無害。承上言因懼修名之不立，故以貪婪馳逐爲深戒云。（《離騷纂義，編者按》）

以上各家之說都沒有揭示出詩人「顑頷」的直接原因，仍然叫人失望。

我認爲詩人「顑頷」的直接原因是「練要」。「練要」二字怎麼講，是理解此二句詩的關鍵。「練要」不是什麼「精練要約」、「精誠專一」，也不是「擇要道而行」或「要練之實務」。「練」是白色的熟絹，也可以訓爲治絲，如許愼《說文解字》所謂「湅繒也」，《考工記》所謂「湅帛也」。「練」又引申爲精簡、約束的意思。「練要」的「要」是「腰」的本字，古皆作「要」。「練要」者何？約束腰身之謂也，以求腰肢的細瘦苗條也。楚人愛細腰，由來久矣。

《墨子．兼愛》說：「楚靈王好士細腰。」

《韓非子．二柄》說：「楚靈王好細腰，而國中多餓人。」

《荀子．君道》說：「楚莊王（靈王之誤）好細腰，故朝有餓人。」

《尸子．處道》說：「勾踐好勇而民輕死，靈王好腰而民多餓。」

《管子．七主．七臣》、《晏子．外篇》、《淮南子．主術》皆有類似的記載。

《戰國策．楚策．威王問於莫敖子華》記載更詳細：「莫敖子華對曰：「昔者先君靈王好小要，楚士約食，馮而能立，式而能起。食之可欲，忍而不入；死之可惡，然而不避。華聞之，其君好發者，其臣抉拾。君王直不好，若君王誠好賢，此五臣者，皆可得而致之。」」。

《後漢書．馬廖傳》說：「傳曰：吳王好劍客，百姓多創瘢。楚王好細腰，宮中多餓人。

」

楚靈王是楚國歷史上最荒淫殘暴的君主，他大興土木，廣建宮室臺觀，搜羅宮女藏於後宮多達數千人。他愛好小腰，使宮人減肥節食，「脅息腹帶」，捆著肚子挨餓以求細腰。上之所好，民必甚焉。楚國人愛細腰蔚然成風，宮內宮外莫不如此，不僅婦女愛細腰，男人也愛細腰，以致「一國有飢色餓人」。有的人直不起腰來，只能扶牆而立，憑軾而起，弱不禁風，不堪一擊。李商隱的《夢澤》詩曾對楚靈王好細腰這一歷史事實給予了嘲諷：「夢澤悲風動白茅，楚王葬盡滿城嬌。未知歌舞能多少，虛減宮廚爲細腰。」

但在屈原的時代，愛細腰已經成爲楚國人共同的風俗習慣，小腰、秀項都成了美的標誌。屈原以楚國人共同的審美標準來要求自己，所以他說：「苟余情其信姱以練要兮，長顑頷亦何傷。」正確地理解這兩句詩的意思，應當是：

只要我的內心眞正美好，我的腰身纖細又苗條，
即使長久地面容憔悴，又哪裡值得懊惱！

屈原從內心深處眞正崇美、愛美，所以他自覺地約束自己的腰身，爲了「練要」（束腰），不得不改變自己的飲食。他想像自己「朝飲木蘭之墜露兮，夕餐秋菊之落英」。餐菊飲

露，遠避時饈，固然是以飲食的芳潔比喻人格的高尚，但同時又是使腰肢細瘦以期合乎美的標準的一種高雅的手段。詩人爲了「信姱」而「練要」，因爲「練要」而「顑頷」，意思十分明白，一氣貫通，直截了當，如果將「練要」解釋爲「精練要約」、「精誠專一」、「合於要道」等，反而不好理解，違背了詩人的本意而失之眉睫之前了。

當然，《離騷》之文，引類譬喻，象徵手法是很突出的。詩人「練要」也好，「顑頷」也好，都是一種象徵，體現了詩人不惜一切代價爲理想而奮鬥的偉大精神和高尚品格。

附：《離騷》韻讀（韻依江有誥《楚辭韻讀》，略有更動）

帝高陽之苗裔兮，朕皇考曰伯庸。
攝提貞於孟陬兮，惟庚寅吾以降。（胡冬反。東中通韻）
皇覽揆余初度兮，肇錫余以嘉名：
名余曰正則兮，字余曰靈均。（眞耕通韻。）
紛吾既有此內美兮，又重之以修能；（奴其反。）
扈江離與辟芷兮，紉秋蘭以爲佩。（音邳，之部。）
汩余若將不及兮，恐年歲之不吾與。
朝搴阰之木蘭兮，夕攬洲之宿莽。（音姥。）
日月忽其不淹兮，春與秋其代序；
惟草木之零落兮，恐美人之遲暮。

不撫壯而棄穢兮，何不改乎此度？
乘騏驥以馳騁兮，來吾道夫先路！（魚部。）
昔三后之純粹兮，固眾芳之所在；（才里反。）
雜申椒與菌桂兮，豈維紉夫蕙茝？（音齒，之部。）
彼堯舜之耿介兮，既遵道而得路；
何桀、紂之猖披兮，夫唯捷徑以窘步！（魚部。）
惟夫黨人之偷樂兮，路幽昧以險隘；（音益。）
豈余身之憚殃兮，恐皇輿之敗績。（支部。）
忽奔走以先後兮，及前王之踵武；
荃不察余之中情兮，反信讒而齌怒。（上聲。）
余固知謇謇之爲患兮，忍而不能舍（音恕。）也，
指九天以爲正兮，夫唯靈修之故（魚部）也！
曰黃昏以爲期兮，羌中道而改路。
初既與余成言兮，後悔遁而有他；
余既不難夫離別兮，傷靈修之數化。（音呵，歌部。）
余既滋蘭之九畹兮，又樹蕙之百畝；（明以反。）

畦留夷與揭車兮，雜杜衡與芳芷。（之部。）
冀枝葉之峻茂兮，願竢時乎吾將刈；（孽去聲。）
雖萎絕其亦何傷兮，哀眾芳之蕪穢！（祭部。）
眾皆競進以貪婪兮，憑不厭乎求索；（音素。）
羌內恕己以量人兮，各興心而嫉妒。（魚部。）
忽馳騖以追逐兮，非余心之所急；
老冉冉其將至兮，恐修名之不立。（緝部。）
朝飲木蘭之墜露兮，夕餐秋菊之落英；（音央。）
苟余情其信姱以練要兮，長顑頷亦何傷！（陽部。）
擥木根以結茝兮，貫薜荔之落蕊；（如果反。）
矯菌桂以紉蕙兮，索胡繩之纚纚。（音縒，歌部。）
謇吾法夫前修兮，非世俗之所服；（房逼反。）
雖不周於今之人兮，願依彭咸之遺則；（音稷，之部。）
長太息以掩涕兮，哀民生之多艱；（古字作囏。）
余雖好修姱以鞿羈兮，謇朝誶而夕替。（脂文借韻）
既替余以蕙纕兮，又申之以擥茝；

亦余心之所善兮，雖九死其猶未悔！（呼鄙反，之部。）
怨靈修之浩蕩兮，終不察夫民心；
衆女嫉余之蛾眉兮，謠諑謂余以善淫。（侵部。）
固時俗之工巧兮，偭規矩而改錯；（音醋。）
背繩墨以追曲兮，競周容以爲度。（魚部。）
忳鬱邑余侘傺兮，吾獨窮困乎此時（去聲）也！
寧溘死以流亡兮，余不忍爲此態（他吏反，之部。）也！
鷙鳥之不群兮，自前世而固然；
何方圜之能周兮，夫孰異道而相安！（音薦，元部。）
屈心而抑志兮，忍尤而攘詬；
伏清白以死直兮，固前聖之所厚！（侯部。）
悔相道之不察兮，延佇乎吾將反；
回朕車以復路兮，及行迷之未遠。（元部）
步余馬於蘭皐兮，馳椒丘且焉止息；
進不入以離尤兮，退將復修吾初服。（之部。）
製芰荷以爲衣兮，集芙蓉以爲裳；

不吾知其亦已兮，苟余情其信芳！（陽部。）
高余冠之岌岌兮，長余佩之陸離；（音羅。）
芳與澤其雜糅兮，唯昭質其猶未虧。（音柯，歌部。）
忽反顧以遊目兮，將往觀乎四荒；
佩繽紛其繁飾兮，芳菲菲其彌章。（陽部。）
民生各有所樂兮，余獨好修以爲常；
雖體解吾猶未變兮，豈余心之可懲！（陽蒸借韻。）
女嬃之嬋媛兮，申申其詈予；（上聲。）
曰：「鮌婞直以亡身兮，終然殀乎羽之野。（音宇，魚部。）
汝何博謇而好修兮，紛獨有此姱節？（飾字。）
薋菉葹以盈室兮，判獨離而不服。
衆不可户說兮，孰云察余之中情？
世並舉而好朋兮，夫何煢獨而不予聽！（耕部。）
依前聖以節中兮，喟憑心而歷茲；
濟沅、湘以南征兮，就重華而陳詞：（之部。）
啓《九辯》與《九歌》兮，夏康娛以自縱；

不顧難以圖後兮，五子用失乎家巷。（東部。）
羿淫遊以佚畋兮，又好射夫封狐；
固亂流其鮮終兮，浞又貪夫厥家。（音姑，魚部。）
澆身被服強圉兮，縱欲而不忍；
日康娛而自忘兮，厥首用夫顚隕。（文部。）
夏桀之常違兮，乃遂焉而逢殃；
后辛之菹醢兮，殷宗用而不長。（陽部。）
湯、禹儼而祇敬兮，周論道而莫差；（音磋。）
舉賢而授能兮，循繩墨而不頗。（平聲，歌部。）
皇天無私阿兮，覽民德焉錯輔；
夫維聖哲以茂行兮，苟得用此下土。（魚部。）
瞻前而顧後兮，相觀民之計極；
夫孰非義而可用兮？孰非善而可服？
阽余身而危死兮，覽余初其猶未悔；
不量鑿而正枘兮，固前修以菹醢。（音喜，之部。）
曾歔欷余鬱邑兮，哀朕時之不當；

攬茹蕙以掩涕兮，霑余襟之浪浪。（陽部。）
跪敷衽以陳辭兮，耿吾既得此中正；（平聲。）
駟玉虬以乘鷖兮，溘埃風余上征。（耕部。）
朝發軔於蒼梧兮，夕余至乎縣圃；（去聲。）
欲少留此靈瑣兮，日忽忽其將暮。
吾令羲和弭節兮，望崦嵫而勿迫；（補入聲。）
路漫漫其修遠兮，吾將上下而求索。（素入聲，魚部。）
飲余馬於咸池兮，總余轡乎扶桑；
折若木以拂日兮，聊逍遙以相羊。（陽部。）
前望舒使先驅兮，後飛廉使奔屬，（去聲。）
鸞皇爲余先戒兮，雷師告余以未具。（渠晝反，侯部）
吾令鳳鳥飛騰兮，繼之以日夜；
飄風屯其相離兮，帥雲霓而來御。（同迓。）
紛總總其離合兮，斑陸離其上下；（音户）；
吾令帝閽開關兮，倚閶闔而望予。（上聲。）
時曖曖其將罷兮，結幽蘭而延佇；

世溷濁而不分兮，好蔽美而嫉妒。（上聲。）
朝吾將濟於白水兮，登閬風而緤馬；（音姥。）
忽反顧以流涕兮，哀高丘之無女。（魚部。）
溘吾遊此春宮兮，折瓊枝以繼佩；（音邳。）
及榮華之未落兮，相下女之可詒。
吾令豐隆乘雲兮，求宓妃之所在；
解佩纕以結言兮，吾令蹇修以為理。（之部。）
紛總總其離合兮，忽緯繣其難遷；
夕歸次於窮石兮，朝濯髮乎洧盤。（元部。）
保厥美以驕傲兮，日康娛以淫遊；
雖信美而無禮兮，來違棄而改求。（幽部。）
覽相觀於四極兮，周流乎天余乃下；
望瑤臺之偃蹇兮，見有娀之佚女。（魚部。）
吾令鴆為媒兮，鴆告余以不好；（呼叟反。）
雄鳩之鳴逝兮，余猶惡其佻巧。（苦叟反，幽部。）
心猶豫而狐疑兮，欲自適而不可；

鳳皇既受詒兮，恐高辛之先我。（歌部。）
欲遠集而無所止兮，聊浮游以逍遙；
及少康之未家兮，留有虞之二姚。（宵部。）
理弱而媒拙兮，恐導言之不固；
世溷濁而嫉賢兮，好蔽美而稱惡。（去聲。）
閨中既已邃遠兮，哲王又不寤；
懷朕情而不發兮，余焉能忍與此終古！（去聲，魚部。）
索藑茅以筳篿兮，命靈氛爲余占之。
曰：「兩美其必合兮，孰信修而慕之？
思九州之博大兮，豈唯是其有女？」
曰：「勉遠逝而無狐疑兮，孰求美而釋女？
何所獨無芳草兮，爾何懷乎故宇？
世幽昧以昡曜兮，孰云察余之善惡？（上聲，魚部。）
民好惡其不同兮，惟此黨人其獨異；
户服艾以盈要兮，謂幽蘭其不可佩。（音備，之部。）
覽察草木其猶未得兮，豈珵美之能當？

蘇糞壤以充幃兮，謂申椒其不芳！」（陽部。）

欲從靈氛之吉占兮，心猶豫而狐疑；

巫咸將夕降兮，懷椒糈而要之。（之部。）

百神翳其備降兮，九疑繽其并迎；（音悟。）

皇剡剡其揚靈兮，告余以吉故。（魚部。）

曰：「勉升降以上下兮，求榘矱之所同；（作周。）

湯、禹嚴而求合兮，摯、咎繇而能調。（音周。）

苟中情其好修兮，又何必用夫行媒；（明丕反。）

說操築於傅巖兮，武丁用而不疑。（之部。）

呂望之鼓刀兮，遭周文而得舉；

甯戚之謳歌兮，齊桓聞以該輔。（魚部。）

及年歲之未晏兮，時亦猶其未央；

恐鵜鴂之先鳴兮，使夫百草爲之不芳！」（陽部。）

何瓊佩之偃蹇兮，眾薆然而蔽（鼈去聲。）之；

惟此黨人之不諒兮，恐嫉妒而折（去聲，祭部。）之。

時繽紛其變易兮，又何可以淹留？

蘭芷變而不芳兮，荃蕙化而爲茅。（幽部。）
何昔日之芳草兮，今直爲此蕭艾（蘖去聲。）也？
豈其有他故兮，莫好修之害（胡列反，祭部。）也！
余以蘭爲可恃兮，羌無實而容長；
委厥美以從俗兮，苟得列乎衆芳。（陽部。）
椒專佞以慢慆兮，榝又欲充夫佩幃；
既干進而務入兮，又何芳之能祗！（脂部。）
固時俗之流從兮，又孰能無變化？
覽椒蘭其若茲兮，又況揭車與江離。（歌部。）
惟茲佩之可貴兮，委厥美而歷茲；
芳菲菲而難虧兮，芬至今猶未沬。（音密。）
和調度以自娛兮，聊浮游而求女；
及余飾之方壯兮，周流觀乎上下。（魚部。）
靈氛既告余以吉占兮，歷吉日乎吾將行。（音杭。）
折瓊枝以爲羞兮，精瓊爢以爲粻。（陽部。）
爲余駕飛龍兮，雜瑤象以爲車；

何離心之可同兮，吾將遠逝以自疏！（魚部。）
邅吾道夫崑崙兮，路修遠以周流；
揚雲霓之晻藹兮，鳴玉鸞之啾啾。（幽部。）
朝發軔於天津兮，夕余至乎西極；
鳳皇翼其承旗兮，高翱翔之翼翼。（之部。）
忽吾行此流沙兮，遵赤水而容與，
麾蛟龍使梁津兮，詔西皇使涉予。（上聲，魚部。）
路修遠以多艱兮，騰眾車使徑待。（作侍。）
路不周以左轉兮，指西海以爲期。（之部。）
屯余車其千乘兮，齊玉軑而並馳；（音陀。）
駕八龍之蜿蜿兮，載雲旗之委蛇。（音陀，歌部。）
抑志而弭節兮，神高馳之邈邈；
奏《九歌》而舞韶兮，聊假日以媮樂。（宵部。）
陟升皇之赫戲兮，忽臨睨夫舊鄉；
僕夫悲余馬懷兮，蜷局顧而不行。（陽部。）
亂曰：已矣哉！

國無人莫我知兮，又何懷乎故都？
既莫足與爲美政兮，吾將從彭咸之所居！（魚部。）

三 神曲《九歌》論

研究楚辭的專家學者多稱《九歌》爲「神曲」。比如蘇雪林先生在《屈賦論叢·自序》①中說：「我大膽宣布《九歌》是整套神曲。」殷光熹同志在《〈國殤〉試析》②中也稱《九歌》是「神曲」。他們的理由都是因爲《九歌》是祭神的歌詞。

稱《九歌》爲「神曲」，是十分準確的，而且意義重大。但是僅僅因爲它是祭歌而獲取「神曲」的雅名，那是不能令人感到切理饜心的。因爲包括《詩經》的「三頌」在內的一切祭神的歌曲都將有資格獲得「神曲」的美名，可與《九歌》「約爲兄弟」了。

或問：你是怎樣理解《九歌》爲「神曲」的？意欲標新立異、弔詭弄奇嗎？答曰：故作新奇，則吾豈敢？求得眞事實，才是我最大的願望。

我也大膽地宣布：有遠古時代的《九歌》，有屈原新編的《九歌》，它們都是神曲。古《九歌》不是人間的歌，而是天上的歌，是上帝掌管的歌，衆神演唱的歌，其功用在於娛樂天神。屈原新編的《九歌》，目的在於祭祀，祈求福佑，但也有娛神的功用，要請示上帝，邀請衆神演出，有迎有送，極備制度，也是標準的神曲。神曲的最根本特點是由神來表演，屈原的《九歌》是由九種神（當然是象神之巫）參加演出的大型歌舞，由百神之王——楚人心中的上帝東皇太一親臨現場觀樂，至成禮乃率領衆神歸天。爲證我言之不虛，將對上述觀點作具體論述如次。

(一)

大家都知道，屈原的《九歌》襲用了古「九歌」的名稱，古「九歌」之名既見於《天問》，又見於《山海經》。《天問》說：「啓棘賓商，九辯九歌。」《山海經・大荒西經》說：「西南海之外，赤水之南，流沙之西，有人珥兩青蛇，乘兩龍，名曰夏后開（啓，漢避景帝諱改開）。開上三嬪於天，得《九辯》與《九歌》以下。此天穆之野，高二千仞，開焉得始歌《九招》。」兩處記錄了夏啓多次到天上作客，終於得到了天帝的音樂《九辯》、《九歌》的同一神話故事。在儒家學者看來，這種海外奇談不過是道聽塗說者之所造，芻蕘狂夫之所議也。在文學家看來，只不過是富於想像的人編造出來的故事，能使好奇者聞詭而驚聽罷了。可是在神話學家、人類學家看來，這一神話既無藻飾，亦無虛託，只是爲了傳達知識，傳授造福社會所需的知識，它廣泛關係著古代社會生活而具有重大的史料價値。我們再看《海外西經》「夏后啓」一節記載更具體：「大樂之野，夏后啓於此儛九代，乘兩龍，雲蓋三層。左手操翳，右手操環，佩玉璜。在大運山北，一曰大遺之野。」所謂「大樂之野」、「大遺之野」，亦即「大穆之野」。「九代」，樂曲名。《九歌．禮魂》：「成禮兮會鼓，傳芭兮代舞。」「代舞」即「九代」之舞。《竹書》也有相同的記載：「夏帝啓十年，帝巡狩，舞《九韶》於大穆之野。」綜上所述，夏后啓確實曾經得到一種大型歌舞曲名叫「九代」、「九歌」、「九韶」的，並且在大穆（漠）之野舉行過盛況空前的演奏。這種大型歌舞，究竟是西域的音樂、印度的音樂或是三代以前的失而復得的古樂？不得而知也。至於說它是天樂，「此曲只應天上有」，那是基於古代宗教的需要，因爲神話是爲宗教服務的，音樂舞蹈是爲宗教儀典服務的，將音樂宗教化、神聖化，這是順理成章的事。

既然是天上來的音樂，所以都要加上一個「九」字，歌曰「九歌」，舞曰「九韶」（即「九招」），曲曰「九奏」，曲終曰「九成」。爲什麼都姓「九」呢？九爲陽數，《易》以陽爻爲九，九代表天。乾卦有三畫，坤卦有六畫，陽得兼陰，故其數九。《管子．五行》說：「天道以九制，地理以八制……以天爲父，以地爲母，以開乎萬物。」九和八代表至大至極的陽極和陰極，「八九七十二」，七十二爲兩極之積，亦即天地之合，乃天地陰陽五行之成數，可以總攬一切。暫且不談神秘數字「七十二」，回頭再說「九」。「九天」、「九玄」、「九霄」、「九垓」、「九旻」、「九垠」、「九重」、「九乾」等，都是天的代稱，至於地分九州，則是按九天的方位畫分的。九還有多數、極端之義，這就不說了。《九歌》是天樂、天歌，所以才有資格姓「九」，葛天氏的八闋之歌是地上的歌，所以姓「八」，別看數字上相差僅爲「一」，可是在規格上卻有天壤之別。天上的音樂是不能隨便拿到地上來演唱的，不要說庶民聽不到，王侯也很難聽到，因此，愈是神秘，愈是令人嚮往。傳說有少數幾個人聽到了天樂，那都是在特殊條件下登天而親聞的。《列子》說，周穆王時，西極之國有化人來中國，化人有幻化之術，能入水火，穿金石，千變萬化，穆王敬之若神。過了不久，化人邀穆王同遊，穆王執化人的衣袖騰空而上，直達天帝之居——清都、紫微，聽到鈞天廣樂，只覺得洋洋盈耳，魂悸魄動，卻不知音響之所從來。《史記》的《趙世家》及《扁鵲倉公列傳》都記載了秦穆公、趙簡子夢遊天帝之居、親聞天樂之事。《趙世家》說，趙簡子大病七日，不省人事，夢遊天帝之所。醒後語大夫曰：「我之帝所甚樂，與百神遊於鈞天（中央天），廣樂九奏萬舞，不類三代之樂，其聲動人心。」「廣樂」即天樂。「九奏」是說樂曲分九章，每曲一終，必變更奏，九變乃成。「萬舞」是一種手執羽毛的文舞和手執盾斧的武舞交用的大型舞蹈。廣樂九奏萬舞掌握在天帝手中，由天帝召集百神演唱，凡人無緣享受天上的鐘鼓之聲、管籥之音，有幸在夢中聽到的也絕少。李商隱《鈞天》詩曰：「上帝鈞天會衆靈，昔人因夢到青冥。」說的正是秦穆公、趙簡子的故事，說得非常神奇，令人不勝嚮往。

能將天樂帶到人間來演奏，除了夏啓之外，傳說周穆王也演奏過廣樂，《穆天子傳》說：「天子乃奏廣樂。」《呂覽》說：「禹命皋陶，作爲夏樂《九成》，以昭其功。」夏樂《九成》是用來歌頌夏禹的「九功」、「九德」的，不算是天樂。《尚書．虞書》曰：「《簫韶》九成，鳳凰來儀。」舜樂《簫韶》（也稱「箾韶」或「韶箾」）也與「九」掛上鈎，但從未聽說舜樂得之於天，而且就連《虞書》也是僞造的，所謂「大舜云：『詩言志，歌永言，聲依永，律和聲。』」這些話都是將後人的詩歌理論放到了舜的身上，連神話的價值都不具備。至於季札觀樂，見舞《韶箾》，曰「天無不幬」，「地無不載」，孔子在齊聞《韶》，三月不知肉味，這都是竹帛所載的眞事。但是，誰能說他們所親聞的《韶》樂就一定是三代以前虞舜傳下來的古樂，而不是另一種古樂呢？《文心雕龍．樂府》曰：「樂本心術，響浹肌髓。」音樂對人的感召作用是巨大的，所以稱樂曰「招」、曰「韶」，是從「召」的意義來的，是古人對音樂的通稱，非舜所專有。至於《九歌》、《九辯》，是夏啓獨傳的天樂，不得與舜、禹之樂混同，其地位神聖而又崇高，它是被神秘化了的宗教音樂，爲巫官所崇奉所保存。夏啓「三賓於天」，他本人就很有神性，他本是人與神相結合的產物。自顓頊「絕地天通」之後，有幾人能通天？只有巫能通天。說夏啓是夏代名巫也不無道理，說《九歌》、《九辯》是夏啓保存的巫樂、巫歌，並非欺世之談。夏代的巫文化在北方已被周代的史官文化所取代，可是在南方、在楚國卻有所保留，先進的地方蔑視傳統，落後的地方猶存古風，這就是仲尼所云「禮失而求諸野」，屈原所眷戀的「江介之遺風」。是故周公、孔子不傳《九歌》、《九辯》，而屈原、宋玉有幸借其美名。或以爲屈原兩使於齊，必親聞鼓舞之風，採取周代之樂曲，配以己詞而成《九歌》。請問：周代哪一部史書、齊國哪一種著述提到過它們那裡有《九歌》之曲？能把孔子聞的《韶》當作《九歌》嗎？拉著黃牛當馬騎嗎？或謂屈原自言「奏《九歌》而舞《韶》兮，聊假日以媮樂，」可見《韶》即《九歌》。須知此處的《韶》不是齊國的《韶》，而是「九韶」（也稱「九招」）之省稱，仍是《竹書》所說的「夏后啓舞《九韶》。」亦即《山海經》所載的「夏后開始歌《九招》。」

總之，古《九歌》源於夏代，應當是夏啓掌握的宗教歌舞，被巫史傳爲天樂，說得過於神奇了。夏啓沈溺於歌舞，幾至亡國。《離騷》說：「啓《九辯》與《九歌》兮，夏康娛以自縱：不顧難以圖後兮，五子用失乎家巷。」夏啓縱情娛樂的《九歌》，應當是專門化的巫舞巫歌，就像《尚書．商書．伊訓》所說的「敢有恆舞於宮，酣歌於室，時謂巫風。」夏代的巫文化現象在楚國仍有所遺存，故屈原能效《九歌》之體而爲祭祀之樂，宋玉能假《九辯》之名而發悲哀之音。夏文化對楚文化有著深遠的影響，一篇《天問》所涉及夏代歷史遠比商周的多，而且比北方所傳夏史更爲眞實可信。一部楚辭，植根於夏文化與楚國固有的文化土壤，與周文化並不密切。周文化培養了周公、孔子；夏文化、楚文化培養了屈原。所以屈原其人有雙重背景，樹大根深，這是需要學者深入研究的。屈原不像陳良那樣「悅周公仲尼之道，北學於中國，」雖然「去聖未遠」，卻沒有接受孔子的靈光，他在秦楚爭強的嚴重時刻，兩使於齊，憂心孔疚，決無可能在齊聞《韶》，藉異國之樂曲配己之新詞而成《九歌》。《九歌》源遠流長，其曲與詞因時代而變遷，但其宗教性質、神曲性質，則始終不改。屈原世典巫史之職，世代保存宗教樂章，傳習鼓舞之風，與《九歌》、《九韶》結下不解之緣，故在《離騷》中說「奏《九歌》而舞《韶》」，在《遠遊》中說「二女御九韶歌」。《九歌》在懷王之世被屈原加工改造成郊祀歌，而仍用舊名。內容更新，是爲了懷王隆祭祀的需要，歌名仍舊，特保持天樂之威靈。

(二)

《尚書．洪範》八政：一曰食，二曰貨，三曰祀。祭祀是國家重大政事之一，當人民足食足衣之後，就要定期舉行祭祀活動。世代相傳，不能終止。《國語．楚語下》記載楚昭王與楚大夫觀射父有關祭祀的一段對話：

王曰：「祀不可以已乎？」

對曰：「祀所以昭孝息民、撫國家、定百姓也，不可以已。夫民氣縱則底，底則滯，滯久而不振，生乃不殖。其用不從，其生不殖，不可以封。是以古者先王日祭、月享、時類、歲祀。諸侯舍日，卿、大夫舍月，士、庶人舍時。天子遍祀群神品物，諸侯祀天地、三辰及其土之山川，卿、大夫祀其禮，士、庶人不過其祖。」

按《周禮》規定，諸侯祀社稷，不得祀天地三辰，二王之後（前兩朝的王族后裔被新王朝封爲諸侯國君者）可以祀天地三辰，非二王之後，祭分野星（十二星辰位置與本國相對應者）、山川而已。楚王僭禮，莊王祀黃河之神，靈王祀上帝，至懷王更廣祭天地百神。雖有昭王「祭不越望」，受到孔子的稱讚，但已是極稀罕之事。到了戰國，禮樂征伐自諸侯出，懷王「隆祭祀」，命屈原編定《九歌》，祭九天主神東皇太一，在楚人看來是理所當然的，因爲迫於形勢的需要。

屈原編定《九歌》是在特殊歷史條件下的成功。

「國將興，聽於民；將亡，聽於神。」③歷史的經驗可以用來解釋《九歌》編定的背景。《九歌》不是楚懷王的勝利進行曲，而是楚國衰敗的前奏曲，國家民族之哀歌。《呂氏春秋．侈樂》曰：「楚之衰也，作爲巫音。」巫音不單純是爲了取樂；以巫覡娛神，是爲了以神輔政，這是沒有辦法的辦法。這裡且不談楚國曾經一度強大的光榮歷史，如熊通的僭號稱王，莊王完成霸業，悼王的中興，那都是不堪回首的往事。到楚懷王即位的時候，楚國眞正衰敗了。秦國因商鞅變法成功而空前強大，齊、魏實行改革也收到了一定的成效，只有楚國窘步不前，所以懷王實際上是受任於危難之間。六國合縱的失敗，楚國在外交策略上的受騙上當，軍事上的失利，使懷王在心理上蒙受了極大的恥辱和創傷，向鬼神求福佑的意識愈趨強烈。懷王十七年春天，楚軍與秦軍大戰於丹陽，楚軍大敗，八萬人被斬首，七十餘名將領被俘。懷王於是調動全國的兵力與秦決戰，出發之前，懷王舉行大規模祭祀活動。《漢書・郊祀志》引谷永的話說：

楚懷王隆祭祀，事鬼神，欲以獲福助，卻秦師，而兵挫地削，身辱國危。

懷王隆祭祀，遍祭天神、地祇、人鬼，想調動神的力量幫助他贏得戰爭，結果又大敗。

屈原編定《九歌》應當是在懷王隆祭祀的情況下，改造舊的《九歌》，讓它重放光彩，用以祀神。爲什麼這樣說呢？試看屈原的《九歌》，除《國殤》一篇與現實生活有關之外，其餘十篇哪有一點時代氣氛？處處充滿了原始性，充滿了原始的宗教氣氛，表現了原始的逸放思想，所以顯得特別天眞自然，很少人工穿鑿的痕跡，其妙曼動人之處，後來的許多天才製作也難以企及。《九歌》中的大部分歌詞不是屈原個人的造作，而是楚國先民傳唱已久的歌，並且相當多地保存了夏文化的特點。

關於《九歌》與夏文化的關係，姜亮夫先生在《九歌解題》④一文中發表了很好的意見。他指出：《九歌》不全爲楚國祀典。《河伯》祀河神，應當爲夏民族普遍的遺習，楚不得祀，而《九歌》有河神，必本於夏之遺習無疑。此其一。又《雲中君》云：「覽冀州兮有餘，橫四海兮焉窮。」《大司命》云：「紛總總兮九州，何壽夭兮在予。」冀者夏民生息之地，九州則全爲夏后氏之說，均爲夏人之語，非楚國之可得言，非屈子自道之詞。此其二。又《九歌》中諸言車駕，皆曰龍駕龍舟，此祀歌非等抒情之作，故全詩畫一不亂。龍者夏民族所奉以爲宗神者也。楚民族之宗神當爲熊，而傳說中之宗神或亦爲龍，祀典求合於神意，故亦以龍爲稱。此其三。以上三點意見對於說明《九歌》不全爲楚祀是非常有力的證據。不僅止此，若東皇太一、東君等天神，非專爲楚人所祀。太一即上帝、上皇，虞、夏之世，即祭昊天上帝於圜丘。晉巫祀五帝、東君、雲中君之屬，取證於漢初郊祀之制，亦當仍其舊慣。二湘無論說成是舜妃或一對配偶神，其資歷也十分悠久，夏代可能有祭。至於司命之神，洪興祖補注說是文昌宮第四星，應劭《風俗通》有齊地所尊崇的司命，《漢書．郊祀志》有荊巫所祀的司命，江淹《邃古篇》有鬼之元首司命，泰山有泰山司命及九天司命，蘇雪林《屈賦論叢》說大司命是死神，少司命是生神。如此說來，司命之神也非楚人專祀。上述的各種神祇由來已久，可能與夏文化有一定的聯繫。至於龍爲夏代之神物，水車爲河伯之騎乘，九河乃大禹疏鑿，空桑是虞、夏時代魯北地名，這些與楚文化離得很遠；而與夏文化關係極大。夏文化是巫官文化，在北方逐步爲史官文化所代替，在南方爲楚國的巫官所繼承。像觀射父、倚相、巫臣、屈原等，都是楚國的大巫官。（楚國巫史不分）古代的文化制度在他們手中得到保存和利用，是理所當然的。

《九歌》是一套完整的神曲，是爲懷王贏得戰爭而制定的祀神樂章。祭祀的主要對象是東皇太一，所以首先請太一尊神出場。送神之前的一場重要的表演項目是《國殤》，祭奠爲國犧牲的將士。將前後兩場重大節目聯繫起來看，《九歌》是爲「兵禱」而制定的。《漢書·郊祀志》記載亳人謬忌奏祠太一，曰：「天神貴者泰一，泰一佐曰五帝。古者天子以春秋祭泰一東南郊，日一太牢，七日，爲壇開八通之鬼道。」漢武帝令太祝立其祠於長安城東，按謬忌之言奉祀。「其秋，爲伐南越，告禱泰一，以牡荊畫幡日月北斗登龍，以象太一三星，爲泰一鋒（旗），命曰「靈旗」。爲兵禱，則太史奉以指所伐國。」漢承秦制，「祀禮如其故儀禮」。（《漢書·郊祀志》）以後例前，懷王爲伐秦以報丹陽敗北之仇，郊祀上帝以獲福助卻秦師，令屈原定《九歌》，其「兵禱」之目的是非常清楚明白的。在太一尊神的保佑之下，光明與和平的使者東君（太陽神）也來幫忙消滅侵略者天狼星——它是虎狼之秦的象徵。請聽東君的一段唱詞：

青雲衣兮白霓裳，舉長劍兮射天狼；
操余弧兮反淪降，援北斗兮酌桂漿。

東君勝利之後，暢飲開懷，「撰余轡兮高馳翔，杳冥冥兮以東行，」依舊給人類送來光和熱。眞可謂是「天涯近處無征戰，兵策銷爲日月光。」

明白制定《九歌》的目的之後，再說《九歌》演出的套路。

㈢

《九歌》是一套大型的宗教藝術，不可以簡單地看成一組抒情詩。它有美妙的文辭，鈞天的樂奏，有動人心魄的歌舞表演，更有莊嚴肅穆的典禮儀式。典禮儀式是多麼重要，優美的文字不過是它的解說詞，後人習而不察，反以爲屈原藉了祀神的酒杯，澆自己的塊壘，製作了美麗而憂傷的詩歌供大家鑒賞，這是怎樣的迂腐！

《九歌》用於郊祀，祭天曰郊，郊祀也稱「大祀」，是規模最大的祭祀活動，郊祀以外的各種祭祀叫做「群祀」。《九歌》祭祀的主要對象是東皇太一，也稱上皇、上帝，祭祀祖先在宗廟裡舉行，祭祀上帝要在京都城外的南郊舉行。按古代祭祀制度，天子每年正月上旬的辛日祭天於郊，於春、夏、秋、冬四時祭宗廟。天帝爲百神之君，地位最尊貴，故郊祀重於宗廟之祀。得罪了祖宗神靈，可以祈禱上帝，得罪了上帝，就無處禱告了。孔子曰：「獲罪於天，無所禱也。」⑤郊祀之制，於南郊築壇臺，臺三級，臺上用乾柴燃起大火，火光燭天，陳列犧牲玉帛等祭品及供具，置壽宮（神祠），張羽旗，以禮神君。神君均由巫祝扮演，如太一神由太祝扮演，衣紫繡；衆神均由像神之巫覡扮演，各如其狀。王國維說：「古之祭也必有尸。宗廟之尸，以子弟爲之。至天地百神之祀，用尸與否，雖不可考；然《晉語》載：晉祀夏郊（祭天），以董伯爲尸。則非宗廟之事，固亦用之。楚辭之靈，殆以巫而兼尸之用者也。其詞謂巫曰靈，謂神亦曰靈。蓋群巫之中必有像神之衣服形貌動作者。」（《宋元戲曲史》）一切準備工作就序之後，由祀官（祭師）帶領天子（楚懷王儼然以天子自居）到壇前郊拜太一尊神並且禮群神，此時天子就是最大的巫了。桓譚《新論》說：「楚靈王驕逸，輕下，簡賢務鬼，信巫祝之道，齋戒潔鮮，以祀上帝；禮群神，躬執羽紱，起舞壇前，吳人來攻，其國人告急，而靈王鼓舞自若，顧應之曰：『寡人方祭上帝，樂明神，當謀福祐焉。』不敢赴救，而吳兵遂至，俘其太子及后，甚可傷。」這裡也給我們瞭解楚祀提供了旁證。

《九歌》所祀的神，有東皇太一、東君、雲中君、湘君、湘夫人、大司命、少司命、河伯、山鬼、國殤等十種，而最主要的祭祀對象是太一，對其餘九種，與其說是祭神，不如說是「勞神」，因為太一是眞正來享祭的，他不作任何表演，其他九種神都要上臺表演，有聲有色，很像演戲的場面。《九歌》歌詞共十一篇，第一篇《東皇太一》是迎神曲，最後一篇《禮魂》是送神曲，都不由神來演唱，只有中間的九篇都由神來表演，是眞正的「神曲」。所以屈原的這一套郊祀歌叫做「九歌」而不叫「十一歌」是有道理的，符合天上《九歌》的規矩，因為天上的《九歌》完全是神演唱的歌舞。換言之，神演唱的才是《九歌》，屈原的《九歌》有九場由神演唱，故曰「九歌」。誰有此本領能調遣衆神演出呢？曰：上帝。上帝不到場，衆神不會來。「上帝鈞天會衆靈」，李商隱一句詩說得最確切了。

二千年來，許多人解釋《九歌》，說不清楚十一篇詩為何叫「九歌」，即使有人認為一頭一尾不算，故名「九歌」，但為什麼不算，仍說不清楚。因為他們不明白屈原的《九歌》繼承了夏《九歌》的傳統。《九歌》的演出場面十分壯觀，演出的人員衆多，圍觀的群衆就更不用說。演出團體中，除太祝扮演天帝太一之外，還有九種像神之巫，他們都是主演九種神的特級演員，裝束華麗，佩飾莊嚴，望之若神。若不像神，則眞神不至，祈禱無效。還有參加大合唱的一大幫巫女，她都是經過挑選的長短合度、容態窈窕的青年女子，小腰秀頊（頸）、粉白黛黑、朱唇皓齒、靡顏膩理、曲眉長髮、嫮目宜笑、長袂拂面、姣麗無比。他們中間，有從鄭國、衛國招來的極時髦的女子，楚國人稱為「妖玩」而特別悅慕。這些「姱女」手持鮮花，齊聲歌唱，宛如天上廣樂，動人心魂。舞蹈隊的演員有男有女，都受過舞師的嚴格訓練。

《九歌》中的舞蹈也像傳說的萬舞那樣有文舞和武舞兩個方面。九場歌舞中，只有《東君》和《國殤》有武舞，其餘都是文舞。《東君》表現了太陽神光芒萬丈，無比壯麗，令觀者望之入迷的輝煌形象，讚美了它驅逐黑暗、戰勝凶邪的英雄氣概。《國殤》表現了楚國將士「捐軀赴國難，視死忽如歸」的偉大愛國精神。這兩場歌舞帶有很強的政治色彩，《國殤》的歌詞很可能是屈原爲「兵禱」的目的特意創作的，從前的郊祀歌以及一切祭歌都不會有此內容。《國殤》的舞蹈由戰神表演，他們都是「身既死兮神以靈」的鬼雄，因此也未離開「神曲」的範圍。《九歌》中由神表演的文舞有七場，如《雲中君》、《湘君》、《湘夫人》、《大司命》、《少司命》、《河伯》、《山鬼》等。《雲中君》與言情關係雖不十分明顯，但已有巫女與神君相愛的意味。至於其他六場歌舞，完全是表現人神戀愛及神與神戀愛的內容。這一部分歌舞相當原始，可以說由來已久，絕對不是屈原主觀的造作。

初民未受禮教的薰陶，感情最爲熱烈奔放，無所顧忌，怎麼想就怎麼幹，他們的愛情熾熱而又大膽，也不問場合，愛情的歡樂與憂愁都得到充分的表現。他們想像神靈跟人一樣，不但需要飲饌，而且需要聲色，因此，在祭祀神祇的過程中，除了讓神祇醉酒飽德之外，還舉行蔚爲壯觀的愛情歌舞表演以媚悅神祇，莊嚴的祭壇也就成爲人神戀愛的場所，臺上如此，臺下更趨熱烈。所以每逢大祭之日，人們千百成群湧向壇場，青年男女談情說愛，不負大好時光。祭神本是爲了娛神，娛神也是爲了娛人，最後是人神兩樂，回味無窮。

《九歌》言情不同於民間情歌之言情。游國恩先生在他的《楚辭概論》中，把《九歌》言情的成份與《詩經》中的《谷風》、《狡童》、《將仲子》、《溱洧》、《東門之枌》等詩相比較，說意思完全相同，證明都是寫男女愛情的詩歌。這是錯誤的見解。《九歌》是宗教歌舞，是祭祀歌詞，雖然歌唱愛情和性愛，但不是人與人的愛情，而是人與神的愛情。爲什麼人神之愛與祭祀結合在一塊呢？除了上面說的「媚神」俗套之外，還可以上溯到更遙遠的古代。遠古時代，原始人對性愛和信仰本來是分不開的。人類學家認爲，原始時期，支配人類的兩大勢力是：對於性及不可見的事物的信仰。對性的崇拜和對神的崇拜同等重要，因爲原始人對於人類之所由生而且綿綿不絕，歸之於性；對於性之神秘及其所從來，歸之於神。因此，獻給神的最好的禮物便是人之所大慾——性愛，它也是神之所大慾。黃河之神作崇，漂沒土地房屋，溺死人民，於是就有河伯娶婦的事情發生，而且由來已久。《大唐西域記》載瞿薩旦那國城東南百餘里有大河忽然斷流，國王祭祀河龍，有龍女凌波而至曰：「我夫早喪，主命無從。所以河水絕流，農人失利。王於國內選一貴臣，配我爲夫，水流如昔。」於是有大臣請入龍宮，素衣白馬溺入河中，成了女神的「面首」。這一類獻祭的事，在古代許多國家和民族部落時有發生。從人神戀愛到人神結婚，從而博得神的歡心，這就等於完成了崇拜的一項重要任務。爲了使被祭祀的神祇高度重視獻祭者的虔誠，獻祭者聲嘶力竭地祈禱祝願，在一片喧騰的鼓樂聲中，神魂顚倒地手舞足蹈，有時甚至達到發狂的地步。初民對宗教的狂熱竟然產生世上最美麗的文學，原始宗教的歌舞詞用文字記錄下來就成了絕妙好詩，令後來的許多天才作家嘆爲觀止。

《九歌》最動人的地方是對愛情和性愛的描寫，這是人與神及神與神之間的自由戀愛。此中愛情的快樂與憂愁，是戀愛心理的自然宣洩，不受外部條件的任何約束和干擾，因此，自由戀愛在這裡是名副其實的。《雲中君》寫巫女沐浴更衣，絢服華裝，香氣襲人，期待雲神的到來，可是雲神姍姍來遲，好不容易從天空降下，卻又一陣風吹回天上。「思夫君兮太息，極勞心兮忡忡。」候人之難，相思之苦，患得之，患失之，正是愛情的矛盾心理之體現。《湘君》中寫湘夫人「横流涕兮潺湲，隱思君兮陫側，」何等纏綿婉轉；她還懷疑湘君「交不忠兮怨長，期不信兮告余以不閑，」又是何等的疑慮與哀怨。《大司命》描寫巫女迎神迫不及待的心理最曲折微妙：「折疏麻兮瑤華，將以遺兮離居。老冉冉兮既極，不寖近兮愈疏。」她向大司命獻花，想和這位離居的神君親近，還說趁年輕貌美與神結婚，怕將來年老色衰不討神的喜愛。《少司命》寫巫女接受神君的青睞：「滿堂兮美人，忽獨與予兮目成。」她還唱出了「悲莫悲兮生別離，樂莫樂兮新相知」這樣千古不朽的著名詩句。《河伯》中的黃河之神「河伯」是個風流水仙，他和洛水女神宓妃愛戀遊樂，不知倦怠。「與女遊兮九河，衝風起兮水橫波。」他們在水上戀愛，水和風成了他們的夥伴，乘水車，駕兩龍，好不自在！魚鱗屋，紫貝闕，龍宮水府，神仙世界。「與女沐兮咸池，晞女髮兮陽之阿」二句本是河伯的唱詞，卻竄入《少司命》⑥。男神和女神在一起沐浴，這才別開生面；女神對著男神把頭髮晾乾，這才扣人心弦。柯克（Cook）說，佛伊哥人「寧願裸體，卻渴望美觀。」愛美之心，人皆有之。《離騷》不是說過宓妃「朝濯髮乎洧盤」，炫耀自己的美色嗎？《山鬼》描寫山中女神含情睇視、笑容可掬的情態十分動人，翠蔓芳芝成了她的環珮，她從幽篁密筱中走出來，風雨中等待情人。「君思我兮然疑作」、「思公子兮徒離憂」，她疑心「公子」是否眞正眷戀她，她因思念對方而深深地墜入憂愁之中。既是神仙世界的愛情和婚姻，在規格上與凡俗當然大不相同。湘君的洞房建在洞庭湖上，蓀芳和紫貝做了他的門牆，薜荔和蕙綢織成羅帳，連他的走廊也溢彩飄香。他因爲思戀情人而顚倒夢想，「鳥何萃兮苹中，罾何爲兮木上？」少司命戀愛的背景是遙空，他晚上投宿在天郊，白天等待情人在雲霄，他的車駕眞是豪華，用孔雀的翎毛做車蓋，用翡翠的羽毛做旗幟，他忽然飛上九重天拉扯彗星的尾巴做遊戲，眞正是自由的天使。他「入不言兮出不辭，」就憑一雙傳神的目光遙控他的戀人，使她爲之心神恍惚，望眼欲穿。河伯與洛神的戀愛在黃河及其旁流九河上進行，在水上水下、河濱沙渚上隨時播弄風情，魚兒排成長串做了美人的陪嫁品，碧波蕩漾對他們含笑相迎。山鬼的名字雖然難聽，可是她特別窈窕痴情，她戀愛的場所在巫山之間，無論是風雨晦冥也熄滅不了愛情的火焰。然而太多的指望等於失望，感情愈濃烈愈是憂傷。

《九歌》所描寫的愛情是眞正的愛情，因爲它不受任何權勢的脅迫，也不受金錢物質的誘惑，而是人的本性對著大自然的健康的袒露，是假神靈的歌唱與動作反映了人類對自由與愛情的渴望與追求。《九歌》所描寫的愛情是永久的愛情，因爲它不受時間與空間的限制而無時不在、無處不在，所以它不是過時的花絮，而是常望常新的一抹雲霞，古人離今人並不遙遠，兩性之間的電弧閃爍著同樣耀眼的火花。《九歌》是神曲，取象神奇、美麗、壯大，故一般的民歌不敢與它較量高下。《九歌》是綜合藝術，集歌、舞、曲、詞於一體，在演出過程中給觀衆以立體感受，其功用之巨大，氣氛之熱烈，使一切抒情篇什未足矜誇。

《九歌》源於古代的巫歌，經過楚懷王時的大巫官——三閭大夫屈原的編訂而成爲郊祀歌，它是典型的宗教藝術，是被納入宗教膜拜體系並且履行一定的宗教職能的藝術作品。編定《九歌》不是簡單的文字增刪潤飾，必須符合祭祀儀式的程序和演唱規則，這只有精通此道並具有長期實踐經驗的祭司長兼宗教領袖人物屈原才能勝任，才具有權威性。楚懷王不用屈原輔政，卻起用他敬祀鬼神，這種情況與漢文帝「屈賈誼於長沙」⑦，數年之後「可憐夜半虛前席，不問蒼生問鬼神」⑧何其相似！寫到這裡，筆者臨文而嘆，因賦小詩，詩曰：

　　爲祀南郊用左徒，《九歌》新調遍江湖。
　　秦人不怕威靈怒，十萬強兵拔郢都。

「屈平詞賦懸日月，楚王臺榭空山丘。」《九歌》同屈原的所有作品一樣，千古不朽；而楚國懷、襄的事跡，久已成塵。今人回憶往事，不爲如煙似夢的帝王世紀而悲鳴，而是爲我們民族歷史上出現過許多優秀典型和珍奇妙品而鼓舞振奮。眞的猛士，將更奮然而前行。

【注釋】

①蘇雪林《屈賦論叢》，臺灣《中華叢書》編審委員會一九八〇年十二月印行。
②《昆明師院學報》一九七八年三期。
③《左傳》「莊公三十二年」。
④《楚辭學論文集》，上海古籍出版社一九八四年十二月第一版。
⑤《論語．八佾》。
⑥洪興祖《楚辭補注》。
⑦王勃《滕王閣序》。
⑧李商隱《賈生》詩。

四 巫詩《天問》論

《天問》是楚辭中最難理解的一篇，它因爲文理雜亂，內容深僻，二千餘年來始終是中國文學史上一個難猜之謎。

據王逸《天問》後序說，劉向、揚雄曾經援引傳記對《天問》作過解說，但不能詳悉，所缺甚多。劉向、揚雄的解說，文字久佚，我們見不到，我們所能見到的最早的《天問》注解是王逸作的。王逸於序中說：

> 《天問》者，屈原之所作也，……屈原放逐，憂心愁悴，彷徨山澤，經歷陵陸，嗟號昊旻，仰天嘆息，見楚有先王之廟及公卿祠堂，圖畫天地山川神靈，琦瑋譎詭，及古聖賢怪物行事，周流罷倦，休息其下，仰見圖畫，因書其壁，呵而問之，以泄憤懣，舒瀉愁思。楚人哀惜屈原，因共論述，故其文義不次序云爾。

這就是王逸的「書壁說」。後來的學者相信此說，並且列舉王延壽的《魯靈光殿賦》、何晏的《景福殿賦》皆有圖畫山川神靈的記述和描寫，以證明屈原「仰見圖畫」、「因書其壁」爲可信。後來的詩人也仿效著題壁，代不乏人，考其源流，實始於王叔師的「書壁說」。

我們不禁要問：屈原臨畫感興，聊題數句以洩憤即可也，何以一下子提出一百七十二個問題？這三百五十多句的長詩都信手寫在牆上，試問先王宗廟、公卿祠堂允許這樣做嗎？既是一時題畫之作，則事爲一說，未能綴屬，文義不次，何以又有一個總的題目「天問」？既云題畫，則畫本有形，試問「遂古之初，誰傳道之？上下未形，何由考之？……明明暗暗，惟時何爲？陰陽三合，何本何化？」等等意象，誰人畫得出？既是屈原自己的作品，何以用一「曰」字開頭？爲什麼《離騷》及《九章》諸篇之始又無「曰」字？

以上問題，可以說是關於《天問》的「天問」。

(一)

我們必須否定王逸的「書壁說」。宗廟祠堂的牆壁或屋頂上有圖畫是一回事，而《天問》是否臨畫感憤而作，又是一回事。《天問》根本不是洩憤舒愁之作，不是抒情詩。游國恩

《天問纂義》曰：「屈子博聞強志，而又羲和世官，故能致疑於幽邈不測之天道如此。《天問》之作，非直爲抒愁，亦非專爲諷諫，與《離騷》、《九章》諸篇異也。」游氏謂屈原是「羲和世官」，極是。謂《天問》與《離騷》、《九章》「異」，難能可貴。見異，惟知音耳！到底《天問》是一種什麼性質的作品，自古迄今，還沒有一個令人信服的答案。胡適說：「《天問》文理不通，見解卑陋，全無文學價值，我們可以斷定，此篇係後人雜湊起來的。」（《胡適文存》第二集卷一）郭沫若說，《天問》是「雄渾奇特」、「奇矯活突」的優秀詩篇，「是以科學家的態度進行眞理的探索。」（《偉大的愛國詩人屈原》，載《人民日報》西元一九五三年六月六日）兩人的觀點正好相反。認眞地說，《天問》的文學價值不如它的史學價值，它是一首敘事性很強的史詩，內容極爲豐富，但又存在著嚴重的顚倒脫誤的情況。前人研究《天問》，提出錯簡問題。比如說，《天問》裡「鯀禹治水」故事，由於錯簡而割裂成不相連貫的兩個部分，就是明證。清人屈復的《楚辭新注》說《離騷》、《天問》均有錯簡，因對此二文的前後次序作了大膽的移置。爾後有游國恩、唐蘭、臺靜農、蘇雪林等人都主錯簡說，而各人移置的情形都不相同。前人也有舉別本異文以證明《天問》文句遺脫或錯亂者，如「何環穿自閭社，丘陵爰出子文？」王逸注曰：「一云『何環閭穿社，以及丘陵？是淫是蕩，爰出子文。』」又如「河海應龍，何盡何歷？」朱熹《楚辭考異》曰：「一云『應龍何畫？河海何歷？』」也有試圖從辭氣、聲韻的角度對《天問》中的某些文句作調整的，恕不一一介紹。

儘管《天問》「文義不次序」，但也不至於錯脫不可理，基本內容得到保存，損失不會太多。《天問》每四句一韻，每四句為一簡，要移置，必須以一簡為單位進行調整。一簡缺半邊（或左半邊或右半邊）者有之，整簡脫落者亦有之，存缺存疑尚可，亂點鴛鴦則不可。整理《天問》，須按《天問》的內容進行分類，按歷史的先後進行編排。《天問》原本次序分明，並非神經失常的人的胡猜亂問，它在流傳過程中，某些部分有顛倒脫誤的情況，毫不奇怪，先秦典籍往往有此厄運。《漢書．藝文志》說：「劉向以中古文校歐陽、大小夏侯三家經文，《酒誥》脫簡一，《召誥》脫簡二。率簡二十五字者，脫亦二十五字，簡二十二字者，脫亦二十二字，文字異者七百有餘，脫字數十。」《天問》可能有錯脫的情況，但怎麼能因此而說成是楚人哀惜屈原，大家依據回憶你湊幾句我湊幾句而形成今日之面目呢？如果拋開王逸的說法，相信《天問》本來統序秩然，而後按時代先後、內容分類以及四句一韻的特點，對它作某些調整，則如辯士論天，有頭有足了。《天問》全部內容可以概括為十六個部分：㈠、宇宙起源問題；㈡、天體構造問題；㈢、陰陽變化問題；㈣、地理分布問題；㈤、神話地名問題；㈥、神話人物問題；㈦、神話故事問題；㈧、堯舜事跡問題；㈨、鯀禹治水問題；㈩、夏代傳說問題；㈪、商代傳說問題；㈫、商代興亡問題；㈬、周代興亡問題；㈭、周楚矛盾問題；㈮、楚國危機問題；㈯、臨危興感問題。

郭沫若說：「請讀他（屈原）的《天問》吧。那裡面所包含著的一百七十多個問題，大部分是關於整個中國歷史的敘述，從虞夏殷周以來每一代的事跡都說得相當詳細，而最後說到楚國時卻只有四五句而已。」爲什麼會這樣呢？他未能深究。爲什麼敘述古史詳細，敘述楚史只有幾句話呢？如果說脫簡太多，又拿不出根據。多說遠，少說近；多說神，少說人，這是屈原一貫的作風。讀《天問》有如此感覺，讀《離騷》，這種感覺就更多了，我在《奇人屈原論》中已經說到了，這裡是重提一下，請不要忘記屈原是楚國的巫官。敘述歷史，演唱史詩及古代神話故事，本是巫官的職責，世代相傳，父子相傳，職業使然，無足怪也。《天問》是巫書古史性質的詩歌，恐怕不出於屈原一人之手，甚至可以說它的絕大部分非屈原所作，是屈原所傳，只有在結尾部分，屈原聯繫到楚國現狀以及自己所處境地，才有幾句感嘆的話。說《天問》大部分非屈原所作，有何根據？我們不妨先把話說遠些，把網撒開些，然後再收攏，也許有所收穫。

蘇雪林是臺灣研究楚辭的著名學者，她的有關楚辭的著作超過一百五十萬字。請看她的《天問正簡》引言部分是怎樣說的：

《天問》這種先秦罕見的文體是屈原憑其強大的創造力，一空依傍寫出來的嗎？還是亦有所模擬？筆者認爲它或者是有藍本的。印度雅利安民族最古典籍爲《吠陀頌》，而其中尤以「贊誦明論」(Rigveda)爲要，此論含韻文千首，分爲十卷，亦稱「曼荼羅」(Mandalas)，爲古聖所作。其書有如下文句云：

何人眞知之？何人能宣之？
宇宙何由生？創造何由起？
神祇與萬物，是否同時始？
宇宙之起源，世人誰能知？

又曰：

宇宙創造，適從何來？
是否自成，其知者誰？
彼運行者，旣升遐天，
唯彼能知．或不能知？

……又《舊約．智慧書．約伯傳》第三十八章，耶和華上帝……是這樣說的：「我立大地根基的時候，你在那裡呢？……是誰定地的尺度？是誰把準繩拉在其上？地的根基安置在何處？地的角石是誰安放的？……海水衝出，如出胎胞，那時誰將它關閉呢？……你曾進到海源，或在深淵的隱密處行走麼？死亡的門，曾向你顯露麼？死蔭的門，你曾見過麼？地的廣大，你能明透麼？光明的居處從何而至？黑暗的本位在於何處？你能帶到本境，能看明其室之路麼？……你曾進入雪庫，或見過雹倉麼？……光明從何路分開？東風從何路分散遍地？誰爲雨水分道？誰爲雷電開路？……你能繫住昂星的結麼？能解開參星的帶麼？你能按時領出十二宮麼？能引導北斗和隨它的眾星麼？你知道天的定例麼？能使地歸在天的權下麼？」……據聖經學者研究，《約伯傳》寫成時代甚早，也許曾有片段傳入我國，屈原受其啓示，而創出《天問》的體裁，或者《約伯傳》先傳入印度，印度學人擬其體作《吠陀頌》，《吠陀頌》又傳入我國，乃啓發了屈原寫《天問》的動機。

蘇雪林還說：「《天問》這篇大文是域外文化知識的總彙，不但天文、地理、神話來自域外，即歷史和亂辭也參有不少域外文化分子。」蘇氏知識淵博，學貫中西，但她的說法甚有可疑。她曾多次聲明：中國古代的神話和傳說源於西亞的巴比倫。這豈不是一個關於神話的神話？如果她的意見或許有合理之處，則所謂中外文化交流必在商周以前，但仍難尋找根據。

(二)

源遠流長的華夏文化與西亞、埃及、印度、古希臘的文化幾乎是同步前進的。自西方人創造了神並且開始說神話的時候，東方人也在自己的土地上講述本民族的起源，講述由野蠻時代向文明時代過渡的「英雄時代」的故事。補天的女媧、追日的夸父、治洪水的鯀、怒觸不周山的共工、上射十日的羿，他們都是東方的大英雄，卻沒有聽說誰是金髮碧眼的西方美人。儘管孔子不語怪、力、亂、神，不傳詭異之辭、譎怪之談，寧肯編定「詩三百」，卻不肯整理神話傳說，但神話傳說在東方仍得到有限的保存，還沒有絕種。如《山海經》、《楚辭》、《淮南子》、《吳越春秋》等，都保存了大量的神話。袁珂說《山海經》是楚人所著，魯迅說《山海經》是「古之巫書」，這些看法值得我們高度重視。要尋找《天問》的「文化分子」，何必捨近求遠呢？就在先秦古籍以及兩漢的著作中也能見得到。比如《莊子・天運篇》說：

「天其運乎？地其處乎？日月其爭於所乎？孰主張是？孰維綱是？孰居無事而推行是？意者其有機緘而不得已邪？意者其運轉而不能自止邪？雲者爲雨乎？雨者爲雲乎？孰隆施是？孰居無事淫樂而勸是？風起北方，一西一東，在上彷徨，孰噓吸是？孰居無事而被拂是？敢問何故？」

巫咸祒曰：「來！吾語女。天有六極五常，帝王順之則治，逆之則凶。九洛之事，治成德備，監照下土，天下戴之，此謂上皇。」

又比如《列子·湯問篇》：

殷湯問於夏革曰：「古初有物乎？」夏革曰：「古初無物，今惡得物？後之人將謂今之無物可乎？」殷湯曰：「然則物無先後乎？」夏革曰：「物之終始，初無極已。始或爲終，終或爲始，惡知其紀？然自物之外，自事之先，朕所不知也。」殷湯曰：「然則上下八方有極盡乎？」革曰：「不知也。」湯固問革曰：「無則無極，有則有盡，朕何以知之？然無極之外，復無無極；無盡之中，復無無盡。無極復無無極，無盡復無無盡。朕以是知其無極無盡也，而不知其有極有盡也。」湯又問曰：「四海之外奚有？」革曰：「猶齊州也。」湯曰：「汝奚以實之？」革曰：「朕東行至營，人民猶是也，問營之東，復猶營也。西行至豳，人民猶是也，問豳之西，復猶豳也。朕以是知四海四荒四極之不異是也。故大小相含，無窮極也。含萬物者亦如含天地，含萬物也故不窮，含天地也故無極。……

《天運篇》及《湯問篇》所問所答都是關於宇宙起源、天文地理等知識性問題。問的一方未必是第一流的物理學者，他所提出的問題，是古代人民在征服自然的鬥爭中所產生的多種問題的結集；答的一方也未必是精通一切學問的通才，他所回答的內容，完全是古代人民生產鬥爭經驗的彙萃。如果把他們的問答視爲兩位天才的越世高談，那就太愚蠢了。

如果從上述兩段文字中能看到《天問》的某些影子，那麼再看《山海經》，相同的成分就更多了。比如：《天問》的「伯禹愎鯀」一段與《海內經》的「鯀腹生禹」同，「雄虺九首」一段與《海外北經》的「九首人面」以及《大荒北經》的「蛇身自環」的相柳同，「何所不死？長人何守？」與《海外南經》和《海外東經》的「不死民」、「大人國」同，「一蛇吞象，厥大何如」與《海內南經》的「巴蛇食象」同，「啓棘賓商，九辯九歌」與《大荒西經》的「開（啓）上三嬪於天，得九辯與九歌以下」同，「帝降夷羿，革孽夏民」與《海內經》的「帝俊賜羿彤弓素矰，以扶下國」同，「該（亥）秉季德」一段與《大荒東經》所記王亥故事同。《天問》裡的神話地名、人名、物名有許多與《山海經》相合。地名如湯谷、羽山、崑崙、縣圃、黑水、三危、窮、南岳等，人名如伯強、應龍、燭龍、羲和、河伯、桀、舜、堯、女媧、嚳、成湯、稷、西伯等，物名如鯪魚、鬿堆等，均見《山海經》。袁珂在《山海經寫作的時地及篇目考》一文中，將《離騷》、《天問》、《九歌》、《九章》、《遠遊》、《招魂》等與《山海經》相比較，認爲所寫神話故事相同者極多，因而斷定二者屬於同一文化地區的產物，時代相差不遠，都是根據當時當地的神話傳說而作。爲什麼《山海經》與楚辭諸篇中的神話地名、人名、物名及神話故事相同者多呢？恐怕僅僅視爲楚文化區域之文化現象是很不夠的，其複雜內容是楚地區範圍不了的。《山海經》所記古代地理、歷史、宗教、神話等，絕大部分是夏民族所傳的五帝時代和夏代的古事，而關於商、周的事情極少。與其說《山海經》是楚地區的文化產物，不如說是楚人保存了虞夏的神話傳說。《山海經》與《天問》同屬巫書古史性質的書。《天問》應當是古之巫詩，它以詰問的形式宣傳古史，生動活潑，易於流傳和記憶，富於啓示性。《天問》中出現的各種問題，不過是一種提示，以便引起注意與思考，而答案一定是有的，正如岐伯回答黃帝、夏革回答成湯、巫咸回答詰難者的問題一樣，都有一定的答案。哪怕是謬誤的。如果相信屈原提出一百七十多個不能回答的問題，只有昂首問天，那就大錯而特錯了。不僅我們不同意，屈原也不同意，因爲不符合他「博聞強志」的特點。《天問》裡有關天文、地理、神話、歷史的大部分問題，可以從《尚書》、《詩經》、《山海經》、《淮南子》等書中找到答案。隨便舉例說吧。《天問》說：「出自湯谷，次於蒙汜，自明及晦，所行幾里？」這是問太陽的行程。《淮南子·天文訓》說：「日出於暘谷，浴於咸池，拂於扶桑，是謂晨明。登於扶桑，爰始將行，是謂朏明。至於曲阿，是謂旦明。至於曾泉，是謂蚤食。至於桑野，是謂晏食。至於衡陽，是謂隅中。至於昆吾，是謂正中。至於鳥次，是謂小還。至於悲谷，是謂餔時。至於女紀，是謂大還。至於淵隅，是謂高春。至於連石，是謂下春。至於悲泉，爰止其女，爰息其馬，是謂懸車。薄於虞淵，是謂黃昏。淪於蒙谷，是謂定昏。日入於虞淵之汜，曙於蒙谷之浦，行九州七舍，有五億萬七千三百九里。」淮南之說必有所本，所本必不在漢代，而本於先秦古史舊聞。即使像「邃古之初，誰傳道之？上下未形，何由考之？」這樣不好回答的問題，巫官就可以回答說：「邃古之初，神傳道之。有物混成，先天地生，老子言之，學者傳之。」因時代久遠，古史茫昧，今人覺得生疏，莫明其妙，不可思議。實際上，在屈原、莊周的時代，對許多問題都有一套說法。試問有幾人問倒了莊周和孟軻？如果屈原面對衆多問題，竟然一個也回答不了，還說什麼「博聞強志」、「嫺於辭令」？我們不擔心屈原回答不了問題而交白卷，我們所關心的是《天問》是否出自屈原一人之手？前面已經說到《天問》的史詩性質，下面還要作進一步的說明。

凡屬史詩，很難說是某一人所作。荷馬史詩並不是荷馬所作，而是由荷馬删定與傳唱的古代敍事詩。《天問》不是洩憤之作，沒有抒情的成分，從頭到尾都是敍事和發問，一個接一個，統系秩然。屈原根本不可能在短暫時間裡提出這樣多的問題。如果說屈原用了畢生精力去發現問題，像清朝的疑古派學者崔東壁那樣，那是不可能的事。我認為《天問》的問題，由來已久，積漸而成，由巫史貫串起來，一代一代傳唱下去。尤其是夏、商、周興亡史簡直是一面鏡子，後世君王沒有不引爲鑒戒的，一直到清朝，史官編纂《通鑒輯覽》仍不忘「稽帝堯而稽帝舜，鑒有夏而鑒有殷。」春秋戰國時代的楚國，巫史的職責就是「道訓典」、

「敘百物」、「朝夕獻善敗於寡君，使寡君無忘先王之業。」（《國語・楚語下》）這就是屈原爲什麼要唱《天問》的根由。《天問》的尾聲寫楚國與屈原自己：

何環閭穿社，
以及丘陵？
是淫是蕩，
爰出子文。

吾告堵敖，
以不長。
何試上自予，
忠名彌彰？

荊勳作師，
夫何長？
吳光爭國，

久余是勝。

薄暮雷電，
歸何憂？
厥嚴不奉，
帝何求？
伏匿穴處，
爰何云？
悟過改更，
我又何言？

——董楚平《楚辭譯注》

結尾部分的文字有錯簡或脫誤的情況，然而這個尾巴卻是屈原唱完史詩之後，聯繫到楚國現實與自己所處境地所發表的感慨。屈原講唱史詩的目的不是爲洩憤抒愁，而是爲了使君王「悟過改更」。楚王若能改弦易轍，親賢臣，遠小人，重振國威，屈原也就三緘其口學金人，不談歷史上成功的經驗與失敗的教訓，不用講唱《天問》了！只有結尾部分才是屈原自己加上去的，前人習而不察，將頭髮同鬍鬚一把抓，也就把《天問》這部巫史傳唱的古老的詩歌判爲屈原的創作了。結尾既云「伏匿穴處」，則屈原已流放江南，此時「顏色憔悴，形容枯槁，」哪有旺盛的精力憤然提出一百七十二問？因此，《天問》並非新作，而是老調重彈，唱到最後才萬般興感，唱出了無限的哀愁。

還有一個重要問題必須辯明。《天問》用一個「曰」字開頭，「曰遂古之初」五字連在一起，此種情況與《離騷》、《九章》諸篇有異。考屈子之作，凡屈原自己的話，都不用「曰」字，凡是別人的話，都用「曰」字。如女嬃之言：「曰鮌婞直以亡身兮，終然殀乎羽之野。」靈氛之言：「曰兩美其必合兮，孰信修而慕之？」厲神之言：「曰有志極而無旁。」到底《天問》開頭的「曰」是誰「曰」，「曰」字之前損失了哪些內容？恐怕在劉向整理楚辭的時候已經不清楚了，甚至更早的司馬遷也未必見到《天問》的眞本。

游國恩說屈原是「羲和世官」，姜亮夫稱屈原「是巫與史合流的人」，他們對屈原其人都看得十分準確。知道了屈原的身分，回頭再讀楚辭，我們發現了《天問》與《九歌》的妙用，而且懂得了《離騷》與《九章》才是屈原的發憤抒情之作。何以明其然？曰：《天問》述史，《九歌》娛神，二者都講究功用，或者說都有專門的用途，而目的是一致的。屈原既是巫，又是史，他講唱《天問》，是通過述史爲楚王提供修身治國的借鑒；他演唱《九歌》

，是通過娛神活動以祈禱神靈保佑楚國在政治軍事上取得勝利，「使神無有怨痛於楚國。」《天問》與《九歌》被屈原加工、利用，但決不是屈原的獨創。《離騷》、《九章》則不同，那是屈原的個人抒情，自我發洩，是屈原在政治上失敗之後的悲哀絕叫，是他不得已而爲之的最後一招。

總之，《天問》不是屈原個人的發憤抒情之作，而是楚國巫史長期積累和保存的各種知識的彙萃，是巫官的啓示錄，史官的教育詩，明白此理，始可與言《天問》矣！

附：《天問》錯簡理正

曰遂古之初，誰傳道之？
上下未形，何由考之？
冥昭瞢暗，誰能極之？
馮翼惟像，何以識之？
明明暗暗，惟時何爲？
陰陽三合，何本何化？
圜則九重，孰營度之？

惟兹何功，孰初作之？

斡維焉繫？天極焉加？
八柱何當？東南何虧？

九天之際，安放安屬？
隅隈多有，誰知其數？

天何所沓？十二焉分？
日月安屬？列星安陳？

出自湯谷，次於蒙汜；
自明及晦，所行幾里？

夜光何德，死則又育？
厥利維何，而顧菟在腹？

何闔而晦？何開而明？
角宿未旦，曜靈安藏？

洪泉極深，何以窴之？
地方九則，何以墳之？

應龍何畫？河海何歷？
□□□□？□□□□？

鯀何所營？禹何所成？
康回馮怒，地何故以東南傾？

九州安錯？川谷何洿？
東流不溢，孰知其故？

東西南北，其修孰多？
南北順橢，其衍幾何？
崑崙縣圃，其尻安在？
增城九重，其高幾里？
四方之門，其誰從焉？
西北辟啓，何氣通焉？
日安不到？燭龍何照？
羲和之未揚，若華何光？
何所冬暖？何所夏寒？
焉有石林？何獸能言？
黑水玄趾，三危安在？

延年不死，壽何所止？

登立爲帝，孰道尚之？

女媧有體，孰制匠之？

女歧無合，夫焉取九子？

伯強何處？惠氣安在？

靡萍九衢，枲華安居？

一蛇吞象，厥大何如？

□□□□？□□□□？

何所不死？長人何守？

萍號起雨，何以興之？

撰體脅鹿，何以膺之？

鰲戴山抃，何以安之？
釋舟陵行，何以遷之？

焉有虬龍，負熊以游？
□□□□，□□□□？
□□□□，□□□□？

雄虺九首，倏忽焉在？

天式縱橫，陽爰離死，
大鳥何鳴，夫焉喪厥體？

鯪魚何所？鬿堆焉處？
羿焉彃日？烏焉解羽？

白蜺嬰茀，胡爲此堂？
安得夫良藥，不能固藏？

舜閔在家，夫何以鰥？
堯不姚告，二女何親？

舜服厥弟，終焉爲害，
何肆犬豕，而厥身不危敗？

眩弟並淫，危害厥兄；
何變化以作詐，而後嗣逢長？

不任汩鴻，師何以尚之？
僉曰何憂，何不課而行之？

鴟龜曳銜，鯀何聽焉？

順欲成功，帝何刑焉？

永遏在羽山，夫何三年而不施？

伯禹腹鯀，夫何以變化？

阻窮西征，岩何越焉？

化爲黃熊，巫何活焉？

咸播秬黍，莆雚是營；

何由並投，而鯀疾修盈？

禹之力獻功，降省下土方，

焉得彼涂山女，而通之於臺桑？

閔妃匹合，厥身是繼，

胡維快朝飽，而嗜不同味？

纂就前緒，遂成考功，
何續初繼業，而厥謀不同？

啓棘賓商，九辯九歌，
何勤子屠母，而死分竟地？

皆歸射鞠，而無害厥躬，
何后益作革，而禹播降？

啓代益后後，卒然離薛，
何啓惟憂，而能拘是達？

帝降夷羿，革孽夏民；
胡射夫河伯，而妻彼洛嬪？

馮珧利決，封豨是射；
何獻蒸肉之膏，而后帝不若？
浞娶純狐，眩妻爰謀；
何羿之射革，而交吞揆之？
惟澆在户，何求於嫂？
何少康逐犬，而顛隕厥首？
女岐縫裳，而館同爰止；
何顛易厥首，而親以逢殆？
湯謀易旅，何以厚之？
覆舟斟尋，何道取之？
桀伐蒙山，何所得焉？

妹嬉何肆？湯何殛焉？

緣鵠飾玉，后帝是饗。
何承謀夏桀，終以滅喪？

帝乃降觀，下逢伊摯；
何條放致罰，而黎服大悅？

簡狄在臺，嚳何宜？
玄鳥致貽，女何喜？

該秉季德，厥父是臧；
胡終弊於有扈，牧夫牛羊？

干協時舞，何以懷之？
平脅曼膚，何以肥之？

有扈牧豎，云何而逢？
擊床先出，其命何從？
恆秉季德，焉得夫朴牛？
何往營班祿，不但還來？
昏微遵跡，有狄不寧，
何繁鳥萃棘，負子肆情？
湯出重泉，夫何罪尤？
不勝心伐帝，夫誰使挑之？
水濱之木，得彼小子；
夫何惡之，媵有莘之婦？

成湯東巡，有莘爰極；
何乞彼小臣，而吉妃是得？

初湯臣摯，後承茲輔；
何卒官湯，尊食宗緒？

厥萌在初，何所億焉？
璜臺十成，誰所極焉？

彼王紂之躬，孰使亂惑？
何惡輔弼，讒諂是服？

比干何逆，而抑沈之？
雷開何順，而賜封之？
何聖人之一德，卒其異方？

梅伯受醢，箕子佯狂。

稷惟元子，帝何竺之？
投之於冰上，鳥何燠之？

何馮弓挾矢，殊能將之？
既驚帝切激，何逢長之？

伯昌號衰，秉鞭作牧；
何令徹彼岐社，命有殷國？

受賜茲醢，西伯上告；
何親就上帝罰，殷之命以不救？

遷藏就岐，何能依？
殷有惑婦，何所譏？

師望在肆，昌何識？
鼓刀揚聲，后何喜？
武發殺殷，何所悒？
載屍集戰，何所急？
會朝爭盟，何踐吾期？
蒼鳥群飛，孰使萃之？
爭遣伐器，何以行之？
並驅擊翼，何以將之？
列擊紂躬，叔旦不嘉；
何親揆發，足周之命以咨嗟？

授殷天下，其位安施？
反成乃亡，其罪伊何？

驚女采薇，鹿何佑？
北至回水，萃何喜？

彭鏗斟雉，帝何饗？
受壽永多，夫何久長？

昭後成遊，南土爰底；
厥利惟何，逢彼白雉？

穆王巧梅，夫何爲周流？
環理天下，夫何索求？

妖夫曳衒，何號於市？

周幽誰誅，焉得夫褒姒？

中央共牧，后何怒？
蜂蛾微命，力何固？

兄有噬犬，弟何欲？
易之以百兩，卒無祿？

吳獲迄古，南嶽是止。
孰期去斯，得兩男子？

勳闔夢生，少離散亡；
何壯武厲，能流厥嚴？

天命反側，何佑何罰？
齊桓九會，卒然身殺？

柏林雉經，惟其何故？
何感天抑地，夫誰畏懼？

皇天集命，惟何戒之？
受禮天下，又使至代之？

何環閭穿社，以及丘陵？
是淫是蕩，爰出子文。

吾告堵敖，以不長。
何試上自予，忠名彌彰？

荊勳作師，夫何長？
吳光爭國，久余是勝。

薄暮雷電，歸何憂？
厥嚴不奉，帝何求？

伏匿穴處，爰何云？
悟過改更，我又何言？

五 《招魂》自招論

《招魂》也是一篇奇文，是楚辭中一篇文學價值極高的妙品。它以妙麗的文辭、豐富的想像與《九歌》相頡頏；而其筆觸的細膩、刻畫的精工以及鋪張揚厲的作風，對漢代辭賦產生了莫大的影響。

《招魂》是誰作的？爲什麼人招魂？這是楚辭學者爭論已久的問題。司馬遷說《招魂》是屈原作的，因爲他有「余讀《離騷》、《天問》、《招魂》、《哀郢》悲其志」這幾句話。王逸說《招魂》是宋玉作的，「宋玉憐哀屈原忠而斥棄，愁懣山澤，魂魄放佚，厥命將落，故作《招魂》。」黃文煥的《楚辭聽直》及林雲銘的《楚辭燈》都說《招魂》是屈原自招生魂的作品。而馬其昶《屈賦微》徵引張裕釗的說法，認爲是屈原招懷王之魂：「招魂，招懷王也。屈子蓋深痛懷王之客死，而頃襄宴安淫樂，置君父仇恥於不問，其辭至爲深痛。」郭沫若也認爲是招懷王之魂，「文辭中所敘的宮廷居處之美，飲食服御之奢，樂舞遊藝之盛，不是一個君主是不能夠相稱的。」（《屈原研究》）郭氏的意見為多數人所接受，幾乎成為定論。此外，還有人說是宋玉招某王之魂，胡念貽《楚辭選注及考證》就是這樣說的。

要知道「招魂」的究竟，還得從作品本身入手，結合古代招魂的習俗與招魂儀式加以研究，尤其是對參與招魂其事的人與神及其特殊關係不要輕易放過，這樣做，或許能求得眞事實，否則，僅憑一些表面現象來判斷招誰的魂，恐怕不能說服人。

㈠

如果把《招魂》看成像《離騷》那樣天衣無縫的一首完整的詩篇，將是不科學的，不符合實際的。這篇奇文是由三個部分構成的：

1. 引言
2. 招魂詞
3. 結尾

第一部分是招魂之前交代招魂的緣由，相當於「引言」。其中有被招者即病者的自白，有上帝與巫陽的對話，聲情並作，宛然如現。被招者將自身的病況及致病之由向上帝訴說，這才驚動上帝，令巫陽大神降到人間為病者招魂。被招者說：「我從小清白廉潔，親身行義而沒有停止。堅守美德未曾偏離，然而為世俗所牽累而荒廢。上天沒有來考察這些美德，我長期遭殃，愁苦不堪。」多次表白自己清廉的品性，美好的德操，這是屈原的一貫作法。「牽於俗而蕪穢」一句從反面證明屈原本來不俗，入世則俗，聯想「帝高陽之苗裔」，「惟庚寅吾以降」，更加深了我們對屈原的神性的認識。「上無所考此盛德」的「上」指天帝，不是君王。《尚書・文侯之命》：「昭升於上。」孔疏曰：「文王之為王也，聖德明升於天，言其道至天也。」是「上」代表上天的明證。被招者直接向上帝訴說自己的不幸，要求解決問題，復我健康之體魄。如果被招者是楚王，楚王不能直接通天，一定要通過巫祝之官報告給上帝，況且屈原似乎從來沒有稱讚懷王有什麼「盛德」，懷王自己也沒有自炫「廉潔」、「盛德」的話。所以被招者不可能是楚懷王。至於說懷王入秦不返，乃至客死於秦，這一類大問題在招魂詞中根本沒有反映出來。屈原以巫官身分直接將自己不可解脫的愁苦稟報上蒼，上帝得知後，趕緊通知巫陽降臨下界替屈原招魂：

帝告巫陽曰：

「有人在下，我欲輔之。

魂魄離散，汝筮予之。」

招魂先要占卜，弄清魂靈的去向及所在，然後才好招還給予病者。巫陽本是住在天上的神巫，不管卜筮，而是神醫，所以他推辭道：

「掌夢！上帝其難從！

若必筮予之，

恐後之謝，不能復用。」

占卦是掌夢官的事情，爲什麼上帝不直接告訴掌夢，而告訴巫陽呢？須知天上的巫官與地上的巫官同屬一個系統，上帝把巫官屈原的疾病告訴神醫巫陽，這是合理的，實際是把問題交給巫陽處理，卜筮工作當然應由巫陽去找掌夢官解決。因爲被招者病情嚴重，去找掌夢已經來不及了，只怕延誤時機，病人謝世，即使把魂招回，也不能起死回生了。所以巫陽省去許多麻煩，直接下招。以上描寫上帝與巫陽的對話，正是病人屈原急切希望恢復健康的心理活動表現。從中可以看出上帝、巫陽與屈原之間的親密關係。

第二部分是招魂詞，這才是《招魂》的主體。招魂詞又分前後兩大部分。

前一部分，從「魂兮歸來！去君之恆幹，何爲四方些？」至「歸來，恐自遺災些。」這一大段寫巫陽招魂。巫陽說上下四方皆不可往，造成一種恐怖氣氛，脅迫游魂還歸故鄉。巫陽把遊魂招回到楚國郢都的城門，就算完成任務，後面再由工祝將魂招入城內，直到返故居而止。所以招魂的工作是由天上的神巫巫陽與人間的巫官工祝共同完成的，接力點就在郢都修門的大門口。爲什麼前一部分招魂工作由巫陽負責呢？因爲病者的魂魄離散之後，不知所往，而上下四方皆爲神怪之境，凶險萬狀，人間巫祝無法到達，自然無力招魂。巫陽是天上的神，深遠幽微之地，毒蛇猛獸之區，無所不達，故能窮高極深搜索離魂，將它護送至郢城。至於「外陳四方之惡」，目的在於使魂魄歸來，並非實寫。

後一部分、從「魂兮歸來，入修門些。」至「魂兮歸來，反故居些。」這一大段寫工祝招魂，最爲精采。當巫陽將魂魄護送到郢城的修門時，工祝倒行巫步，一邊往後退，一邊迎接魂魄歸來。「工祝招君，背行先些。」爲了引誘魂魄歸來，招魂詞極力描寫渲染郢都貴族的豪華奢侈的生活，縱情享受的快樂。如宮室建築的華麗宏偉；室內鋪設的富麗堂皇；侍女衆多又漂亮；園林池館的幽雅清爽；飲食的豐贍多樣，應有盡有；女樂新歌的悅耳動聽；宴會上賓客衆多，士女雜坐，目窕心與，樂不可支；更有舞蹈的幽姿，博戲的沉酣，通宵達旦，無休無止。幾乎人間的一切歡樂事都在這裡集合了。郢都故居既如此美好無比，魂魄將何往而得此樂境呢？必然是魂兮歸來返故居也。這一段文字充分反映了楚國郢都地區無比優越的物質文化生活狀況，百寶陳妍，文辭壯麗，卻沒有虛假成分，全是客觀的敘述和描寫，不同於前一部分憑想像虛構來表現天地四方的惡劣環境。劉勰在《辨騷》中說：「士女雜坐，亂而不分，指以爲樂。娛酒不廢，沉湎日夜，舉以爲歡。荒淫之意也。」他用「荒淫之意」來品評《招魂》中最美妙的部分，我們卻從這四個字的背後看到了戰國時期地處南方的楚國的侈麗逸放的作風，這與北方諸國的樸實節儉的風格是根本不同的。招魂詞反映了楚國高度的物質文明和精神文明，並且對漢賦鋪陳事物條理化、圖案化的風格起了帶頭作用。

以四言爲主要形式的招魂詞，是屈原獨創的「招魂體」呢，或是原先就有的一種「招魂體」呢？若是前者，則屈原的個性化的語言或諷諫君王的話，應當有所表現。若是後者，則不必與屈原掛鈎，而是爲楚國貴族所利用的普通招魂詞，而今被病人屈原用來自招生魂罷了。我們通觀招魂詞，看不出屈原創作的跡象。只有「引言」和「亂辭」才是屈原所述所加。「引言」部分已經分析過了，再看「亂辭」說了些什麼，與屈子關係如何？

第三部分是結尾，是亂辭。亂辭又可分爲三小段。先寫作者自己在初春時流浪到江南，看到綠草如茵、白水茫茫的情景。次寫作者面對眼前景物，回想起從前曾經跟隨楚王到江南田獵的熱鬧場面。末尾又回到當前現實。感慨歲月如流，往事如煙似夢，一去不返。春草遮蓋了路徑，舊路已不可復識。但見江水澄碧，岸畔是一片青青的楓樹林，環顧四野，悄然無聲，詩人悲痛之極。他隨時都有可能倒下，隱沒蒿萊，但是生之留戀使他鎮定下來，叫靈魂不要離開軀體，不要散落在江南草野，因爲江南凄涼的春色實在令人悲哀。從亂辭的內容看，屈原已流放江南，神思恍惚，恐厥命之將落，故起招魂之念，仍存一線希望，爲自己招魂，冀返故居。

(二)

在屈原之前有沒有招魂的活動？有沒有招魂的唱詞？這是我們很容易想到的問題。

招魂的習俗，起源甚古，或招於生前，或招於死後。朱熹《楚辭集注》說：「古者人死，則使人以其上服，升屋履危，北面而號曰：『臯，某復。』遂以其衣三招之乃下以覆屍，此禮所謂『復』，而說者以爲『招魂』。復魂又以爲盡愛之道，而有禱祀之心者，蓋猶冀其復生也。如是而不生，則不生矣。於是乃行死事，此制禮者之意也。」朱熹所說的死後招魂的制度，在《禮記》中也有記載。《禮運》說：「及其死也，升屋而號，告曰：『臯，某復。』然後飯腥而苴孰，故天望而地藏也。體魄則降，知氣在上，故死者北首，生者南鄉（向），皆從其初。」《正義》曰：「謂五帝以下，至於三王，及其身之死也，升上屋而號呼，告曰『臯，某復』者，謂北面而告天，曰臯。臯，引聲之言；某，謂死者名，令其反復魄。復魄不復，然後浴屍而行含禮，於含之時，飯用生稻之米，故云『飯腥』。用上古未有火化之法。苴孰者，至欲葬設遣奠之時，而用苞裹熟肉以遣送屍。」「天望，謂望天而招魂，地藏，謂葬地以藏屍也。」

招生魂的習俗比較普遍，民間至今尚存。小孩在外面受到驚嚇，歸來發燒生病，家中由祖母或母親出門招魂，端一碗生米，走在屋前屋後的小路上、塘邊水邊，一邊撒米，一邊呼喚小孩的名字，接著說「回來啊！」、「某某，回來啊！各路的神祇送你回來啊！」旁邊有人答應道：「回來了。」這種爲小兒招魂的習俗，陸侃如稱之「叫火」。但在我的故鄉稱爲「叫嚇（赫）」。「叫嚇」是有道理的，因爲小孩受驚，魂魄失散，要把它喚回來。「叫火」則毫無道理，不過「嚇（赫）」與「火」讀音相近，陸先生聽錯了，所以寫成「叫火」。

古代招生魂不限於小孩，也可用於成年人。招魂儀式十分講究。《招魂》說：

秦篝齊縷，鄭綿絡些。

招具該備，永嘯呼些。

篝是什麼？洪興祖補注說：「篝，籠也，篝也，可熏衣。」篝即是熏籠。縷是什麼？縷是絲繩，是熏籠的系。綿絡是什麼？是罩在篝外的絲綿網絡。秦篝、齊縷、鄭綿絡，是一套精緻的招魂工具。招具既已齊備，就可以長聲叫喚「魂兮歸來」，招回的魂魄暫居篝內，篝也就成了棲魂之具，四周有綿絡，嚴嚴實實，不會再逃走。工祝的責任是將招回的魂魄一直送到病者床前，最後恢復到病者軀體上，才算完成任務。

杜甫《彭衙行》云：「煖湯濯我足，剪紙招我魂。」自我招魂的例子在這裡找到了出處。屈原自我招魂，是在流放江南途中發生的事，沒有條件請工祝巫官安排招魂儀式爲他招魂，只有自念招魂詞，呼喚魂魄歸來。所謂「巫陽焉乃下招」，是假託的；上帝與巫陽的對話，更是想像之辭。屈原放於草野，狀態失常，採取了「拿來主義」，將巫官保存的招魂詞用來自招，這是極自然的事。招魂詞產生在巫風盛行的楚國郢都，本來就有一套完整的形式，是一種廣泛流傳的口頭文學，內容和結構都是固定的，不能隨意更換。尤其是鋪陳排比的特點，對照、對稱的表現手法，與民歌十分合拍。「外陳四方之惡」，「內崇楚國之美」，這是簡單而明朗的對照；上下四方的對稱和完善，這是對民間傳統的審美理想的繼承。

招魂詞隔句押韻，一律用「些」字做韻腳。「些」字讀如「梭」，僅在《招魂》中出現，而在楚辭的其他各篇中不用「些」字做語尾助詞。沈括《夢溪筆談》說：「今夔、峽、湖、湘及南北江獠人，凡禁咒句尾皆稱『些』，此乃楚人舊俗。」郭沫若說「些」與《周南·漢廣》的「思」字是一個系統。我以爲《招魂》中的招魂詞是一種與巫術緊密結合的巫歌，「些」字做爲韻腳，是巫音的突出標誌。工祝招魂，同時要施行法術，因此，唱招魂詞時，聲調短促，神情迫切，只能以「些」字做語尾助詞，不能用「兮」字做語尾助詞，因爲「兮」的聲調悠長，唱起來很舒緩，不適用於招魂，只適用於長歌抒情。從以「些」字押韻的特點來看，與《招魂》的引言和亂辭的押韻不相同，與《離騷》、《九章》等都不相同，由此也可以看出招魂詞非屈原所作，只是爲屈原所利用罷了。而《招魂》的一頭一尾才是屈原自己的。

六、《九章》抒怨論

《九章》之名，非屈原自定，乃後人所加。朱熹《楚辭集注》說：「屈原既放，思君念國，隨事感觸，輒形於聲。後人輯之，得其九章，合爲一卷，非必出於一時之言也。」

第一個整理編輯楚辭的人是西漢的劉向，因此，《九章》的命名很可能出自劉向之手。《九章》有九篇，都是主觀的抒情詩，是研究屈原生平及其思想的可靠材料。王逸《楚辭章句》中《九章》的次序是：《惜誦》、《涉江》、《哀郢》、《抽思》、《懷沙》、《思美人》、《惜往日》、《橘頌》、《悲回風》。這樣的安排不一定妥當，研究楚辭的學者提出了各自不同的看法，難於一致。《九章》的作者，也有人提出懷疑。明代許學夷認爲《惜往日》、《悲回風》非屈原所作，而是唐勒、景差之徒的作品。錢穆認爲《哀郢》非屈原所作，而是莊辛的作品。劉永濟認爲自《惜誦》至《懷沙》五篇是屈原所作，《思美人》以下四篇非屈原之作。蘇雪林認爲「九章」是屈原自定的原來就有的題目，不同意朱熹的說法。至

於《九章》的順序，她要另作安排。即是：㈠惜誦㈡抽思㈢思美人㈣涉江㈤橘頌㈥哀郢㈦惜往日㈧悲回風㈨懷沙。（見《楚騷新詁》）

屈平作《離騷》，蓋自怨生也。《九章》各篇的內容與《離騷》相近，可以認爲全部是屈原被讒見疏之後的陳情述怨之作。有些人說《橘頌》一篇是屈原青少年時期的作品，這是缺乏根據的。屈原不見疏，則不能唱騷，賈生不失志，則文采不發。我敢說，楚辭裡沒有一篇是屈原在遇禍之前的作品，說他從前會誦巫詩、唱巫歌，則是完全可能的。這九首各自獨立的抒情詩，從不同的方面反映了屈原遭受迫害的經歷，對我們瞭解屈原的生平提供了一些眞實情況，但不能由此而得出《九章》是現實主義作品的結論。因爲屈原的巫職使他的言語隨時冒出浪漫的格調，使他的作品總是閃爍著異彩奇光。試分論如後：

㈠《惜誦》

如何解釋題目「惜誦」二字，歷來分歧很大。王夫之說：「惜，愛也。誦，誦讀古訓以致諫也。言己愛君而述古訓以致諫，所言之事理，質諸鬼神而無疑也。」這個解釋比王逸的「貪也，論也」及洪興祖的「惜其君而誦之也」的解釋要正確得多。「惜誦」是「致愍」之由，前因後果，密切相關。「致愍」是招致憂患的意思，與「離愍」（即「遭憂」）差不多

《懷沙》有「離愍而長鞠」，「離愍而不遷」，《思美人》有「獨歷年而離愍」。

《惜誦》是屈原在政治上遭受打擊之後的第一篇作品，還沒有反映流浪的生活經歷，主要內容是陳情訴冤；由於冤情太重，又無處訴說，所以直接找五方帝與六神告狀。雖然是想像之詞，但是爲什麼有這樣的想像？屈原的這種特殊心理活動緣何而發生？爲什麼在人間說不清的道理、辦不通的事情，在神靈那裡說得清、辦得到？他「竭忠誠以事君」爲什麼「反離群而贅肬？」又爲何會「背衆」？這一切問題與他忠實於自己的巫職事業有直接關係。前面已經講過，特殊的職業使屈原能通神，毫不犯難。正因爲職業的特殊性、秘密性，所以與衆多的朝官往來甚少，只是溝通神與君主的關係，並不需要衆人知曉。要證明屈原眞正忠於懷王，只有讓懷王親自站出來說句公道話，可是懷王既聽信了讒言謗語，不肯正視事實，而別人又不瞭解情況，誰來聽取和裁判是非曲直？好在屈原的特技是能通神，故命臯陶聽直，他必然要走這條路。可是任何超現實的方法解決不了實際問題，「退靜默而莫余知兮，進呼號又莫吾聞。」所以他的煩憂無法解脫。

在作《惜誦》之前，他因首次遭受迫害感到無路可走，故於夢中登天，因爲沒有交通工具，半路上折還。他請厲神爲自己占夢，厲神說他不改故態，故不能成功。所謂「厲神」，即是神巫，是天上的神。屈原多次同神巫交往，實乃職業習慣使然。即使被人看成是寫實的作品，其中也包含了許多虛幻的成分。這絕對不是故意做作的，而是另一種眞實，眞實地表現了屈原的精神狀態和他的主觀感受。

二《抽思》

本篇是屈原第一次流放到漢北的作品。

其中「少歌」有「與美人抽怨」的話，朱熹《集注》本作「抽思」。抽，抽繹、引出的意思；思，思緒、情思的意思。「抽思」即是向懷王陳情述志。「少歌」、「倡」、「亂辭」都是樂章的名稱，爲屈原所用。「少歌」之前的一大部分是回憶從前諫君不聽、陳詞無路的痛苦心情，同時對懷王的「多怒」、「佯聾」以及愛好虛榮的心理提出了批評。「少歌」及後面兩段寫他對郢都和懷王的深刻思念。《屈原列傳》說：「屈平既嫉之，雖放流，睠顧楚國，繫心懷王，不忘欲返，冀幸君之一悟，俗之一改也。其存君興國而欲反覆之，一篇之中，三致意焉。」這一段話所講的情況，正合乎《抽思》所表現的主題思想。

詩中三次稱懷王爲「蓀」，兩次稱「美人」，並提到與君王的「成言」以及「中道回畔」，「反有他志」的情況，但都不具體表明事情的究竟。比喻和象徵的意味，情與景的融合，在本篇很突出。樂章的變化，歌詞的長短不一，使這首詩形式活潑，增強了抒情的效果。

㈢《思美人》

本篇是屈原斥居漢北時，繼《抽思》之後的作品，所思美人仍指懷王。貫徹全詩始終的，仍是酷愛芳潔、思慕前賢、決不改變素志的思想。至若願寄言於浮雲，請致辭於歸鳥，嫉高辛之靈盛，命造父之執御，指嶓冢之西隈，與纁黃以爲期，種種的奇思妙想，都表現了屈原的逸放的思想。而這種逸放思想與他的神聖職任是分不開的。

㈣《涉江》

本篇是頃襄王朝屈原再放，渡江而南時的作品。

詩中的鄂渚在今武昌，枉渚在今湖南常德市南，辰陽在今湖南辰溪縣西，溆浦在今湖南溆浦縣。這都是屈原流放江南所到之處，一一皆有據案。放馬於山皋，停車於方林，溆浦深山的杳杳冥冥，幽谷的晦暗多雨，溝壑的呑雲吐霧，密林中猿狖的哀鳴等等，都是詩人所經歷、所親見親聞，都是紀實。由於巫職的習慣，穿戴異於常人，著奇服，戴高冠，帶長劍，奇服上飾以日月星辰的圖形，身上佩掛著珠玉，這都是實寫。至於說他駕青虬白螭高馳不顧，與大神重華遊崑崙玉圃，採玉華為食，求長生不老，與天地比壽，與日月同輝等等，都是神仙家、巫官、方士的最高理想。

如果說屈原在《惜誦》、《抽思》、《悲回風》中對懷王的舊情仍在，抱有「冀幸君之一悟」的一線希望，那麼在遭受頃襄王的打擊、棄逐江南後，他不再抱有幻想，在《涉江》中表示了與當權者決裂。比干不悔於剖心，接輿髡首而避世，想通了便無所畏懼，屈原的毫不妥協的鬥爭精神在本篇的末尾強烈地表現出來。憤激之情用平和的語調說出，更見得從容堅定。

(五)《橘頌》

很多學者以為《橘頌》是屈原青少年時代的作品，藉頌橘來述志，來表現自己的高尚的品格情操、堅強的意志、不屈的精神。究竟是不是這樣，還是讓作品本身來證明。詩中說：「嗟爾幼志，有以異兮。」顯然是年長者對年少者講話的口氣。「爾」是對稱代詞，指橘樹或某位青年朋友，則很有可能，若以為屈原自謂，斷無此理。詩中又說：「年歲雖少，可師長兮。」又是年長者對年少者講話的口氣，青少年時代的屈原，絕對不可能用這種口氣說話。蘇雪林說：「屈原在放逐途中或湘西所遇見的一個志行高潔的文學青年，其名或為『潔』

，或其小名爲『橘』。他成了屈原的伴侶，或者作了他的學生，也許便是傳說中的宋玉吧。」說法新穎，但無任何根據，故不能成立。欲知《橘頌》的究竟，還得作另外的思考。

《橘頌》最後的兩句詩值得我們仔細玩味：

行比伯夷，置以爲像兮。

伯夷獨行其志，名垂後世。橘樹「受命不遷」、「蘇世獨立」，堅貞的品格可與伯夷相比，這裡將橘樹人格化是很有意義的。但根本問題還不在那些擬人化方面，而在於「置以爲像」四字上。什麼是『置』？《說文解字注》說：「置，古借爲植字，如《考工記》『置而搖之』即植而搖之。《論語》『植其杖』，即置其杖也。」所謂「置以爲像」即是植以爲像。植橘樹作爲楷模，乃是一次具有象徵意義的紀念活動，這種紀念活動很可能伴有宗教儀式。聖嚴在《比較宗教學》一書中說：「原始人類，對於人之誕生，當做超自然力的一種作爲，故有宗教儀式的舉行。或濺水於嬰兒之身以示潔淨，或至其家族所敬奉的聖所，求神賜嬰兒之名，或植紀念之樹，以卜嬰兒之命運。」這種原始的風習，在相當長的時間裡仍得到保存。《橘頌》很有可能是屈原爲某一貴族子弟誕生後舉行植橘樹儀式而作的歌詞。祝他與橘樹長友長生，「願歲並謝，與長友兮」。

詩中的一些個性很強的語言，與屈原的品格相似，這是因爲詩是屈原所作，流瀉出屈原的心聲，乃是極自然的事情。《橘頌》不是一般所謂詠物詩，而是爲「置以爲像」的植紀念之樹的宗教儀式所寫的頌橘詞。

(六)《哀郢》

頃襄王二十一年，秦將白起拔郢，燒先王墓夷陵，楚兵散，不復戰，東北保於陳城。這年春天，頃襄王東遷於陳，郢城人民有一部分隨遷。第二次流放在外的屈原，九年未回郢都，此時潛回舊居，護送家眷東遷，至陵陽安頓。他本人仍歸被貶之地沅湘之間。劉向《九嘆．思古》說：「違郢都之舊閭兮，回湘沅而遠遷。念余邦之橫陷兮，宗鬼神之無次。」

郢城自楚文王熊貲（西元前六八九——前六七七年）於此建都起，至頃襄二十一年（西元前二七八年）止，約有四百年歷史，它不僅是全楚的心臟、歷史名城，同時也是楚國命運的象徵。郢都的破滅，預示楚國前途的絕望。詩人親見國家遭此滅頂之災，人民失所，骨肉流離，而個人被棄逐。憂愁相結，慘鬱難通，種種悲痛的感情交織在一起，故《哀郢》一篇情詞沉痛之極。他向郢都作最後的告別時，已是六神無主：「發郢都而去閭兮，怊荒忽其焉極？」寫他的空前的失落感，完全的飄泊無依：「順風波以從流兮，焉洋洋而爲客。」寫自己對故國與人民無限的懷念之情：「哀州土之平樂兮，悲江介之遺風。」寫郢都的滄桑巨變，不可復識：「曾不知夏之爲丘兮，孰兩東門之可蕪？」寫自己至死不忘郢都閭里：「鳥飛返故鄉兮，狐死必首丘。」《哀郢》境界寥廓，思慮深沉，感情深摯，是《九章》中最好的一篇。

(七)《惜往日》

本篇是否屈原所作，尚無定論。明代許學夷《詩源辨體》因《惜往日》有「不畢辭而赴淵兮，惜壅君之不識。」以爲是屈原身後的話，「一時失名，遂附入屈原賦中。」即使如許學夷所說，本篇可能是景差、唐勒的作品，但在內容上比較具體地反映了屈原的生平思想，爲我們研究屈原提供了重要的依據。

《奇文〈離騷〉論》中已聯繫到本篇，論證屈原「以詔昭時」與周代保章氏「以詔救政」同，屈原和保章氏都是巫官。周初的尹佚、祝雍也是著名的巫官。巫官干政，古有先例，如商朝的伊陟、巫咸、箕子等都是大巫官。楚國的屈巫（字子靈）、屈到都曾爲巫祝之官。屈原「以詔昭時」之外，還「奉先功以照下」，講述楚民族的祖德宗功，激勵貴族子弟發揚而光大之。同時對楚懷王時的各種法令的差別可疑之處予以著明之。屈原的工作，是以他的深厚廣博的巫史知識爲基礎的，並且有相當的神秘性。詩中「秘密事之載心」，「心純龐而不泄」，到底包含了哪些問題？葫蘆裡賣的什麼藥？很多人認爲屈原代表法家思想，起草改革的憲法，因爲侵奪了舊貴族的利益，所以秘密進行。這種看法是毫無根據的。且不說在外國改革成功的商鞅、在本國改革有功的吳起，屈原未贊一辭，就連屈原本人也缺少法家人物的精神思想。如果見到一個「法度」，就以爲是法家的憲法，那就錯了。法度即是政策法令，任何國家朝代都有的，問題在於楚國腐敗的貴族集團對國家的政策法令作各種歪曲的解釋，怎樣有利於自己就怎樣說，怎樣幹，也就是「背法度而心治」。所以懷王令屈原明法度，別嫌疑，甚至重新起草憲令（雖然沒有搞成）。而屈原並不具備「使國不法古」的思想，也不懂得「三代不同禮而王，五霸不同法而霸。」開口便是「望三五以爲像，指彭咸以爲儀」，缺乏現實主義精神，也爭取不到同情者與支持者。可以想見他起草憲令並不閃爍著法家的思想光輝；而他的詩歌卻噴射出理想主義的奇光異彩。那麼，屈原的「秘密載心」、「純龐不泄」，並不同於法家政治家商鞅所說的「成大功者不謀於衆」，而是巫屍靈保託言能事鬼神、「以詔救政」的作風的體現。

(八)《悲回風》

本篇雖不是絕命辭，但寫作的時間離沉湘的時間不很遠。這是一首純粹的抒情詩，詩人低迴婉轉地訴說著深沉的哀痛，沒有憤怒的言詞，沒有激昂的語調，對現實世界不抱任何希望，對死亡也無所謂恐懼，與人間世相隔越來越遠，與大自然愈來愈親近，藉助於神光電景與宇宙相往來，在彭咸的天地裡感受著萬物的生息有無。他先唱著悅人的悲傷，由悲傷轉為淒厲，再轉為嗚咽，然後不唱也不說，從子胥以自適，託彭咸之所居，求得最大的解脫。

(九)《懷沙》

本篇是屈原的絕命辭，載入《史記》本傳。「懷沙」二字的意義是什麼？朱熹說：「言懷抱沙石以自沉也。」蔣驥說：「懷沙之名與哀郢、涉江同義。」即是懷念長沙之意。兩種說法並存，至今未分勝負。胡念貽《楚辭選注及考證》認為：「懷有歸、依等意思，懷沙意即沉江。」近於朱熹的說法而又有不同。

愚以為懷沙的意義不得與哀郢、涉江相同，《哀郢》中有「郢都」、「郢路」的稱謂，《涉江》中有「旦余濟乎江湘」的行蹤，可以證明「哀郢」是哀悼郢都，「涉江」是橫渡長江。《懷沙》中沒有任何關於長沙風物的描寫，也沒有表現出任何眷戀長沙的感情。所以蔣驥的說法無據。「懷沙」解釋為懷沙抱石，是有根據的。首先是《史記》本傳說：「乃作《

懷沙》之賦，其詞曰……於是懷石遂自投汨羅以死。」東方朔《七諫・沉江》曰：」懷沙礫而自沉兮，不忍見君之蔽壅。」蔡邕《弔屈原文》曰：「顧抱石其何補？」郭璞《江賦》曰：「悲靈均之任石，嘆漁父之櫂歌。」屈原自作的《悲回風》曰：「驟諫君而不聽兮，重任石之何益？」

屈原既已決心懷沙抱石自沉，則本篇爲他的絕筆，肯定不錯。他對楚國統治集團不抱任何希望，所以在本詩中沒有思君諫君的話。死志已決，故視死如歸，心情平靜，語言樸實無華，語調從容不迫。他準備到巫咸大神那裡報到，「明告君子，吾將以爲類兮！」

七《遠遊》避世論

屈原能作《離騷》、《悲回風》，就能作《遠遊》。前兩次的升空登假因爲對現實世界有許多掛牽，故未能成功；後一次是總結了前兩次的教訓，深明諫君不聽、任石無益，乾脆斬斷一切塵緣，「神倏忽而不反」，他升天成功了。讓屈原的靈魂在天國裡安息吧，我們應當噙著熱淚、帶著微笑慶賀這位天才的藝術家、理想主義者的勝利。

有人說《遠遊》不是屈原的作品，說它與司馬相如的《大人賦》如出一人之手，兩者結構相同，文句也相似。又有人說《遠遊》是後人模仿《離騷》的製作。還有人說屈原深受北方儒家思想的影響，應當「殺身成仁」，豈能如道家的「全生遠害」、「長生久視」？持第一種意見的人偏不懷疑司馬相如的抄襲模仿的本領，反而故意混淆視聽，可以不與他爭辯。持第二種意見的人能大膽懷疑，卻不能小心求證，說不出是何人的仿製。況且屈原的諸篇作品有些相同的成分，並不限於《遠遊》與《離騷》，《九章》裡就有不少句子與《離騷》相同。持第三種意見的人，硬把屈原歸屬於什麼「家」、什麼派，這種拉人入夥的做法不好，因爲他頭腦裡先有一個派系的框框。先秦時代，沒有誰說自己屬於哪一家，劉向、劉歆欲辨彰學術、考察源流，才有諸子十家的區分，但也沒有把屈原列入哪一家。姜亮夫先生說：「屈子本楚之主宗教（一宗之教也）與邦史之世家，以今語說之，即族巫與邦史之主持者。」這條意見最有價值。屈原的巫史知識最豐富，史的知識使他博識洽聞，多次稱述堯、舜、禹、湯、文、武，明於治亂，屢言歷史上的興亡善敗；巫的知識使他深於陰陽天文，善於敬祀鬼神。當他積極干預政治大事的時候，歷史上的古聖先賢都成了他的榜樣；當他被讒見疏，一再遭打擊之後，升天乘雲，欲與彭咸大神爲伍的思想就占了上風。

《遠遊》一篇表示了詩人與現實世界的決裂，在理想的天國裡自由呼吸，與道合一。《遠遊》所描寫的場面極其寥廓，出場的神靈衆多，有些在《離騷》、《九章》等作品中已經出現過，有些則是初次露面。計有：

赤松子　遠古的神仙，神農時爲雨師，帝嚳曾向他學道，炎帝的少女追隨他也成了神仙。

傅說　商王武丁的大丞相，死後乘東維，騎箕尾，成了天上的星宿。

韓終　《列仙傳》：「齊人韓終爲王採藥，王不肯服，終自服之，遂得仙也。」

高陽　即顓頊，五帝之一。
軒轅　即黃帝，五帝之一。
王喬　王子喬，周靈王的太子晉，得道成仙。
天閽　天帝的守門人。
豐隆　雲神。
太微　天宮內的神名。
句芒　木神，在東方。《山海經》：「東方句芒，鳥身人面，乘兩龍。」
太皓　伏羲氏，東方天帝。
飛廉　風神。
蓐收　《山海經》：「西方神蓐收，左耳有蛇，乘兩龍，人面白色，有虎爪，執鉞，金神也。」
西皇　西方天帝少昊。
玄武　北方天神。
文昌　星官名。
雨師　雨神。
雷公　雷神。

祝　融　南方火神。
宓　妃　洛神，伏羲氏之女。
二　女　堯帝二女娥皇、女英。
湘　靈　湘水之神。
海　若　北海之神。
馮　夷　河伯，黃河之神。
玄　冥　北方水神。
黔　嬴　天上造化之神。

有這麼多神靈，天上的世界並不寂寞。屈原在人間如此孤獨，在天上卻搞得挺熱鬧，過得快活。如果說在《離騷》中升天失敗是因爲他準備不足，沒有下定決心，思想深處還存在著對現世的許多羈縻，對楚國的政治負有很多責任，對國家前途有許多憂慮，那麼在《遠遊》中的情況就完全不同，表現出一種完全徹底的解脫，解脫即是成功。「我本不棄世，世人自棄我。」用李白這樣的兩句詩來解釋屈原遠遊的勝利是最好不過了。但李白的本領遠不及奔馳絕塵的屈原，屈原因特殊的巫官職業，故能對另一世界的情形了如指掌，他從哪裡來，再回到那裡去，「仍羽人於丹丘兮，留不死之舊鄉，」他的故鄉不在人間，乃在天上。

從《離騷》到《遠遊》，可以看出詩人思想發展變化的經過。在《離騷》中，他先向神靈交代自己清清白白的出身，而後向神靈訴說自己的不幸，說歷史，說現實，多次地比較和對照，越講越有道理，一遍又一遍的陳辭，一次又一次的哭訴，勞苦之極，困倦之極，卻毫無收穫。他神遊天上，找上帝告狀，可是帝宮深閉。他四求美人，可是高丘無女，宓妃傲慢，再去求有娀佚女、有虞二姚，又無良媒。他遠遊西天，打算一去不返，因爲沒有足夠的思想準備，還有生之留戀，對故國的眷念，只好半途而廢。屈原爲什麼失敗？因爲思想沒有過關。他還有政治上的企圖，還有對現實的某些幻想，欲求不得，欲止不能，最後只有一聲浩嘆：

已矣哉！國無人莫我知兮，又何懷乎故都？既莫足與爲美政兮，吾將從彭咸之所居。

《遠遊》則不同，不哭不訴，默默地向人間告別。如果從《離騷》中能看出屈原對其「美政」理想的「知其不可爲而爲之」的態度，那麼在《遠遊》中就可知他「知其不可爲而不爲」了。俗語說，「無掛一身輕」。在多次的痛苦和失敗之後，屈原也大徹大悟了，他不僅悄然地放下從前的一切欲念，而且居然達到了形神脫離的「吾喪我」（莊周語）的境界，「神倏忽而不反兮，形枯槁而獨留。」有了忘我的功夫，就能去掉主觀，反躬自省，端正情操，順乎自然，與道翱翔。「求正氣之所由」的「正氣」，就是莊子《逍遙遊》中所云「天地之正」。徐復觀《中國人性論史》說：「乘天地之正，郭象以爲『即是順萬物之性』……人所以不能順萬物之性，主要是來自物我之對立；在物我對立中，人情總是以自己作衡量萬物的標準，因而發生是非好惡之情，給萬物以有形無形的干擾。自己也會同時感到處處受到外物的牽掛、滯礙。有自我的封界，才會形成我與物的對立；自我的封界取消了（無己），則我與物冥，自然取消了以我爲主的衡量標準，而覺得我以外之物的活動，就是順其性之自然。」人到了這種「物無不可」的境界，則任何障礙都不存在了。所以《遠遊》中的屈原一路順風，辦事順利。天閽爲他開門，帝宮、清都任他遨遊，王子喬與他娛戲，豐隆爲他導遊，飛廉爲他開路，文昌、玄武做他的侍從，雨師、雷公做他的衛士，宓妃爲他演奏咸池之樂（從前她是那樣驕傲），二女爲他唱九韶之歌，湘靈爲他鼓瑟，海若爲他起舞，他並且在群冰之野的北極有幸見到崇拜已久的顓頊。一切都如願以償。他在經營四荒，周流六漠，窮深極高，無所不達之後，一切感覺頓然消失，無地無天，進到了天地未分之前的「太初」境界。

《淮南子．道應訓》說燕之方士盧敖爲秦始皇博士，使求神仙不得，逃亡不返，遊於北海，經太陰，入玄闕，到蒙谷山，見一仙人深目玄鬢，軒軒然迎風而舞，徐徐而罷，就而視之，欲與結友。仙士笑曰：「嘻！子中州之民，寧肯而遠至此？此猶光乎日月而戴列星，陰陽之所生，四時之所行，其比夫不名之地，猶窔奧也！若我南遊乎岡㝗之野，北息乎沉墨之鄉，西窮窅冥之黨，東開鴻濛之光，此其下無地而上無天，聽焉無聞，視焉無眴。此其外，猶有汰沃之汜，其餘一舉而千萬里，吾猶未之能往。」《道應訓》所言的無天無地的「無何有之鄉」，在盧敖之前早有此類傳聞，莊周講過多次，屈原博聞強誌，必然熟知。外太空的景象，宇宙形成之前的景象，也許就是那樣的視焉無見、聽焉無聞的「黑洞」。

屈原的巫史職任使他與陰陽家、道家的思想息息相通。《漢書・藝文志》說道家出於史官，歷記成敗存亡禍福古今之道，而陰陽家出於羲和之官，敬順昊天，曆象日月星辰，敬授民時。屈原明於治亂，深於曆數，同時精於巫術，與方士、神仙家是同類。《遠遊》中屈原的形象已經不是「美政」的狂熱追求者，而是一位得道成仙的神仙家。他不再去過問興亡善敗、是非曲直的人間道理，而專心致志地聽取仙聖王子喬的教誨。他從前到處告狀，到處陳辭，很少得到回答。如今卻是有求必應，毫不犯難。王子喬說：

道可受兮不可傳，
其小無内兮，
其大無垠。
無滑而魂兮，
彼將自然。

壹氣孔神兮，
於中夜存。
虛以待之兮，
無為之先；
庶類以成兮，
此德之門。

屈原用詩句將「道」的內核作了精煉的表達。道可以心受，不可以言傳；能言傳之「道」，則非恆久之至道，正合乎《道德經》的觀點。道「至大無外，謂之大一；至小無內，謂之小一。」正是《莊子》所引惠施之言。心神不亂，即能順乎自然之性；氣志專一，則能長存於身；虛而待物，則無礙；無為之先，則不爭；萬物以道而成，道是一切變化的總門。以上幾點都是道的基本內容。《遠遊》通篇充滿了道的觀念，以求道求仙開始，以得道成仙告終。在得道成仙的過程中，修煉是重要功夫。修煉離不開行氣導引。行氣即吐納之術，可分為兩類：

㈠服食天地之氣　《莊子．逍遙遊》說：「乘天地之正，而禦六氣之辯。」《遠遊》說：「餐六氣而飲沆瀣兮，漱正陽而含朝霞。」所謂「六氣」，即「平旦為朝霞，日中為正陽，日入爲飛泉，夜半爲沆瀣，天玄，地黃，爲六也。」餐六氣是餐天地日月之氣，服食日精月華而成仙。

㈡服食自身之氣　即胎息之術。《抱朴子．釋滯篇》說：「得胎息者，能不以鼻口嘘息，如在胎胞之中，則道成矣。」《遠遊》所謂「壹氣」，即《老子》所謂「專氣致柔，能嬰兒乎」的「專氣」，即是胎息。

行氣的理由，《抱朴子》說：「夫人在氣中，氣在人中，自天地至於萬物，無不須氣以生者也。善行氣者，內以養身，外以卻惡。」又說：「知龜鶴之遐壽，故效其導引以增年。」龜與鶴能知導引吐納之法，所以長壽。

煉氣的最高本領是「氣變」。古人認爲天地萬物乃至人的四肢百骸都是氣形成的。一切具體的有形之物及人都可以反本還原成氣的狀態，然後又可以由氣變成別的東西，這就是「氣變」。後來神仙方術之士自稱能用藥物、符籙使人變成異人異物。這些當然都是幻想的。《抱朴子．遐覽篇》說：「其法用藥用符，乃能令人飛行上下，隱淪無方。含笑即爲婦人，蹙面即爲老翁，踞地即爲小兒，執杖即成林木，種物即生瓜果可食，畫地爲河，撮壤成山，坐致行廚（飲食自來），興雲起火，無所不作也。」《雜應篇》又說：「鄭君（葛洪之師）云：服大隱符十日，欲隱則左轉，欲現則右回也。……或可爲小兒，或可爲老翁，或可爲鳥，或可爲獸，或可爲草，或可爲木，或可爲六畜。或依木成木，依石成石，依水成水，依火成火。此所謂移形易貌，不能都隱者也。」神仙方術之士的五遁之法，說是依於水、火、木、金、土之任何一物，皆可遁形而去。能隱遁避世的，稱作「白日飛升」；老病而死的，稱作「屍解」。

《遠遊》中有一段文字寫屈原「氣變」：

因氣變而遂曾舉兮，
忽神奔而鬼怪。
時彷彿以遙見兮，
精皎皎以往來。
絕氛埃而淑尤兮，
終不反其故都。
免眾患而不懼兮，
世莫知其所如。

氣變之後的屈原，神遊八極之表，鬼出電入，無所不往，活動範圍不受任何限制，無邊無際，這是《離騷》中所描寫的崑崙、流沙、西海等場景所不可比擬的。蘇軾所說的「挾飛仙以遨遊，抱明月而長終，」也遠不及屈原的「超無為以至清兮，與泰初而為鄰。」想像之豐富，氣魄之宏偉，較之《離騷》則有過之而無不及也。俗儒以「忠君」為準則，責怪屈原在《遠遊》中表現一種出世思想，不能「殺身成仁」，似乎只有死路一條才令人愜意，何其迂謬！事實上，眞正的屈原葬身於汨羅，而大儒班固譏其狂狷，死了也討不到好評。古之達士，不忮不求，箕子佯狂，接輿避世，莊周垂釣於濠，伯成躬耕於野，或貨海東之藥草，或紡江南之落毛，豈能戚戚勞於憂畏，汲汲役於人間？屈原無路可走，出世的思想占了上風，無論是「從彭咸之所居」，或是「與秦初而為鄰」，實質是一碼事。屈原有心求美政，無力可回天，這是他一生最大的憾事。他早已置死生於度外，又何貪於生，何惜於死？

屈原愛國論

西元前二七八年，當秦國大將白起引兵破郢，毀楚國先王陵墓之後，偉大的愛國詩人屈原感到振興楚國的希望徹底破滅，於是「不畢辭而赴淵」，投汨羅江自盡了。屈原的死，形成了他一生從事政治鬥爭的悲劇的高潮，激起了無限的波瀾。屈原愛國家、愛民族的精神，千百年來引起了廣大人民和一切志士仁人的共鳴。或問：屈原有王佐之才，若屈仕他國，何國不容？爲什麼一定要以身殉國呢？對此，後人提出過不同的看法。或謂屈原是楚王同姓之宗臣，義無可去，故死志已決；或謂屈原的思想核心是忠君，忠臣不事二主；或謂屈原「直道而事君，焉往而不三黜？」去國也未必有好結局；或謂屈原志在使楚國強大並由她統一中國，不必旁求；或謂屈原熱愛鄉土，「鳥飛返故居，狐死必首丘。」這些看法都有一定的道理，但只是說到了屈原高尚的思想品質和愛國行爲的某一個或某幾個側面，還不是屈原「何爲不去國」乃至以死殉國的根本原因。

我認爲：屈原至死不離開楚國的根本原因，在於他具有強烈的民族感情和堅定的民族立場。屈原愛國、殉國的行爲，是他的民族精神的光輝體現。

所謂「民族」，即是人們在歷史上形成的一個有共同語言、共同地域、共同經濟生活以及表現於共同文化上的共同心理素質的穩定的共同體。這種共同體，在政治、經濟、文化、生活方式各個方面都有著自己的特點，並且隨著歷史的發展而形成、發展。同歷史上各民族的形成過程一樣，楚民族也是一個逐步形成的廣義的範疇，是由早期的以血緣關係爲紐帶而結成的民族部落的大聯合，進而演變爲具有共同地域、共同語言、共同的經濟生活和共同的心理素質的特徵的民族形式。黑格爾在《歷史哲學》中，把地中海作爲歐洲民族的中心，認爲歐洲國家是環繞地中海逐步形成、發展起來的。這說明一定的地理條件在歷史發展過程中所起的重要作用。中國是一個歷史悠久的大陸國家，中國地域本身就是一個自然形成的地理單位。但是，在總的地理形勢下，又有不平衡。從大的方面講，中國有黃河、長江兩大河流，這兩條大動脈決定了北方和南方在經濟、文化發展上的許多不同特點。長江是楚民族的搖籃，她對楚民族的發展起了巨大作用。楚民族正是得長江的便利，從荊山之陽擴展到江漢平原，逐漸匯合大江南北的許多民族部落而成爲中國南方的主體民族。

愛國詩人屈原是楚國的土產，楚國的特產，是楚民族的優秀兒子，楚民族的靈魂。他在自己創作的楚辭中，集中地完美地表達了對楚民族、楚國家無限的熱愛和最深厚的感情。《

文心雕龍・辨騷》說：「不有屈原，豈見《離騷》？」我們也可以這樣說：不有楚國，豈有屈原？屈原只能產生在戰國時期的楚國，不可能產生在任何其他的國家。屈原強烈的民族自尊心、民族自信心和深厚的愛國感情，是楚民族長期形成的一種傳統觀念的反映。屈原作楚辭，不只是個人的發憤抒情，而是楚民族、楚國家處在衰落的懷、襄之世，「擇其善鳴者而假之鳴」，是借屈子之口唱出的民族的悲歌。

屈原在《離騷》的開頭自敘身世時，首稱「帝高陽之苗裔」，介紹了自己的根底。司馬遷在《屈原列傳》的開頭說「屈原者，名平，楚之同姓也。」他用「楚之同姓」對「帝高陽之苗裔」作了解釋。然而這個解釋並不十分準確，而是帶有很大的主觀性，甚至是強加上去的。我們知道，司馬遷是很重視姓氏門第的。一篇《太史公自序》詳細介紹了司馬氏一門世典天官的歷程和自己復爲太史、繼承祖德宗功的責任。屈原是不是也很重視姓氏出身，強調血緣關係，一切爲了同姓之君呢？司馬遷也僅僅提出「楚之同姓」，並不敢就此問題大做文章。可是自王逸以後的許多專家，對「楚之同姓」做了很多煩瑣的考證，把屈瑕、屈完、屈到、屈建、屈重、屈蕩、屈固等衆多的屈氏人物擡出來，說明屈氏子孫是楚國的世臣，世臣一定熱愛故國；又把楚國的先王先公擡出來，說明屈原與楚王同宗共祖，固不當離開同姓之君。但是，事實告訴我們：屈原姓屈，楚王姓熊，怎麼叫做「同姓」呢？不錯，他們的遠代祖宗都姓芈，那也只能是「五百年前是一家」，又有多大意義呢？靠這一點微薄的「同姓」

關係，能使屈原爲國而死嗎？至於蔣驥《山帶閣注楚辭》所說的「首敘己與楚同姓而爲世臣」，強調世臣與宗國不可分離的關係，其實也是靠不住的。韓非爲韓國之諸公子，數以書諫韓王安，韓王不能用，於是去韓而使於秦，終於促成了韓國的滅亡。這難道不是宗臣去國的明證嗎？況且屈原在自己的作品中絕少提出屈氏的列祖列宗，僅僅說了一句：朕皇考曰伯庸」。屈庸是不是楚國的名臣，屈原沒有講，可能是巫官。還有一位女嬃，她是不是屈原的姐姐，也難說定。屈原之所以提及父親的大名，乃是因爲父親是至尊之親，這在自傳式的長詩中是應當作一個簡單的交代的，並不是從「世臣」的角度來炫耀祖宗的。同樣的道理，所謂「帝高陽之苗裔」，是交代詩人的遠祖。詩人在交代了自己的遠祖和近親之後，就好直接敘寫自己的生平了。倘若一定要對「帝高陽之苗裔」這句話窮根詰底，深入挖掘它的意義，那也不能歸結爲與楚王同姓的問題上，而應當研究楚民族的來源及發展過程。如果強調「同姓」，那就應該說自己是鬻熊或熊通的後代，豈不是既合道理而且更能感動楚王嗎？爲什麼一定要說自己的老祖宗是五帝之一的顓頊，扯得那麼遙遠呢？原來屈原的意思不僅僅是交代自己的根底，同時也包括了楚民族的淵源。

《史記．楚世家》說：「楚之先祖出自帝顓頊高陽。高陽者，黃帝之孫，昌意之子也。」顓頊的遠孫季連，姓芈，是「祝融八姓」分布在江南的一支。季連的後代鬻熊，居於丹陽。《史記．周本紀》說，周文王爲西伯時，「太顚、閎夭、散宜生、鬻子、辛甲大夫之徒，皆往歸之。」賈誼《新書・修政語下》記載了周文王、武王、成王與鬻子討論政治大事的言論，鬻子「以上世之政詔於君王」，講的是仁政德治、禮義忠信一套先王之道。《楚世家》說：「鬻熊子事文王，早卒。其子曰熊麗，熊麗生熊狂，熊狂生熊繹，熊繹當周成王之時，舉文武勤勞之後嗣。而封熊繹於楚蠻，封以子男之田，姓羋氏，居丹陽。」這是說從熊繹開始受封。但《墨子・非攻下》說：「昔者熊麗始封此睢山之間。」孫詒讓《墨子閒詁》引畢沅的話說：「睢山即江、漢、沮、漳之沮。」梁玉繩《史記志疑》說：「麗是繹祖，睢爲楚望，然則繹之前已建國楚地，成王因而封之，非成王封繹始有國耳。」說明楚國建立遠在熊繹之前，周成王只不過是承認其爲既成事實而已。劉向《別錄》說：「鬻子，名熊，封於楚。」則鬻熊是楚國最早的封君。

楚國的先君從鬻熊開始，世世代代臣服於周。周天子認爲「普天之下，莫非王土」。楚國當然不能例外，它是周天子的南疆。《左傳・昭公九年》載詹桓伯的話說：「巴、濮、楚、鄧，吾南土也。」《詩經・商頌・殷武》：「維女荊楚，居國南鄉。」但周天子對「南鄉」的楚民族往往放心不下。《左傳・成公四年》載魯國季文子的話說：「史佚之《志》有之，曰：『非我族類，其心必異。』楚雖大，非吾族也。」《公羊傳・僖公四年》說：「楚，有王者則後服，無王者則先叛，夷狄也，而亟病中國。」周王朝既然把楚民族看成是異族、異類和心腹之患，於是多次發兵撻伐。《詩經・商頌・殷武》一詩就是歌頌宋國伐楚的事情

：「撻彼殷武，奮伐荊楚，深入其阻，裒荊之旅。」在周楚的從屬關係上，周天子對楚君是歧視的，僅僅給以「子」的爵位，鬻熊是「子」，熊繹也是「子」。《楚世家》說：「楚子繹與魯公伯禽、衛康叔子牟、晉侯、齊太公子呂伋俱事成王。」西元一九七七年陝西岐山鳳雛村出土的西周初年甲骨文中有「曰今秋楚子來告」。這就證明了楚君一向被周人稱「子」，楚君以「子」的爵位歸附於周。楚君不受周朝的重視，最明顯的一次，表現在岐陽之盟。《國語・晉語八》：「昔成王盟諸侯於岐陽。楚爲荊蠻，置茅蕝，設望表，與鮮卑（牟）守燎，故不與盟。」這是說在正式盟會之前，演習朝儀的時候，楚君擔任司儀的職務，束茅草列坐次，到正式朝會時，預先用木表標明王侯的尊卑次序。天子諸侯入席之後，楚君就與東夷的鮮牟之君一起守望門前的火炬。《周禮・天官・閽人》說：「閽人掌守王宮之中門之禁……大祭祀喪紀之事，設門燎，蹕宮門廟門，凡賓客亦如之。」楚君守燎，可見其他位同閽人一樣卑賤。周楚兩大民族的矛盾日趨尖銳，周成王死後，其孫昭王姬瑕曾經率六師伐楚。《周本紀》說：「昭王之時，王道微缺，昭王南巡狩不返，卒於江上。其卒不赴告，諱之也。」《初學記》七，引古本《竹書紀年》說：昭王「十九年，天大曀，雉兔皆震，喪六師於漢。」《左漢・僖公四年》記載齊侯以諸侯之師伐楚，楚成王派使者至齊師質問伐楚的原因。管仲說：「昭王南征而不復，寡人是問。」楚使者巧妙地回答說：「昭王之不復，君其問諸水濱。」昭王之子穆王即位後，繼續伐楚，雖然取得了勝利，卻也費了相當的代價。《太平御覽》七十四引《抱朴子》：「周穆王南征，一軍盡化，君子爲猿爲鶴，小人爲蟲爲沙。」按今本《抱朴子・釋滯》作「三軍之衆，一朝盡化，君子爲鶴，小人爲沙。」韓愈《送區弘南歸詩》：「穆昔南征君不歸，蟲沙猿鶴伏以飛。」到周夷王時，周室衰微，諸侯不朝，互相侵伐，然而楚君熊渠「甚得江漢間民和」，把勢力範圍由荊山地區擴大到長江中游、江漢平原。《楚世家》說：「熊渠甚得江漢間民和，乃興兵伐庸、楊粵，至於鄂。熊渠曰：『我，蠻夷也，不與中國之號謚。』乃立其長子康爲句亶王，中子紅爲鄂王，少子執疵爲越章王，皆在江上楚蠻之地。」楚君以蠻夷自居，獨立發展，他的擴張給周王朝造成嚴重威脅，到周宣王時，周王朝集中兵力，向南戰勝淮夷，向北戰勝玁狁，企圖通過征伐別的民族來對楚民族施加壓力，使其懾服，並且派王舅申伯到南陽建都邑，闢土地，成立申國，控制南方。但是，楚民族一貫不怕外來的壓力，她依靠自己的力量，自樹立，自奮起，艱苦創業，終於強大起來。楚武王（熊通）三十五年，伐隨（姬姓國），並脅迫周王朝尊楚王王號。熊通說：「我，蠻夷也，今諸侯皆爲叛相侵，或相殺，我有敝甲，欲以觀中國之政，請王室尊吾號。」周王室不聽。熊通怒曰：「吾先鬻熊，文王之師也，早終。成王舉我先公，乃以子男田令居楚，蠻夷皆率服，而王不加位，我自尊耳。」乃自立爲楚武王。文王即位，遷都至郢。在文王、成王、穆王、莊王、共王、康王、靈王、昭王、惠王、簡王、悼王、宣王等人手中，楚國不斷地強大，滅國五十，終於成爲地方五千里，帶甲百萬的大國。楚莊王爲春秋五霸之一，向周朝問九鼎，想逼取天下，稱霸中原。楚靈王曾經大會諸侯，企圖一匡天下。楚悼王曾用吳起變法。「南平百越，北併陳蔡，卻三晉，西伐秦」，威震諸侯。

從楚民族、楚國家的形成、發展、強大的過程上看，她所走的道路是一條自力更生、獨立自主的道路。她從「辟在荊山，篳路藍縷，以處草莽，跋涉山川以事天子」的艱難落後的狀況，一變而爲先進的大國，是經過無數次的艱苦卓絕的鬥爭而獲得成功的。她沒有受過周王朝的任何優待，而是在被壓抑、被欺侮、被損害的情況下成長壯大起來的。她作爲一個主體民族，和江南各族的關係處理得比較和洽，而內部的矛盾和外部的矛盾比較起來則是次要的。她自給自足，富裕而均勻，飯稻羹魚，火耕水耨，無飢饉之患，「無凍餒之人，亦無千金之家」。北方的那種「民有飢色，野有餓殍」的現象，在南方是少見的。龐大的楚國的確是「和氏之璧、隨侯之珠與金木竹箭、皮革角齒之饒所得兼其美」（洪亮吉《更生齋文甲集》）的富庶之邦。有著悠久歷史的楚民族，無論在語言、宗教、風俗習慣、衣冠服飾、文學藝術、歷史傳說、神話故事等各個方面，都具有鮮明的民族特徵。濃厚的民族意識，強烈的民族感情，不可摧折的民族自尊心、自信心，早已深入人心，像堅韌的紐帶一樣把楚國人聯繫在一起。《左傳·成公九年》記載了楚囚愛國的故事：

> 晉侯觀於軍府，見鍾儀，問之曰：「南冠而繫者，誰也？」有司對曰：「鄭人所獻楚

囚也。」使稅之，召而弔之。再拜稽首。問其族，對曰：「伶人也。」公曰：「能樂乎？」對曰：「先人之職官也，敢有二事？」使與之琴，操南音。公曰：「君王何如？」對曰：「非小人之所得知也。」固問之，對曰：「其爲太子也，師、保奉之，以朝於嬰齊而夕於側也。不知其他。」公語范文子。文子曰：「楚囚，君子也。言稱先職，不背本也；樂操土風，不忘舊也。」

楚囚的表現，反映了楚國人共同的愛國心理和「不背本」、「不忘舊」的民族傳統。這不是個別楚國人的行爲，而是整個楚民族的性格，這種性格影響了楚民族的子子孫孫，特別是影響了楚國人民最優秀的兒子、偉大的愛國詩人屈原。

屈原自幼年時代起，就受到良好的教育，孜孜不倦地培養自己的品德和才能，樹立起愛國家、愛民族、永不背本的堅貞品格。

后皇嘉樹，橘徠服兮。受命不遷，生南國兮。深固難徙，更壹志兮。綠葉素榮，紛其可喜兮。

詩人通過《橘頌》唱出了「受命不遷」、「深固難徙」的楚民族共同的心聲。「橘生淮南則爲橘，生於淮北則爲枳。」橘樹成了楚民族的象徵。它一生下來就服習於南國的氣候和水土，不能移植到任何其他地方。它不僅僅是個別楚國優秀人物的縮影，同時也是整個楚民族的個性和縮影。屈原一生最偉大的地方，就在於他矢志不渝地忠於國家民族，把國家民族的利益看得高於一切，大於一切。當國家民族處在承平的時候，他積極培植人才，舉賢授能，改革不合理的政治制度，使國家民族走向繁榮富強；當國家民族處在危難的時候，他不顧個人的安危，挺身而出，沒有絲毫的苟且和退讓，勇敢地同腐敗勢力、同民族敵人作殊死的鬥爭，最後獻出了自己的生命。同屈原和楚國人民的態度相反，那些有權有勢的腐敗的奴隸主貴族——子蘭、鄭袖、靳尚之流，他們在國家民族處於順境的時候，結黨營私，縱情享樂，欺壓人民，殘害忠良，置國家民族的前途於不顧，當國家民族處於逆境的時候，他們驚恐萬狀，迫不及待地出賣國家民族的利益，認敵爲友，認賊作父，以求得自己一身一家的暫時苟安。他們是民族的敗類、國家的蛀蟲。特別是當楚國吃了大虧、無法挽救的時候，人們才眞正體會到民族敗類的可恨，才懂得屈原精神品格的可貴。

具有八百年的歷史、曾經一度強大的楚國，到了楚懷王、頃襄王時代，來了個一百八十度的轉折，急劇地走下坡路，而且一蹶不振了。而她的頭號敵人——秦國卻是直線上升。秦國在西元前三六一年任用商鞅實行變法，十年之後，國富兵強，打破了在此以前的秦、齊、楚三國勢均力敵的平衡局面，給山東六國帶來嚴重威脅。《韓非子・有度》說：「凡天下強國：非秦而楚，非楚而秦，兩國敵侔交爭，其勢不兩立。」楚國想要與秦國抗衡或壓倒秦國，唯一的出路是實行政治改革，變法圖強，刻不容緩。

迫於緊張的國際局勢，楚懷王曾經起用年輕的政治家屈原擔任左徒的職務，支持他起草憲法，爲振興楚國邁出了第一步。《惜往日》說：

惜往日之曾信兮，受命詔以昭時。奉先功以照下兮，明法度之嫌疑。國富強而法立兮，屬貞臣而日嬉。秘密事之載心兮，雖過失猶弗治。

屈原還爲國家培植了大量的政治人才。《離騷》說：

余既滋蘭之九畹兮，又樹蕙之百畝。畦留夷與揭車兮，雜杜衡與芳芷。冀枝葉之峻茂兮，願俟時乎吾將刈。

由於舊貴族官僚的肆意破壞，公開搶奪憲令，並且在懷王面前誣陷屈原，結果「王怒而疏屈平」。同時，屈原在外交上聯齊抗秦的政策，也因張儀的離間和靳尙、鄭袖的受賄媚外而遭到破壞。昏庸無能的懷王在屈原既絀之後，兵挫地削，客死於秦而歸葬。「楚人皆憐之，如悲親戚」（《楚世家》）。懷王的客死，可說是咎由自取，本不值得同情；楚人如悲親戚，完全是民族感情、愛國感情的激發。

值得我們注意的是：懷王死後，屈原並沒有馬上去死。屈原並不像某些人所說的「有時則是謹小愼微的、迂腐的、拘泥於傳統的忠君觀念的殉節者」。他「竭忠誠而事君」，目的是利用君王來支持他所從事的政治改革活動，使「國富強而法立」；一旦遭受迫害，他很快就明白「君可思而不可恃」的道理；甚至怨恨君王，大膽地暴顯君過，無所畏懼。可是對於自己的國家、民族，他卻表現出無比熱愛、無限忠心，從來沒有動搖過。只要楚國存在一天，他就要活下去，不管經受怎樣巨大的苦痛，受到怎樣的迫害，他都不忍離開故國。一篇《哀郢》浸透了詩人愛國愛人民的淚水。詩人決心死也死在楚國的土地上，「鳥飛返故鄉兮，狐死必首丘」。西元前二七八年，白起破郢，襄王奔陳。屈原在國家、民族遭到致命打擊之後，希望徹底破滅。他「恐壅君之不識」，決心以身殉國，意在對頃襄王最後一次起發聾振聵的作用，但是「哲王又不悟」……屈原的死是偉大的、莊嚴的，他不是爲「同姓之君」而死，而是爲國家民族而死，名垂罔極，功若丘山。屈原死後，秦國又多次對楚國發動大規模的侵略戰爭，都遭到楚國人民的英勇抵抗，楚國又延續了五十多年，竟爲秦所滅。但是，楚國人民不畏強暴，不甘心楚國的覆滅，「楚雖三戶，亡秦必楚」成了他們復國的戰鬥口號。建立在階級壓迫和民族壓迫的基礎上的秦帝國，僅僅維持了十五年就被陳勝、吳廣、項羽、劉邦領導的農民起義推翻了，而屈原愛國家、愛民族的精神在中華大地上永遠放射著不滅的光輝。

九 鯀功考

鯀是古代傳說中的人物還是神物？歷史學家的說法是不一致的。郭沫若說鯀是一條魚，顧頡剛說禹是一條蟲，他們早已將鯀禹父子摒除在人類之外。古史茫昧，求索難知，司馬遷依據傳說作《五帝本紀》，明謂「縉紳先生難言之」，「書缺有間」，疑則傳疑，蓋其慎也。他的經驗是「不離古文者近是」。這條經驗很重要，有關古代傳說的記載，雖不可完全據以爲信史，但畢竟不同於子虛烏有。我相信鯀不是神物，而是被我們的祖先神化了的人物，是由野蠻時代過渡到「英雄時代」的一位傑出的英雄。鯀被殛死，是一大冤案。在本文之前，已經有不少文章證明鯀無罪，發人深思，在此不一一列舉，而本文所要做的是兩件事，或者說要達到兩個目的：一是證明鯀被殛死，不是因爲治河無效，而是政治上的原因；二是證明鯀治黃河有功，應當是治河史上的第一位功臣。比較而言，第二個目的更爲重要，因爲以前的文章罕有語此。今不揣譾陋，請嘗試言之，以就正於方家。

(一)

在中國古代史書上，鯀被描寫成洪水猛獸一樣禍國殃民的罪魁，他和禹成了兩個截然相反的人物。這種不正確的觀念籠罩了幾千年的人心，都以爲禹治水的成功是天帝的幫助和他自己努力的結果，同他的父親鯀沒有任何關係，而鯀治水的失敗和被誅則是罪有應得。《左傳》說：「顓頊氏有不才子，不可教訓，不知話言，告之則頑，舍之則嚚，傲很明德，以亂天常，天下之民謂之檮杌。」（《左傳・文公十八年》）。賈逵說：「檮杌，頑凶無疇匹之貌，謂鯀也。」《說文》引作檮柮，檮柮本義爲斷木。段玉裁說：「蓋取斷木之可憎，爲惡人名也。」章太炎《新方言》：「古謂凶人曰檮柮，今謂凶人曰光棍，其義同也。」鯀既是一個無可救藥的光棍、頑凶，再加上九年治水無所成功，當然他的被殛死也就不會引起人們的同情。

歷史上第一個替鯀鳴不平的人是屈原。屈原在《離騷》中說：「曰鯀婞直以亡身兮，終然殀乎羽之野。」在《惜誦》中說：「行婞直而不豫兮，鯀功用而不就。」他說鯀由於過分剛直而忘記了自身的安危，直爽得不能保護自己，終於招來殺身之禍；由於不會說假話而遭刑戮，使治水之功不能完成而廢於一旦。他對鯀的不幸遭遇表示深切的同情和悲憤。又在《

天問》中講了一整套的鯀治水的故事：

不任汨鴻，　鯀治不了洪水，
師何以尚之？　眾人爲什麼推薦他？
僉曰「何憂」，　都說「何必擔憂」，
何不課而行之？　怎麼不試著讓他去做？
鴟龜曳銜，　鴟龜的尾巴拖出一條路，
鯀何聽焉？　鯀爲什麼聽任它的辦法？
順欲成功，　鯀順著人們的期望將要成功，
帝何刑焉？　舜爲什麼誅殺他？
……　……
阻窮西征，　（鯀流放到羽山）道路阻絕，
岩何越焉？　怎麼能越過山岩西歸？
化爲黃熊，　死後化爲黃熊，
巫何活焉？　神巫怎麼能使他復活？
咸播秬黍，　鯀讓人們栽種黑黍；

莆雚是營；　把蒲葦之地加以開墾；
何由並投，　根據什麼把他放逐，
而鯀疾修盈？　而說他惡貫滿盈？

詩人通過一系列的詰問，揭示了鯀的治水功績和他那堅韌頑強的鬥爭精神。游國恩說：「故一則曰師何以尙之，是鯀非無遺大投艱之幹才也。再則曰順欲成功，是其所規畫經營者，本未可以厚非也。三則曰遂成考功，是禹之所成，固明明皆鯀之功也。」（游國恩《天問纂義》，中華書局一九八二年版，第一四○頁）有功之臣卻被誅殺，這是怎樣地顛倒是非呢？

到底鯀被殛的眞正原因是什麼？古史的說法並不一致。《尙書·堯典》說，當堯之時，洪水橫流，泛濫於天下，成爲人類的第一大災害。堯徵求可以治平洪水的人，四嶽（四個部落首領）一致推薦鯀。堯認爲鯀與自己不是一個部族，不屬於親屬部落，說他「方命圮族」（違命毀族），即是說「非我族類，其心必異」，因而放心不下。由於四嶽堅持讓鯀一試，「試可乃已」，堯只得同意大家的意見，讓鯀治水。古代的試用制度可能在三代（夏商周）以前就產生了，至三代依然盛行。孔子說：「吾之於人也，誰毀誰譽，如有所譽者，其有所試矣。斯民也，三代之所以直道而行也。」（《論語·衛靈公》）。堯對鯀的試用階段的表現並未提出異議，也沒有更內行的強手接替鯀的治水工程。鯀奮戰九年，未能治平洪水。黃河爲害自鯀至今已有數千年，自鯀以往更不可勝計。最富於治水經驗的禹，嗣父之業，在鯀治水的基礎上，用了十三年時間，消弭了水患，功莫大焉。但是，帶頭治水、艱苦創業的鯀就毫無功勞可言，而且應該被殺嗎？

《尚書·洪範》說鯀治水的方法不對頭，得罪了上帝，所以被刑：

箕子乃言曰：「我聞在昔鯀堙洪水，汨陳其五行；帝乃震怒，不畀洪範九疇，彝倫攸斁。鯀則殛死，禹乃嗣興；天乃錫禹洪範九疇，彝倫攸敘。」

這是說鯀採取堙的辦法破壞了五行而獲罪於天，天帝不把治理天下的九種大法傳給他，卻要處罰他。事實上，堙的方法是傳統的治水之法，水來土堙，至今仍然。《漢書·溝洫志》引《夏書》曰：「禹堙洪水十三年。」《大荒北經》說：「禹堙洪水，殺相繇（共工臣名），其血腥臭，不可生穀。」可見禹也用過堙的方法。女媧「積蘆灰以止淫水。」不也是堙嗎？何罪之有？至於說破壞了五行，這實在是一個說不清楚的問題。洪邁《容齋隨筆》中的「禹治水」一條作了如下的解釋：

《禹貢》敘治水，以冀、兗、青、徐、揚、荊、豫、梁、雍爲次。考地理言之，豫居九州中，與兗、徐接境，何爲自徐之揚，顧以豫爲後乎？蓋禹順五行而治之耳。冀爲帝都，既在所生，而地居北方，實於五行爲水，水生木，木東方也，故次之以兗、青、徐：木生火，火南方也，故次之以揚、荊；火生土，土中央也，故次之以豫；土生金，金西方也，故終於梁、雍。所謂彝倫攸敘者此也。與鯀之汨陳五行，相去遠矣。

洪邁的說法假定可信，也只能證明禹順五行，並不能證明鯀亂五行。實際上，所謂「汨陳五行」是一種藉口，最高統治者要處罰什麼人，就說那人「威侮五行」，假天之威鎭壓仇敵。夏啓立爲帝，有扈氏不服，啓伐之，大戰於甘。夏啓說：「有扈氏威侮五行，怠棄三正，天用剿絕其命，今予惟恭行天之罰。」（《尚書．夏書．甘誓》所以「汨陳五行」是一種「莫須有」的罪名，哪裡能作爲證據？

《山海經．海內經》說：「鯀竊帝之息壤以堙洪水」，所以被刑。但是禹也同樣以息壤堙洪水，《淮南子．地形訓》謂：「禹乃以息土塡洪水，以爲名山。」鯀、禹的行爲是同樣的，爲什麼鯀「招帝震怒」而「賦刑在下」呢？是天帝也不公道。假令息壤眞能堙洪水，則鯀盜息壤完全是爲了治平水患，他勤於民事而忘身，勇於自我犧牲，功亦大矣！

《史記．五帝本紀》說鯀被殛死是舜幹的，原因是「四嶽舉鯀治水」，「試之而無功」

。鯀確實是舜處死的，「試之無功」僅僅是一個藉口。眞正的原因不是治水，而是政治上的爭鬥。《韓非子・外儲說右上篇》說：

> 堯欲傳天下於舜，鯀諫曰：「不祥哉！孰以天下而傳之於匹夫乎？」堯不聽，舉兵而誅殺鯀於羽山之郊。共工又諫曰：「孰以天下而傳之於匹夫乎？」堯不聽，又舉兵而誅共工於幽州之都。

是堯傳天下於舜，鯀與共工同因進諫不聽而被誅。《呂氏春秋・行論篇》說：

> 堯以天下讓舜，鯀爲諸侯，怒於堯曰：「得天之道者爲帝，得地之道爲三公，今我得地之道，而不以我爲三公。」以堯爲失論。欲得三公，怒甚猛獸，欲以爲亂。比獸之角能以爲城，舉其尾能以爲旌；召之不來，倘佯於野以患帝，舜於是殛之於羽山，副之以吳刀。

是堯傳天下於舜，而不以鯀爲三公，鯀怒而不從命，舜殛之於羽山，又剖開鯀的肚皮。

鯀死在舜的手下，大概是不用懷疑的。在這一場爭奪統治權的鬥爭中，鯀是徹底失敗了，他的一切也因之被徹底否定了，他成了上古之世典型的反面人物，負誣辱之名數千年。有良史之才的司馬遷，沒有替鯀說一句直話。唯有屈原敢於正視現實，也敢於正視歷史，他傳唱《天問》，「懷疑自遂古之初，直至百物之瑣末，放言無憚，爲前人所不敢言。」他對鯀的被誅表示了極大的憤慨和不平，表現了大無畏的反傳統精神。

傳說中的五帝時代，正是由野蠻時代向文明時代過渡的階段。「一切文化民族都在這一時期經歷了自己的英雄時代」。由於社會生產的不斷發展，部落組織日益增多，「住得日益稠密的居民，對內對外都不得不更緊密地團結起來。親屬部屬的聯盟，到處都成爲必要的了；不久，各親屬部落的融合，從而各個部落領土融合爲一個民族的共同領土，也成爲必要的了。」（《馬克思恩格斯選集》第四卷，一四九、一六〇頁）隨著部落聯盟的形成，在新的形勢下，爭奪最高統治權的鬥爭就不可避免，黃帝殺蚩尤於涿鹿，堯、舜流共工幽陵，放驩兜於崇山，遷三苗於三危，殛鯀於羽山，就是這類爭奪統治權的流血鬥爭。所謂「禪讓」，是墨家編造出來的謊言，又得到儒家的鼓吹，於是堯、舜都成了大公無私、以位讓賢的英明天子。然而，歷史的本來面目是掩蓋不住的，「堯幽囚，舜野死」（李白《遠別離》，《李太白全集》卷三，第一五七頁），非虛言也。韓非說：「舜囚堯，禹逼舜，湯放桀，武王伐紂，此四王者，人臣之弒其君也」。《史記正義》說：「《括地志》云：故堯城在濮州鄄城縣東北十五里。《竹書》云，昔堯德衰，爲舜所囚也。又有偃朱故城，在縣西北十五里。《

竹書》云，舜囚堯，復偃塞丹朱，使不與父相見也。」《廣弘明集》說：「汲冢《竹書》云：舜囚堯於平陽，取之帝位，今見有囚堯城。」堯的結局如此，舜又如何？《史記》說：「舜踐帝位三十九年，南巡狩，崩於蒼梧之野。」舜「年六十一代堯踐帝位」，即位三十九年，以一百歲高齡到洞庭湖以南巡狩，還來不及同二妃告別，野死於蒼梧之深山，眞的是「勤於民事而死」嗎？難道不是爲禹所逼，倉皇出逃，終於將這把老骨頭丟棄於瘴癘之地嗎？《大荒南經》云：「赤水之東，蒼梧之野，舜子商均之所葬也。」可見商均亦隨其父而往死焉。

堯幽囚，不得傳位於丹朱；舜野死，不得傳位於商均；鯀的兒子踐天子之位，建立起夏王朝，傳之子孫，享有天下五百餘年。天下事有期然而不然者，有不期然而然者。鯀的失敗孕育了禹的成功，這才眞正叫做「失敗是成功之母」。鯀腹生禹，遂成考功。鯀的精神不死！

夏禹治水，初奠山川，留下千載之功。封建時代的歷史學家習慣於給勝利者喝采，把治水之功全部記在禹的帳上，以鯀爲罪人，自然無功勞可言。屈原說：「鯀何所營？禹何所成？」明謂禹的功績本是鯀所經營，禹並沒有捨棄乃父的事業另搞一套。禹是成功者，鯀是開創者。鯀爲崇伯，是雄踞大河南岸位於嵩高山中的有崇氏部落的首領。章炳麟《神權時代居山說》云：「夏禹所居曰嵩山；夏都陽城，即嵩山所在。古無『嵩』字，但以『崇』字爲之，故《周語》稱鯀爲崇伯鯀，《逸周書》稱禹爲崇禹。」有崇氏與在大河北岸太行山東麓號稱爲「太嶽」的共工氏，都是富有治水經驗的部落。帝堯向四嶽徵求平治水土的幹才，四嶽一致推薦鯀，說明鯀是治水能手，深得衆望。《世本》說：「鯀作城郭。」《淮南子·原道訓》說：「夏鯀作三仞之城。」《通志》說：「堯封鯀爲崇伯，使之治水，乃與徒役，作九仞之城。」是鯀善築城，精於板築的技術，自然也善於築堤防水。

(二)

黃河造成水患，時間既長，其間溢決變遷，不可勝計。其大徙入海的道路有三：北流與漳、衛爲緣；東流與漯、濟爲緣；南流與汴、淮爲緣。北流比較穩定，東流次之，南流爲患最大。當堯之時，洪水泛濫爲中國最大災難，堯使鯀治之。雖然「九載功用弗成」，但並不等於完全無功。鯀所治理的黃河形勢，史書上未有詳明之記載，可以推知的是漯水東流故道應當是鯀河遺蹟。胡渭《禹貢錐指》說：「以今輿地言之，浚縣、滑縣、開州、清豐、觀城、濮州、範縣、朝城、莘縣、堂邑、聊城、清平、博平、禹城、臨邑、濟陽、章丘、鄒平、齊東、青城、高苑諸州縣界中，皆古漯水之所經。自宋世河決商胡，朝城流絕，而舊跡之存者鮮矣。」《清會典》圖有漯河，出山東茌平縣西南，東北流經禹城縣入徒駭河，即是古漯河殘跡，亦即鯀所治理之黃河故道。鯀河從大伾山（在河南省浚縣東南二十里，亦曰黎山）以下，洪水南北橫決，北流爲九河之濫觴，南流入淮，離漯河入海之道愈遠。鯀治河主築堤，自大伾山以下，沿大河南岸直抵泰山北麓築長堤截斷入淮之路，同時在北岸築長堤截斷九河支流，范水東趨。酈道元《水經注》說：「元城縣北有沙丘堰。」胡渭《禹貢錐指》說：「黃文叔（謂）今澶州臨河有鯀堤，自黎陽以北至恩州、清河、歷亭皆有之。然則降水者，自元城以北，堤堨之水是也。蓋以堰爲鯀所作。」據此可知，元城、恩州一帶的古堤殘跡，即鯀所築之北堤。既有北堤，則必有南堤。自滑縣斜出東北袤於濮、觀、范、壽之境橫亙二百數十里的古大金堤，不詳其所自。

西漢賈讓《治河議》以爲「堤坊之作，近起戰國」，齊、趙、魏壅川以自利。但齊、趙、魏皆近河起堤，「去河二十五里」，而古大金堤逼近漯川南岸，距戰國時的大河較遠，必起自戰國以前，可以推知是鯀所築之漯河南堤。宋李垂《導河形勢書》請復西河故瀆，謂其始作，「自大伾西八十里曹公所開運渠東五里，引河水正北稍東十里，破伯禹古堤，逕牧馬陂從禹故道，又東三十里，轉大伾西。」《禹貢錐指》說：「伯禹古堤，蓋鯀所作，而禹修之，世遂目之曰禹堤，讓（賈讓）所謂東薄金堤，即此也。鯀用之以防川，而河有逆行之患，禹因之以導水，而河得就下之宜，勝棋所用敗棋之著也，良庖所宰族庖之刀也，而善敗則相去遠矣。」由此可知，鯀築堤之處，即鯀河所經之地。鯀未成功而殛死，堤亦受損。禹導河至大伾，乃釃爲二渠，自黎陽宿胥口始，一北流爲大河，一東流爲漯川。禹河行大伾東西兩山之間，不須築堤，並非棄堤不用。大伾附近改河之新口正當水衝，豈可無堤？鑿高地引河，使河底低於漯川，則沛然暢下。新河之首不能勝高漲之水勢，則利用舊堤遏其旁溢。九河水勢散漫，更可利用舊河北境長堤作新河南境長堤以遏其漫流。這樣，大河則安流入海。後人尊禹抑鯀，倡言棄堤，相信孟軻說的「水由地中行」（《孟子．滕文公下》），不知黃河挾沙善淤，而且多變，捨棄築堤之法，還有什麼良策？今天的防洪工作不也是以築堤爲主嗎？

自來治水之法，築堤與疏導是相輔相成的。禹治水，也用過「堙」的方法（說已見前），鯀治水，也用過疏導的辦法。《韓非子．五蠹》說：「中古之世，天下大水，而鯀、禹決瀆。」鯀、禹的事業是一脈相承的，鯀發其難，禹成其功。《史記．夏本紀》說：「禹傷先人父鯀之功不成受誅，乃勞身焦思，居外十三年，過家門不敢入。」倘使禹治水無成，他的命運同鯀又有什麼兩樣？我們固然不能武斷地認爲舜給禹出難題，老子死了，找兒子算帳，但是怕也不能認定舜十分愛禹，「殺其父而賞其子」，有意培養禹當接班人吧。孔子曰：禹「卑宮室而盡力乎溝洫。禹，吾無間然矣」（《論語．泰伯》）。韓非曰：「禹之王天下也，身執耒耒鍤以爲民先，股無胈，脛不生毛，雖臣虜之勞不苦於此矣。」（《韓非子．五蠹》）禹的功績和威望是苦幹得來的。禹親自帶領群衆，又聯合共工氏及其他衆多的部落，在伊、洛、河、濟一帶逐步展開治水工程，治平洪水，開墾土地，發展生產，得到衆多部落首領的擁護和廣大群衆的支持，因此，被擁戴爲「夏后氏」。

司馬遷說，漢朝的建立是由於陳勝發跡，「天下之端，自陳涉始。」夏朝的建立，難道不是由鯀發難嗎？不然，爲什麼稱爲「夏鯀」呢？《呂氏春秋·君守篇》曰：「夏鯀作城。」夏民族不忘祖德宗功，祭祀夏禹的時候，同樣也祭祀夏鯀。《禮記·祭法》說：

有虞氏禘黃帝而郊嚳，祖顓頊而宗堯；夏后氏亦禘黃帝而郊鯀，祖顓頊而宗禹；殷人禘嚳而郊冥，祖契而宗湯；周人禘嚳而郊稷，祖文王而宗武王。

《國語·魯語》也說：

有虞氏禘黃帝而祖顓頊，郊堯而宗舜；夏后氏禘黃帝而祖顓頊，郊鯀而宗禹；商人禘舜而宗契，郊冥而宗湯；周人禘嚳而郊稷，祖文王而宗武王。

由此可知，黃帝、顓頊、鯀、禹爲夏民族的先祖，而且有大功於人民。郊祀是祭法的一種，祭天曰郊。「郊鯀」，謂郊祀鯀以配天，鯀的功德與天相配，功德無量。禹即帝位之後，設表門來紀念鯀的功勞，所謂「表門」，就是刻石於里門，表彰功德。《路史·後紀》十三注引「喪服要記」曰：

「魯哀公葬其父，孔子問曰：「寧設表門乎？」公曰：「夫表門起於禹，禹治洪水，故表其門以紀其功，吾父無功，何用焉？」

禹設表門以志治水之功，決非自我表揚，而是顯示乃父之功，固無疑也。《漢書・溝洫志》說：「孝文時，河決酸棗，東潰金堤。」注曰：「金堤，河堤名也。在東郡白馬界。」金堤即鯀堤，漢白馬縣，在今河南滑縣東。《山海經・海內經》曰：「黃帝生駱明，駱明生白馬，白馬是爲鯀。」說明古代人民並未忘記鯀築堤之功，故以其名「白馬」以志其地也。鯀不僅是中國歷史上第一位治水專家，而且是第一位仿生學專家。《天問》說：「鴟龜曳銜，鯀何聽焉？」鴟龜是一種大海龜。蔣驥曰：「《嶺海異聞》：『海龜鷹吻，大者徑尺。』」《南越志》：「寧縣多鴦龜，鵝首，噛犬。」傳說鯀見一群鴟龜曳尾而行，地上留下痕跡，於是據此龜跡築堤堙塞洪水。這在古代是一項發明創造，而且是很寶貴的築堤經驗。《史稽》說：「張儀依龜跡築蜀城。」就是繼承了鯀的建築技術。

鯀的被殛死，不是因爲治水無功，而是因爲不肯尊舜爲帝，遭到毀滅性的打擊報復。他的治水大業半途而廢，是一大冤案。假使鯀眞有罪，對不起廣大人民，國人皆曰可殺，夏民族怕也不會將這樣的「敗類」作爲郊祀的對象。祭祀鯀，證明鯀確實是夏之遠祖，夏民族絕不會「非其鬼而祭之」；「郊祀」，證明鯀是一位光榮顯赫的遠祖。這兩條是無庸置疑的。屈原自稱是「帝高陽之苗裔」，同時也沒有忘記這位死於正直的遠祖夏鯀，所以在自己的詩篇裡一再爲鯀鳴冤叫屈。《惜誦》曰：

晉申生之孝子兮，
父信讒而不好。
行婞直而不豫兮，
鯀功用而不就。
吾聞作忠以造怨兮，
忽謂之過言。
九折臂而成醫兮，
吾至今而知其信然。

申生爲孝子，可是晉獻公聽信驪姬的讒言，把他逼死；鯀過分地剛直，說不了半句假話，結果橫遭迫害，未能完成治水之功。屈原「信而見疑，忠而被謗」，被讒見疏，兩遭流放，他的進步的政治主張不能實現，他所進行的改革事業半途而廢，他的命運同鯀一樣不幸。屈原屢遭迫害，他以「九折臂」的慘痛教訓，終於明白了「作忠造怨」的道理。從某種意義上說，屈原也是鯀。他爲鯀鳴不平，正是替自己鳴不平，藉此「以洩憤懣，舒瀉愁思。」

「服清白以死直兮，固前聖之所厚。」屈原同古代所有的正直之士一樣，永遠受到人民的愛戴和紀念，他的英名不朽。他所同情的鯀，不是「檮杌」，而是永垂青史的民族英雄，同樣應當受到人民的愛戴和紀念。

十　聞一多《楚辭校補》讀後

聞一多先生說：「今天的我是以文學史家自居的。」聞一多先生眞正是一位卓越的文學史家。他對我國古代神話、《易經》、《詩經》、《莊子》、楚辭、樂府、唐詩乃至於文字學、音韻學、民俗學都有精深的研究。他一方面繼承和發揚了以重詁訓、重實證爲特點的、篤實謹嚴的漢學風尙；另一方面，他又常常以懷疑的批判的目光，以現代的科學的治學方法，來審查前人所建樹的一切。所以，他在研討古代文化遺產過程中所得出的許多石破天驚的偉論，往往打破了從前的舊說，震懾前人，啓迪來者。

聞一多先生是一位偉大的愛國主義者。他那顆灼熱的愛國的心，火一樣燃燒著的愛國熱情，那一往無前的革命進取的精神，不僅在他的詩歌創作中得到充分的體現，而且滲透在他的學術著作中，閃爍著不滅的光焰，具有強烈的感召作用和巨大的教育意義。這些都將永遠留在中國人民心上，同中華民族一樣地久天長。本文只打算就聞一多先生的《楚辭校補》和聞一多先生對屈原的評論兩個方面談談自己的膚淺認識。

(一)

楚辭是我國古代文苑的一枝奇葩。自漢代以來，研究它的專家學者，不可勝計。他們的專門著作及散篇單什，汗牛充棟，或校勘文字，或發明章句，或全面研究，或披一節、討一枝，都能自立門戶，各有成就。前人對楚辭的各個方面幾乎都涉及到了。要想超越他們，亦良難矣。聞一多先生在二十餘年的教學生涯中，以十許年的光陰致力於楚辭的研究，寫下了《楚辭校補》、《離騷解詁》等專著和一系列評論屈原與楚辭的文章達數十萬言。他在《楚辭校補》的引言中給自己定下了三項課題：（一）說明背景、（二）詮釋詞義，（三）校正文字。迫於情勢，「只好將這最下層，也是最基本的第三項——校正文字的工作，先行結束，而盡量將第二項——詮釋詞義的部分容納在這裡，一併提出。而屬於文化史範疇的第一項還來不及完成，即遽然長逝。

《楚辭校補》以洪興祖《楚辭補注》本爲底本，採取的校勘材料來源極廣，校引書目六十五種；採用古今諸家成說之涉及校正文字者二十八家；對於有「起予之功」的及門弟子如季鎮淮先生等人的研究成果也有所甄錄，「以志平昔論難之樂」。不恥下問，更顯示出一多先生的謙虛的作風，尤其難能可貴。清代學者言校讀古書，當審諦十事：通訓詁、定句讀、徵故實、校異同、訂羨奪、辨聲假、正錯誤、援旁證、輯逸文、稽篇目等。《楚辭校補》把校勘文字和詮釋詞義的工作結合起來，對楚辭十七卷的四百多處的原文和舊注作了訂證和補充。在方法上，既接受了前人的經驗，又不囿於成規，敢於創新。雖然不能讓人百分之百地相信他的結論，但可以說，沒有一處犯有空疏的弊病，而且大部分結論是正確的，至今爲楚辭研究者所引用。無徵不信，還是讓我們舉出其中的若干例證加以說明吧。

1.「皇覽揆余初度兮」。《補注》曰：一本余下有於字。《校補》說：「當從一本補於字」，又列舉唐寫本、《楚辭集注》本、《離騷集傳》本、《文選・西京賦》注等併作「於」字爲證。《校補》認爲「初度以天言，不以人言。今本余下脫於字，則是以天之初度爲人之初度，殊失其旨。」「初度謂天體運行紀數之開端，《離騷》用夏正，以日月俱入營室五度（日月如連璧，五星如貫珠）爲天之初度，曆家所謂『天一元始，正月建寅』，『太歲在寅日攝提格』是矣。」

謹案：《校補》之說是。所謂「初度」，即是「攝提貞於孟陬兮，惟庚寅吾以降。」錢杲之、戴震等人釋「初度」爲幼時之容態，大謬。屈原生時的美好，成爲他獲得「嘉名」的依據，也是「紛吾既有此內美」之根由。

2.「日鯀婞直以亡身兮」。《校補》說：「古字亡忘互通，亡身即忘身，言鯀行婞直，不顧己身之安危也。王注如字讀之，非是。五百家注《韓昌黎集》三《永貞行》祝注引此作忘，足證王注之失。」

謹案：《惜誦》說：「思君其莫我忠兮，忽忘身之賤貧。事君而不貳兮，迷不知寵之門。」正是婞直忘身的意思。過分地正直而忘掉了自身的安危，而不能保護自己，屈原和鯀，千載同心。

3.「終然殀乎羽之野」。一本殀亦作夭。《校補》說：「鯀非短折，焉得稱殀？殀當從一本作夭。夭之爲言夭遏也。《淮南子·俶眞篇》曰『天地之間，宇宙之內，莫能夭遏』，又曰『四達無境通於無圻，而莫之要御夭遏者。』夭遏雙聲連語，二字同義，此曰『夭乎羽之野』，猶《天問》曰『永遏在羽山』矣。」

謹案：此說甚確。段玉裁說：「堯典殛鯀，則爲極之假借，非誅殺也。《左傳》『曰：流四凶族，投諸四裔。』劉向曰：『舜有四放之罰。』屈原曰：『永遏在羽山，夫何三年不施？』王注：『言堯長放鯀於羽山，絕在不毛之地，三年不舍其罪也。』殀當作夭，夭即夭遏，亦作夭閼。《莊子·逍遙遊》曰：『背負青天而莫之夭閼者。』」

4.「又好射夫封狐」。《校補》說：「狐當疑爲豬，字之誤也。……《天問》說羿事曰『馮珧利決，封狶是射。』《淮南子·本經訓》曰：『堯乃使羿……禽封狶於桑林』，封狶即封豬也。」

謹案：封狐乃封豬之誤，封豬、封豨、封豕，其實一也。許愼曰：「豕走豨豨。」段注：「豨豨，走貌，以其走貌名曰豨。《方言》：豬，北燕朝鮮之間之謂豭。關東西謂之彘，或謂之豕。南楚謂之豨。」《左傳·定公四年》：「申包胥曰：吳爲封豕長蛇，以薦食上國。」注：「言吳貪害如蛇豕。」

5.「朝吾將濟於白水兮」。一本於（于）亦作乎。《校補》說：「季君鎭淮云：《離騷》語法，凡二句中連用介詞『於』『乎』二字時，必上句用於，下句用乎……若『於』『乎』二字任用一字，亦必於在上句，乎在下句。」又以季鎭淮先生所舉二十一例說明之，證明「一本於作乎」則非其例，斷不可從。

謹案：季先生是一多先生的及門弟子，一多先生在《凡例》中說：「及門諸君，時發新意，有起予之功。本書就其說之近確者，甄錄一二，以志平昔論難之樂。」一多先生謙遜的作風，他和弟子之間切磋琢磨、親密無間的關係，可以媲美於先聖，可以垂範於後昆。

6.「時亦猶其未央」。《校補》說：「猶其二字當互乙。上文『雖九死其猶未悔』，『唯昭質其猶未虧』，『覽余初其猶未悔』，『覽察草木其猶未得兮』，並作『其猶未』可證。王注曰『然年時亦尚未盡』，正以『尚未』釋『猶未』，是王本未倒。」

謹案：《校補》以本校法校之，「時亦猶其未央」應當是「時亦其猶未央」，確鑿無疑。

7.「疏石蘭兮爲芳」。《校補》說：「芳疑當爲防字之誤也。《荀子·正論篇》曰：「

居則設帳容負依而坐』。《爾雅・釋宮》：『容謂之防』。郭注曰：『如今床頭小曲屏風，唱射者所以自隱』。案平居時負依而坐，唱射時設以自隱，其用異，其制同，皆防之類也。實則防屏一聲之轉。《本草》：『防風一曰屏風』。防即屏爾，故郭云如小曲屏風。上云『白玉兮爲鎮』，謂坐席之鎮，此云『疏石蘭兮爲防』，（王注『疏布陳也。』）謂坐旁之屏，二者皆席間所設之物，故連類並舉。今本防誤作芳，則篇中所言芳草衆矣，皆取其芬芳，奚獨石蘭？以是明其不然。」

謹案：芳當爲防，甚是。《校補》而外，未之前聞。今本作芳，是音同而字誤，傳抄之不愼也。《校補》以理校法校之，援旁證以釋之，細致而周密，令人嘆服。

8.「舜閔在家，父何以鱞？」《校補》說：「《書・堯典》曰『有鱞在下曰虞舜，』未聞舜父亦稱鱞也。父當爲夫，二字形聲並近，故相涉而誤。本篇屢曰『夫何』（凡七見），『夫何以鱞』猶何以鱞也。」又說「『閔』即『敏』，聲近義通，『敏』與『妻』同字，有金文爲證。

謹案：《校補》認爲「舜閔在家，父何以鱞」應當是「舜敏在家，夫何以鱞」。甚是。舜有妻室，憑什麼說他是鱞夫？這才眞正成爲問題。若依王逸的解釋，則是舜的父親爲什麼不給舜娶妻，使他心中憂愁？這一問題實際不存在。《山海經・海內北經》曰「舜妻登比氏」，是舜娶二妃之前已有妻。《詩・何草不黃》曰：「何草不玄，何人不矜。」正義曰：「

久而不歸，失夫婦之道，而皆爲矜夫也。」矜同鰥。舜有妻而稱鰥，原因何在？舜父瞽叟頑，母嚚，弟象傲，皆欲殺舜，舜不得安於宅，耕於歷山，漁於雷澤，陶於河濱，豈有天倫之樂、伉儷之情哉？與鰥夫何以異？

聞一多先生的考索之功在《楚辭校補》中隨處可見，難以悉舉。他在《天問釋天》中訓「顧兔」爲「蟾蜍」，在《離騷解詁》中訓「強圉」爲「堅甲」等等，都是偉大的發現，使我們從中不僅認識了事情的眞相，而且獲得了寶貴的資料，學得了綜合研究的方法。

(二)

聞一多先生深愛偉大的愛國詩人屈原。愛國愛人民的精神像一條絢麗的長虹把兩位詩人聯結在一起，使他們千載同心，與日月同輝，與天地共存。自來研究屈原的人，無不慕其高潔，嘉其文采，哀其不遇，憫其自沉，而對於屈原的戰鬥的一生的眞正意義卻是探索得不夠的。那些痛飲酒，熟讀《離騷》的名士，那些模山範水，窺情風景之上，鑽貌草木之中的詩人，還有那些發明章句的鴻才巨儒，他們當中有多少人眞正夠得上是屈原的知音？

「古今沒有第二個詩人像屈原那樣曾經被人民熱愛的。」聞一多先生說。「《離騷》『怨恨懷王，譏刺椒蘭』，無情的暴露了統治階級的罪行，嚴正的宣判了他們的罪狀，這對於當時那在水深火熱中敢怒而不敢言的人民，是一個安慰，也是一個興奮。用人民的形式，喊出了人民的憤怒，《離騷》的成功不僅是藝術的，而且是政治的，不，它的政治的成功，甚至超過了藝術的成功，因爲人民是最富於正義感的。」如此高度地評價屈原和《離騷》，講得這樣新鮮、透徹，恐怕是前無古人的。本來，屈原既是詩人，又是政治家。《離騷》是一首政治抒情詩，它的政治作用與藝術的成功同樣偉大。

屈原的一生是政治鬥爭的一生，並不是一個單純的文人。司馬遷作《屈原賈生列傳》，把兩位命運相同的政治人物放在一起，寫成合傳，可以看出他的用心。他沒有作「屈原宋玉列傳」或「屈原司馬相如列傳」，偏要作《屈原賈生列傳》，不是從政治上著眼又是什麼呢？屈原是懷王的親信，他因爲起草憲令，準備改革楚國不合理的制度，得罪了舊貴族，以至被讒見疏。他「是反抗的奴隸居然掙脫了枷鎖，變成了人。」司馬遷說：「屈原放逐，乃賦《離騷》。」屈原放逐之後，仍然憂心國事。他採取了另一種鬥爭方式，唱他的政治詩，「雖放流，眷顧楚國，繫心懷王，不忘欲返，冀幸君之一悟，俗之一改也。其存君興國而欲反復之，一篇之中，三致意焉。」由此可見，屈原賦「騷」，從某種意義上說，是他的政治鬥爭的繼續。《離騷》是失敗的政治家屈原放射出來的奇光異彩，眞可以說是「蚌病成珠。」屈原關心國家，關心人民，把國家和人民的利益看得高於一切。愛國愛人民的偉大情懷貫串了他的全部作品。千百年來贏得廣大讀者的共鳴。聞一多先生說：「我不相信《離騷》

是什麼絕命書，我每逢讀到這篇奇文，總彷彿看見一個粉墨登場、神采奕奕、瀟灑出塵的美男子，扮演著一個什麼名正則、字靈均的『神仙中人』說話，但說著說著，優伶丟掉了他劇中人的身分，說出自己的心事來，於是個人的身世，國家的命運，變成哀怨和憤怒，火漿似的噴向聽衆，炙灼著，燃燒著千百人的心……從來藝術就是教育，但藝術效果之高，教育意義之大，在中國歷史上，這還是破天荒第一次。」他又說：「屈原的《離騷》喚醒了他們（楚國人民）的反抗情緒。」「屈原的死，更把那反抗情緒提高到爆炸的邊緣。」聞一多先生似乎不是在評論屈原，簡直是在講他自己。

聞一多先生酷愛學術，並且作出了卓越的貢獻。但他不是爲學術而學術的學究，而是把學術事業同國家民族的命運緊密地聯繫在一起的學者兼戰士。其術足以匡時，其言足以救世。他忠於人民，忠於國家，表現了民族的正氣。他的一生是一曲《正氣歌》。西元一九八三年十一月在黃石市舉行全國首次聞一多學術討論會，我吟得七律一首，權作本文的結語：

長風巨浪過重洋，遊子年年望故鄉。
萬里歸來飛血淚，一聲呼喚熱衷腸。
橫眉拍案驚山鬼，昂首掀髯爲國殤。
學者詩人兼鬥士，千秋師表立東方。

十一　騷、經不同論

——《文心雕龍·辨騷》臆說

(一)

研究《文心雕龍》的人一般都認爲自《原道》至《辨騷》五篇是全書的理論基礎，是總綱。但也有一些持不同意見的論者認爲《辨騷》一篇不屬於總論部分，而是專論《楚辭》的，應當屬於「文體論」，與《明詩》以下二十篇同列。到底哪一種意見正確？當然是前一種正確。有什麼根據？劉勰在《文心雕龍·序志》中早就作了明確回答：

> 蓋文心之作也，本乎道，師乎聖，體乎經，酌乎緯，變乎騷，文之樞紐，亦云極矣。

劉勰把《原道》、《徵聖》、《宗經》、《正緯》、《辨騷》等五篇作爲「文之樞紐」，並沒有把《辨騷》放在「樞紐」之外，這就是最可靠的依據。爲了證明《辨騷》應當屬於「總論」部份，段熙仲曾在《〈文心雕龍．辨騷〉的重新認識》（見《文學遺產》第三九三期）一文中將有關「文體論」的四項內容——「原始以表末，釋名以章義，選文以定篇，敷理以舉統」與《辨騷》相比較，結果沒有一條相合，從而證明了《辨騷》不得列入「文體論」。張志岳認爲段的文章「並沒有能就作者之所以把《辨騷》列入『文之樞紐』部分的旨意作進一步的探討」，於是作《〈文心雕龍．辨騷篇〉發微》（見一九七九年《文學評論叢刊》第三輯）一文從正面來探求劉勰將《辨騷》列入「文之樞紐」的意圖。文章說：「據我的理解，作者之所以在『文之樞紐』部分撰寫《辨騷》一篇，是通過論騷來作爲文學總論的。」其理由主要有以下三點：

第一，「《離騷》是屈原一個作家的作品，或者說是楚辭一體的代表。怎麼能和『樞紐』的命意相稱？同時，『道』、『聖』、『經』、『緯』，自成系統，爲什麼把不倫不類的『騷』列到一起去呢？這從表面上去尋找聯繫，是很難說得通的……而需要就其內在聯繫來作較靈活的解釋。如果順著這個方向去考慮，則《離騷》是有代表性的文學作品，以《辨騷篇》作爲文學總論來看待，實在是很自然而又很切合的了。」

第二，「作爲『文之樞紐』部分的前五篇，主要講的是道和文的關係問題，從當時對道和文兩個概念的理解來說，不是太抽象，便是太廣泛。作者通過《徵聖》、《宗經》、《正緯》來講道，道的內容就比較落實了；而通過《辨騷》來講文，文的面貌也就更爲突出了。」

第三，「屈原是文學史上第一個大作家，《離騷》是《詩經》以後，具有代表性的最早的文學作品……作者既已把《詩經》列入經典，不是文學所能範圍。那麼，作者要選擇並通過具體作品的論述，來表達有關文學總論的見解，這個代表作品自然是非《離騷》莫屬了。」

爲了證明《辨騷》是「文學總論」，文章還指出《辨騷》通過對屈原作品的評價，提出了兩個有關文學根本性的問題：一是教育意義，二是形象性。並且對這兩個問題作了詳細的闡述。爲節省文字，就不必一一介紹了。

(二)

《辨騷》一篇能擔負起「文學總論」的任務嗎？對「文之樞紐」又可以分爲經典和文學兩個「總論」嗎？對這些問題，我們有不同的看法，願意拿出來就正於專家、學者。

所謂「文之樞紐」，就是「文學總論」，說準確一點，就叫做「文章總論」，是包括經典、史傳、諸子、楚辭、詩、賦等等有韻之文和無韻之文在內的一切文章的總論。總論的核心問題是「宗經」，劉勰主要是通過《宗經》來闡明他的文學主張的。《宗經》開頭說：

三極彝訓，其書曰經。經也者，恆久之至道，不刊之鴻教也。故象天地，效鬼神，參物序，制人紀，洞性靈之奧區，極文章之骨髓者也。

劉勰用極其美妙的語言對經典作了最高的評價，讚揚它是永久不變的眞理，不可磨滅的偉大教導，究天人之際的典範文章。還有什麼樣的文章能同經典文章相比呢？沒有了。在劉勰看來，經典不僅是一切文章的典範，並且是後世各體文章的淵源：

故論說辭序，則《易》統其首；詔策章奏，則《書》發其源；賦頌歌贊，則《詩》立其本；銘誄箴祝，則《禮》總其端；紀傳盟檄，則《春秋》爲根；並窮高以樹表，極遠以啓疆，所以百家騰躍，終入環內者也。

經典不僅是各體文章的淵源，它的內容的深刻和形式的完美還爲後代文章的思想和藝術樹立了六項標準：

故文能宗經，體有六義：一則情深而不詭，二則風清而不雜，三則事信而不誕，四則義直而不回，五則體約而不蕪，六則文麗而不淫。

經典文章做到了內容和形式的高度統一，「志足而言文，情信而辭巧」、無論在「質」的方面或「文」的方面，都是無懈可擊的。它內容純正，體式要約，恰到好處。它作爲最高典範，並不限於哪一種文體；所有的文章都必須以它爲榜樣，向它看齊，「後進追取而非晚。前修運用而未先，可謂太山遍雨，河潤千里者也」。由此可知，劉勰在《宗經》中所闡述的一系列觀點不正是「有關文學總論的見解」嗎？難道一定要「通過論騷來作爲文學總論」嗎？

《〈文心雕龍·辨騷篇〉發微》一文爲了把「文之樞紐」畫分爲兩個部分：《辨騷》爲「文學總論」；《辨騷》之前的四篇「不是文學所能範圍」，或者乾脆就叫做「經典論」吧，於是從《正緯》中找來一段文字證明經典和文章是兩個不同的範疇：

若乃羲農軒皞之源，山瀆鍾律之要，白魚赤烏之符，黃金紫玉之瑞，事豐奇偉，辭富膏腴，無益經典而有助文章。

我們認爲，對上面這段話的最後一句也「需要就其內在聯繫來作較爲靈活的解釋」。所謂「無益經典」，是說無補於聖訓，莫益於勸戒，對闡述經義沒有好處；所謂「有助文章」，是說有助於文章的文彩藻飾。《正緯篇》的結束語有「芟夷譎詭，糅其雕蔚」二句，正好替「無益經典而有助文章」做了注解。「雕蔚」即是文采。《文心雕龍・情采》說：「聖賢書辭，總稱文章，非采而何？」劉勰什麼時候把經典排除在文章之外？又什麼時候說經典不要文采？因此，企圖在「文之樞紐」部分製造經典和文學兩個中心，是缺乏根據的。

所謂「通過《徵聖》、《宗經》、《正緯》來講道」，「通過《辨騷》來講文」的說法，也是有偏頗的，不全面的。我們並不否認《辨騷》的許多地方是講「文」，但也應當承認在講「文」的同時也講了「道」。「陳堯舜之耿介，稱湯武之祇敬，譏桀紂之猖披，傷羿澆之顛隕」，不正是講的「道」嗎？同樣道理，在《原道》、《徵聖》、《宗經》、《正緯》諸篇中，不僅講了「道」，同時也講了「文」。《原道》闡明了「文原於道」以及「道」、「聖」、「文」三者之間的關係：「道沿聖以垂文，聖因文而明道」。《徵聖》證明了古代「政化貴文」，「事跡貴文」，「修身貴文」，並且指出了聖人之文的特點是「雅麗」。《宗經》主要是講「文」，前面已作說明，這裡不必重複。這一系列的事實，無可辯駁地證明了「文之樞紐」部分是將「道」和「文」相提並論的，二者是不可分割的。

至於說有關文學的兩個根本性的問題——教育意義和形象性問題，也並不是《離騷》獨有的。從孔夫子到劉彥和，經歷了上千年的漫長歲月，儒家學派大大小小的人物無一例外地對「詩三百」的教育意義和形象性拍手稱好。孔子曰：「小子何莫學夫詩？詩，可以興，可以觀，可以群，可以怨。邇之事父，遠之事君，多識於鳥獸草木之名。」尊孔宗經的劉勰，在《文心雕龍》的很多篇章裡對《詩經》的教育意義和形象性也作了具體的評論和熱烈的讚頌。《明詩》說：「自商暨周，雅頌圓備，四始彪炳，六義環深。」《宗經》說：「《詩》主言志，詁訓同《書》，摛風裁興，藻辭譎喻，溫柔在誦，故最附深衷矣！」《物色》盛讚《詩經》描寫景物生動、形象和用辭下字的精煉、準確：「灼灼狀桃花之鮮，依依盡楊柳之貌，杲杲為日出之容，瀌瀌擬雨雪之狀，喈喈逐黃鳥之聲，喓喓學草蟲之韻。皎日嘒星，一言窮理；參差沃若，兩字窮形。並以少總多，情貌無遺矣。雖復思經千載，將何易奪！」因此，「有關文學根本性的兩個問題」，也不一定要依靠《辨騷》作專題論述。

㈢

作為「文之樞紐」的前五篇文章是以《宗經》為核心的。經為聖人之文，文原於道，所以在《宗經》的前面有《原道》、《徵聖》。《宗經》的後面有《正緯》、《辨騷》，這兩篇文章圍繞著《宗經》而擔負著各自的特殊使命。

緯書配經而謬於經，是漢代方術之士假託聖人之言或出自帝王的私意而僞造的奇談怪論。因爲它過於荒謬，所以必須矯正。劉永濟《文心雕龍校釋》說：「舍人之作此篇，以箴時也。蓋讖緯之說，宋武禁而未絕，梁世又復推崇。其書多託始仲尼，抗行經典，足以長浮詭之習，揚愛奇之風。故列四僞以匡謬，述四賢而正俗。疾其『乖道謬典』，正所以足成《徵聖》、《宗經》之義也。」緯書的主要傾向是把經典神秘化，把儒家思想宗教化，以假亂眞，歪曲了經典的微言大義，於「宗經」不利。由於「緯多於經，神理更繁」，神教飛揚，聖訓不顯，本末倒置，因此必須「正緯」。但劉勰對緯書並沒有全盤否定，而是「酌乎緯」，除去它的無稽之談，吸取它的文彩藻飾，可以增強語言的表現力。

楚辭爲屈、宋之文，非聖人之文。它改變了經典的文風，同經典相比，有相同之處，也有不同之處。「辨騷」者，辨別屈原作品與聖人經典之同異也。劉勰對於緯書要「正」，對於楚辭要「辨」，都是以經典爲標準的，其目的是爲了「宗經」。因爲不「正緯」，則經不顯；不「辨騷」，則不能「正本清源」。何以明其然呢？現在可以撇開《正緯》不管（因爲前面已經講過，而且也無關本文的主旨），專門探討劉勰在「文之樞紐」部分撰寫《辨騷》的目的。

以《離騷》爲代表的楚辭，改變了儒家經典樸實要約的文風，代之以「艷逸」的文風。但楚辭畢竟是「詩人之賦」，艷麗而有法度，仍不失爲優秀的文學作品。後世的作者在《楚辭》「艷逸」文風的基礎上變本加厲，喪失法度，走向淫侈，就成爲問題了。尤其是齊梁文壇的士子們，背離了文質並重的創作原則，遠棄風雅，近師辭賦，以浮艷爲宗，以新奇爲巧，捨本而逐末，使文學創作走上了邪道。劉勰深惡當世文壇之弊，窮根問底，追本溯源，辨別楚騷與經典的同異，弄清文源和文變的關係，以便糾正當世訛濫的文風。《辨騷》一篇的關鍵就在「辨」字上，劉勰豈好「辨」哉？不得已也！紀昀評曰：「詞賦之源出於騷，浮艷之根亦濫觴於騷，『辨』字極爲分明。」這幾句話也可以幫助我們理解劉勰撰寫《辨騷》的用心。

《辨騷》之列入「文之樞紐」，是要求它擔負起全部「文學總論」的任務嗎？曰：否。作爲「樞紐」的《文心雕龍》的前五篇文章，主要講了三個問題：道爲文之原，經爲文之本，騷爲文之變。劉勰於「總論」部分撰寫《辨騷》一篇，要達到三個目的：

第一，詳辨屈、宋楚辭與聖人經典的同異，折衷諸家之說，作出公正的評判；藉以維護經典的權威，矯正後世朱紫相奪的訛濫文風，起到「正本清源」的作用。

第二，闡明楚辭是儒家經典文風之變以及這種變化在兩漢至南朝的文學發展上所產生的巨大影響，並對屈原和楚辭作出高度評價。

第三，必須正確對待由經典到楚辭的文變，掌握以經爲本，以騷爲用的創作原則。以下就這三個目的作具體說明。

《辨騷》開頭寫道：

自風雅寢聲，莫或抽緒，奇文郁起，其《離騷》哉！固已軒翥詩人之後，奮飛辭家之前，豈去聖之未遠，而楚人之多才乎！

《離騷》是繼《詩經》之後的一座拔地而起的文學高峰，是《詩經》和漢賦之間的一座偉大的橋樑。向來對《詩經》的看法比較一致，而對《離騷》卻無定評。第一個評論《離騷》的人是淮南王劉安，他說：「《國風》好色而不淫，《小雅》怨誹而不亂，若《離騷》者，可謂兼之。蟬蛻濁穢之中，浮游塵埃之外，皭然泥而不滓，推此志，雖與日月爭光可也。」他把《離騷》同《詩經》相提並論，認爲《離騷》兼有《國風》、《小雅》的優點，《離騷》所表現的屈原的崇高品質，可以與日月爭光，對屈原及其作品給予了最高的評價。揚雄認爲屈原的作品「體同詩雅」，與劉安看法一致，並且對屈原和司馬相如作了比較：「或問：屈原、相如之賦熟愈？曰：原也過以浮，如也過以虛。過浮者蹈雲天，過華者華無根。然原上援稽古，下引鳥獸，其著意，子雲、長卿亮不可及也。」（《法言》）他指出屈原的作品雖然有許多浪漫情調，但內容充實，爲後世的辭賦家所不及。班固則不同，他批評屈原「露才揚己，競乎危國群小之間，以離讒賊。然責數懷王，怨惡椒蘭，愁神苦思，強非其人，忿懟不容，沉江而死，亦貶絜狂狷景行之士。多稱崑崙冥婚宓妃虛無之語，皆非法度之政、經義所載。謂之兼詩風雅而與日月爭光，過矣。」（《離騷序》）王逸認爲班固的看法是「強非其人，殆失厥中」，他首先讚揚了屈原的爲人：「膺忠貞之質，體清潔之性。直若砥矢，言若丹青。進不隱其謀，退不顧其命，此誠絕世之行，俊彥之英也。」（《楚辭章句序》）接著把《離騷》與經典相比較，指出其中的「帝高陽之苗裔」、「紉秋蘭以爲佩」、「夕攬洲之宿莽」、「駟玉虬而乘鷖」、「就重華而陳辭」等，都是「依託五經以立義」，與經典合拍。西漢宣帝劉詢也認爲楚辭「尚有仁義諷喻，鳥獸草木多聞之觀，賢於倡優博奕遠矣」（《漢書・王褒傳》）。劉勰綜述以上五家的評論，然後說：「四家舉以方經，孟堅謂不合傳。」他不完全同意五家中任何一家的看法，批評他們「褒貶任聲，抑揚過實，鑒而弗精，翫而未覈。」怎樣評判楚辭與經典的關係才算公正呢？劉勰折衷諸家之說，經過一番甄別之後，得出了「四同」「四異」的結論：「典誥之體」、「規諷之旨」、「比興之義」、「忠怨之辭」四事同於風雅；「詭異之辭」、「譎怪之談」、「狷狹之志」、「荒淫之意」四事異乎經典。並在此基礎上對屈原的作品作出了這樣的評價：「雅頌之博徒，辭賦之英傑」。

　　劉勰爲什麼如此不憚煩地介紹前人對楚辭的評論，而自己又對楚辭與經典的同異詳加審辨呢？其目的就在於翼聖尊經，維護經典的權威，藉以矯正後世訛濫的文風。因爲自西漢以來，「模經爲式者」少，「效騷命篇者」多，作家們不去領會楚辭的精神實質，而徒事浮艷，離本彌甚，愈演愈烈。文學發展上的這種「從質及訛彌近彌談」，「競今疏古，風末氣衰」（《通變》）的演變情形引起了劉勰的憂慮。他曾經在《宗經》的結尾慨嘆道：「楚艷漢侈，流弊不還，正末歸本，不其懿歟！」爲了清除流弊，正末歸本，他尋根問底，一直追到楚辭那裡，要一分爲二，對它同於風雅的部分持肯定的態度，對它異乎經典的部分持否定的態度，讓後之來者去效法他所肯定的東西，不去追求他所否定的東西。劉勰搬出經典的權威來矯正文弊的作法固然不能從根本上解決問題，但也有一定的積極作用。因爲六經雖不如他說的那樣盡善盡美，但「六經皆史」，「六經皆先王之政典」（章學誠《文史通義．易教上》），重視文道結合，做到了「要約寫眞」，是可以引爲借鑒的。況且劉勰並不主張機械地模擬經典，而是要求作家體會其精神風格，他在《辨騷》裡就極力稱讚屈原「取熔經意，自鑄偉辭」，足以證明他深知繼承和創造的關係。

楚辭的出現，如異軍突起。它以一種與《詩經》迥然不同的獨持姿態屹立在戰國時期的楚國文壇上，具有畫時代的意義。楚辭的出現，標誌著古老的經典文風到了周之末世發生了深刻的變化，這是文學發展史上的一次巨變。如果說三代的經典是「群言之祖」（《宗經》），那末戰國的楚辭應當是文變之始。儘管劉勰在《通變》中講過「黃唐淳而質，虞夏質而辨，商周麗而雅」，但那幾次變化遠不如「楚漢侈而艷」的變化之大。楚辭是戰國時代中後期的產物，受到戰國縱橫家誇誕富艷辭說的極大影響，也就是《離騷》中所說的「風雜於戰國」，這對楚辭鋪陳誇張的藝術手段和艷麗文風的形成所起的作用是不可低估的。劉勰在《時序》中說：「屈平聯藻於日月，宋玉交彩於風雲，觀其艷說，則籠罩雅頌，故知煒曄之奇意，出乎縱橫之詭俗也。」當然，劉勰更注意到楚辭是屈原一人天才的創造，「不有屈原，豈見《離騷》？」所以不能不驚嘆「楚人之多才」。

歐陽修說：「《離騷》作而文辭之士興。」楚辭產生後，像晴空麗日一樣，照耀著周末漢初的文壇，風靡一時，衣被百世，從總的情況看，決定了漢魏六朝文學發展的趨勢，尤其是對辭賦的影響更大。「自王、揚、枚、馬之徒，詞賦競爽，而吟詠靡聞。」（《詩品序》）當時的作家紛紛模擬楚辭來製作辭賦，造成了辭賦的空前盛況，如賈誼的《惜誓》、淮南小山的《招隱士》、東方朔的《七諫》、嚴忌的《哀時命》、王褒的《九懷》、劉向的《九嘆》、王逸的《九思》等，皆仿效屈、宋之作，抒寫了幽憂窮蹙、怨慕凄涼的情懷，因此被列入《楚辭章句十七卷》。賈生的《弔屈原賦》、《鵩鳥賦》與楚辭相近，被後人稱爲「騷體賦」。以「鋪采摛文，體物寫志」爲特色的枚、馬、揚、班的大賦和以抒情寄志見長的東漢抒情小賦也都從不同的方面吸取了楚辭豐富的營養而各有千秋。劉勰十分重視《楚辭》對漢賦的巨大影響，因而在《辨騷》中作了精闢的論述：

自《九懷》以下，遽躡其跡，而屈宋逸步，莫之能追。故其敘情怨，則鬱伊而易感；

述離居，則愴怏而難懷；論山水，則循聲而得貌；言節候，則披文而見時。是以枚賈追風以入麗，馬揚沿波而得奇，其衣被詞人，非一代也！故才高者菀其鴻裁，中巧者獵其艷辭，吟諷者，銜其山川，童蒙者拾其香草。

劉勰在《宗經》裡講到聖人經典對後世文章的影響時，曾以「太山遍雨，河潤千里」喻之，但並未舉出多少事實加以說明；可是在《辨騷》中談到楚辭對漢賦的影響時，卻是如此生動具體，似乎還有未盡之言。相形之下，誰的影響大，不是十分清楚嗎？這並不表明劉勰有意把《楚辭》放在經典之上，擡高它的地位；相反，由於尊經觀念的束縛，他對楚辭的肯定還是不夠的。但劉勰畢竟是一位傑出的文學批評家，他不能不正視文學發展的客觀事實，因而不得不通過《辨騷》對屈原及其作品作出高度評價。

《楚辭》標誌了文風之變，以艷逸的文風取代了典雅的文風。文學發展史上這種踵事增華、變本加厲的趨勢是必然的，不可逆轉的。總不能老是停止在六經的水平上而不前進。正如不能乘椎輪而棄大輅，居巢穴而笑雕宮一樣。劉勰不是墨守成規的迂夫子，他深明「文變染乎世情，興廢繫乎時序」的道理。他主張《宗經》，但並不反對文變，主張在「六義」的理論指導下，「會通」「適變」，推陳出新。他能夠正確對待由經典到楚辭的文變，承認這種變化的合理性，並且肯定屈、宋楚辭是一種難能可貴的創造：

觀其骨鯁所樹，肌膚所附，雖取熔經意，亦自鑄偉辭。故《騷經》、《九章》，朗麗以哀志；《九歌》，《九辨》，綺靡以傷情；《遠遊》、《天問》，瑰詭而惠巧；《招魂》、《招隱》，耀艷而深華；《卜居》標放言之致；《漁父》寄獨往之才。故能氣往轢古，辭來切今，驚采絕艷，難與並能矣。

在美人香草一般的楚辭面前，劉勰唱起了讚歌，讚美它的「驚采絕艷。」「驚采絕艷」好不好呢？劉勰在《宗經》裡曾說它是「流弊」，可是在《辨騷》裡卻表示了深情的企慕。這樣截然相反的兩種觀點統一在一人身上並不奇怪。由於劉勰「深得文理」，對楚辭的藝術成就有獨到的見解，所以從內心裡讚嘆不已；又因爲他堅持「宗經」，披上了聖人的衣冠，所以又得擺出正經的面孔，同楚辭保持一定的距離。

經爲文之本，騷爲文之變，既要「體乎經」，又要「變乎騷」。二者的關係如何處理才算正確呢？劉勰的回答是：「憑軾以倚雅頌，懸轡以馭楚篇，酌奇而不失其貞，翫華而不墜其實。」即是說：「進行文學創作，必須以《詩經》的創作方法爲根據，對楚辭的創作方法要控制使用，參以奇思妙想而不失去雅正的文風，運用華麗辭藻而不違背眞實。」以《詩》爲本，以《騷》爲用，把《詩經》的「貞實」文風與楚辭的「奇華」特色結合起來，這就是劉勰通過「辨騷」提出的創作原則，也是《文心雕龍》的理論基礎中的一個重大問題。「《楚辭》是現實主義與積極浪漫主義相結合的典範」，這是今人的觀點。劉勰卻不是這樣看的，他認爲楚辭存在著「四異」問題，有失貞墜實的地方，必須控制使用。他提出的創作方法是通過「辨騷」來歸納經、騷各自的優點而作出的經驗總結。他深信：只要按照他的創作原則辦事，就是取法乎上，就能產生文質兼備的優秀作品，而一切訛濫的文風也就銷聲匿跡了。

劉勰企圖通過《辨騷》一篇來辨「同」「異」，別是非，正本清源，矯正齊梁文壇之弊，用心是好的：然而他僅僅從文學形式上找原因，因此解決不了根本問題。因爲齊梁文弊的根源在於偏安江左的貴族士子們脫離人民，脫離現實生活，所以不可能寫出反映時代眞實面貌的優秀作品。劉勰以儒家經典爲標準來辨「同」「異」，把楚辭對神話、傳說的採用看成是異端，在一定程度上影響了他對楚辭的正確評價。但是，劉勰在《辨騷》中對屈原的獨創精神以及楚辭的艷逸文風所作的精闢論述，是十分動人的，對幫助我們評價屈原和楚辭有重要的參考價值；他所提出的「酌奇而不失其貞，翫華而不墜其實」的「奇華」與「貞實」相結合的創作主張，直到今天仍有借鑒的意義。

十二　騷、賦不同論

——說「賦」

(一)

要給賦這種文體下一個準確的定義是不很容易的。它像詩，卻不是詩；像「騷」，卻不是「騷」；像散文，卻不是散文。它像詩一樣要求押韻，像「騷」一樣體制宏大，像散文一樣採取長短不齊、富於變化的句式。從本質上看，它最突出的特點是「鋪采摛文，體物寫志」。賦在有漢一代極盛，體制大備，成爲主要的文學樣式，然賦之盛非賦之源也。

賦是由詩發展而來的。班固《兩都賦序》說：「賦者，古詩之流也。」劉勰的《文心雕龍·詮賦》說：「賦自詩出。」他們都指出了賦的淵源所自，爲我們考察賦的由來開啓了門徑。

賦，最早是一種詩體，爲「六詩」之一。《周禮・春官宗伯》說：「太師掌六律、六同，以合陰陽之聲……教六詩：曰風、曰賦、曰比、曰興、曰雅、曰頌。」這「六詩」都屬詩的範疇，其中的「賦」自是當時的一種詩，不同於後來的辭賦。章太炎《六詩說》認爲「六詩」都是詩體，「比、賦、興雖依情志，而復廣博多華，不宜聲樂。」依章氏之說，則賦、比、興都是不入樂的詩。《詩大序》稱「六詩」爲「六義」，也是根據「周禮」舊說而來。叫「六詩」也好，叫「六義」也好，風、賦、比、興、雅、頌的關係是並列的。至於把風、雅、頌看成詩的分類，把賦、比、興看成詩的作法，則是孔穎達的解釋。

《國語・周語上》說：「故天子聽政，使公卿至於列士獻詩，瞽獻曲，史獻書，師箴，瞍賦，矇誦，百工諫……」韋昭注「瞍賦」曰：「賦公卿列士所獻詩也。」這裡的「賦」是朗誦的意思。《漢書・藝文志》也說：「不歌而頌謂之賦。」又如《左傳》所載：晉公子重耳至秦，秦穆公享之，公子賦《河水》，公賦《六月》。魯文公如晉，晉襄公享之，賦《青青者莪》。鄭穆公與魯文公宴於棐（棐林，鄭地），子家賦《鴻雁》。還有「隱公元年」所載：「公入而賦：『大隧之中，其樂也融融。』姜出而賦：『大隧之外，其樂也洩洩。』」，上述幾例中的「賦」，就是朗誦，但朗誦的方法，有別於一般的誦讀，必須「以聲節之」，是一種有節奏、有腔調的朗誦。春秋之世．諸侯卿大夫交接鄰國，必賦詩以喻其志。賦詩的人以詩「言志」，聽詩的人則藉其所賦以「觀志」。這是當時外交場合不可缺少的一種手段。

《漢書・藝文志》說：「登高能賦，可以爲大夫。」所謂「登高能賦」，是說登高能賦詩，絕對不能理解爲登高作辭賦。《漢志》所引這兩句話出自《詩經・鄘風・定之方中傳》，《傳》曰：「故建邦能命龜，田能施命，作器能銘，使能造命，升高能賦，師旅能誓，山川能說，喪紀能誄，祭祀能語。君子有此九者，可謂有德音，可以爲大夫。」

《正義》曰：「升高能賦者，謂升高有所見，能爲詩，賦其形狀，鋪陳其事勢也。」

這裡，不僅告訴我們「登高能賦」是賦詩，而且說明了賦詩的辦法是運用白描和鋪陳的手法，通過摹寫事物的形貌來表現作者的思想志趣。這種寫作方法爲後來的辭賦所繼承。

賦，作爲「六詩」的一種詩體發展成爲漢賦，是經歷了一個漫長的時間的。

遠在周代，天子命樂官太師專門掌管音樂和詩歌。他們一方面採集了大量的民歌，另一方面也保存了統治階級各階層的作品。作爲公卿列士所獻的朗誦詩——賦，其功用在於「鋪陳政教之善惡」，多少還有些積極的意義和作用，其目的是便於周天子知得失，自考正，施教化。到了戰國時代，周室既衰，諸侯力政，不統於王，於是「王者之跡息而詩亡」，採詩的制度廢除了，樂官也逃之夭夭。「太師摯適齊，亞飯干適楚，三飯繚適蔡，四飯缺適秦，鼓方叔入於河，播鼗武入於漢，少師陽、擊磬襄入於海。」（《論語・微子》）因爲周道衰，禮義廢，所以「聘問歌詠不行於列國，學詩之士逸在布衣，而賢人失志之賦作矣。」

自周代詩歌衰歇之後，很久聽不到詩人的吟詠了。直到戰國末期才出現了「奇文鬱起」的《離騷》，它「軒翥詩人之後，奮飛辭家之前」，成爲《詩經》和漢賦之間的一座拔地而起的高峰，對辭賦的影響是巨大的。但「騷」畢竟不是賦，「騷」不缺乏比、興之義，它是將賦、比、興三義並用的，是專寫幽怨之情的。《史記・屈原傳》說：「屈原既死之後，楚有宋玉、唐勒、景差之徒者，皆好辭而以賦見稱。」可見楚辭與賦是兩種不同的文體。劉勰論文，「騷」、賦分論，作《辨騷》、《詮賦》，並未合二而一。蕭統的《文選序》也是「騷」、賦分論，不曾混爲一談。屈原曾經稱自己的作品爲詩，《九章・悲回風》說：「介眇志之所惑兮，竊賦詩之所明。」唯有班固在《漢書・藝文志》裡載「屈原賦二十五篇」，納「騷」於賦。班固僅從某些形式上看問題，因此是片面的、錯誤的。章學誠《校讎通義》說：「司馬遷之敘載籍也，疏而理；班固之志藝文也，密而舛。蓋遷能溯源，固惟辨跡，故也。」假如不能溯源，則辨跡亦難免違失。所以鄭樵在《通志・校讎略》中對《漢書・藝文志》的某些乖舛地方作了指正，批評了班固不明類例的缺點。《隋書・經籍志》將楚辭單獨作爲一類，置於集部之首，是恰當的。「騷」的本質是抒情的，並非「體物」；它是以屈原爲代表的戰國時代楚國作家創作的詩歌，故名「楚辭」。賦與「騷」不可以合併，屈原不是辭賦家之祖，而是詩人之父。

賦原於詩，而在其發展過程中確實受到楚辭的巨大影響。劉永濟《文心雕龍校釋》說：

「舍人（劉勰）謂漢賦之興，遠承古詩之賦義，近得楚人之騷體，故曰『受命於詩人，拓宇於楚辭。』」這是說，漢賦的遠源是《詩經》，其近源是楚辭。比較而言，楚辭與漢賦的關係更密切，對漢賦的影響更大。《文心雕龍．辨騷》說：「枚、賈追風以入麗，馬、揚沿波而得奇，其衣被詞人，非一代也。」

(二)

賦，作爲一種「與詩畫境」的獨立文體，是從荀子和宋玉那裡開始的。《文選序》說：「荀、宋表之於前，賈、馬繼之於末，自茲以降，源流實繁。」荀子《賦篇》包括《禮》、《智》、《雲》、《蠶》、《箴》五首小賦，首次以「賦」名篇。漢人沿襲其義，凡辭賦都稱爲「賦」。今舉《禮》賦一篇如後：

爰有大物，非絲非帛，文理成章；非日非月，爲天下明。生者以壽，死者以葬；城郭以固，三軍以強；粹而王，駁而伯，無一焉而亡。臣愚不識，敢請之王。王曰：此夫文而不采者與？簡然易知而至有理者與？君子所敬而小人所否者與？性不得則若禽獸，性得之則甚雅似者與？匹夫隆之則爲聖人，諸侯隆之則一四海者與？致明而約，甚順而體，請歸之禮。

荀子《禮》賦等五篇，賦而用比，結隱語以喻意，並非直陳其事，雖然首次以「賦」名篇，但與漢賦那種鋪張揚厲的作風大異其趣。

宋玉則不同，其辭賦以淫麗爲宗，語多誇誕，令人矚目駭聽。如《風賦》中寫大王之雄風：

飄舉升降，乘凌高城，入於深宮。邸華葉而振氣，徘徊於桂椒之間，翱翔於激水之上，將擊芙蓉之精。獵蕙草，離秦衡，概新夷，被荑楊，回穴衝陵，蕭條衆芳。然後倘佯中庭，北上玉堂，躋於羅帷，經於洞房。

寫庶人之雌風：

塕然起於窮巷之間，堀堁揚塵，勃鬱煩冤，衝孔襲門。動沙堁，吹死灰，駭溷濁，揚腐餘，邪薄入甕牖，至於室廬。

宋玉的辭賦，除《風賦》外，還有《高唐賦》、《神女賦》、《登徒子好色賦》等，一律地華麗淫侈，恢宏恣肆，實爲西漢辭賦之濫觴。

有秦一代，不重視文學。秦始皇雖然做了「車同軌、書同文」的好事，但也做了禁止思想自由、扼殺文化發展的蠢事。劉勰謂「秦世不文，頗有雜賦」。《漢書・藝文志》載「秦時雜賦九篇」。究竟是哪九篇，不得而知。我們揣想，這九篇雜賦大約同李斯所作刻石紀功的文字差不多，很可能出於博士之手，其內容是替秦始皇讚述功績的，價值是不大的。

漢代初年，統治階級忙於醫治戰爭的創傷，恢復生產秩序，建立制度，日不暇給，詩書之事，未遑附益。但是，戰國時代百家爭鳴的餘風尚在。當時的作家都是思想家、政治家。他們十分關心國家大事，重視社會與人生的實際問題。賈誼以命世之才向漢文帝提出了一套政治的主張，而文帝不用。他在被讒見疏之後，自悲不幸，作了《惜誓》、《弔屈原賦》、《鵩鳥賦》。《惜誓》和《弔屈原賦》長於寫幽怨之情，與《離騷》爲近；《鵩鳥賦》「至辨於情理」，與《卜居》同儔。賈生的身世與屈原相似，其辭賦被後人稱爲「騷體賦」，是「志思蓄憤」之作，是楚辭的餘音嗣響。是具有反黑暗現實作用的進步作品。其他如淮南小山的《招隱士》、東方朔的《七諫》、嚴忌的《哀時命》、王褒的《九懷》、劉向的《九嘆》、王逸的《九思》等，都摹擬楚辭，因此被列入王逸的《楚辭章句十七卷》。

在內容和形式上眞正代表漢賦的是大賦，大賦的興盛有它的政治背景。西漢中葉，漢武帝罷黜百家，獨尊儒術，結束了百家爭鳴的局面。這樣做對鞏固和強化封建統治是有利的，但是箝制了思想、學術的自由發展。漢武帝是一個慾望頗多的帝王，他好大喜功，求神仙，求長生，也愛好辭賦。但他的愛好文學，並不是認爲文學是「經國之大業，不朽之盛事」，而是把文學當成「博奕」，作爲他生活、娛樂的補品，把文學家當作「倡優」。他並不想通過反映現實生活的文學作品來觀風俗之盛衰，以便改善政治措施，而是利用文學爲他歌功頌德，裝點太平。

所謂「賦」，本來就不是勞動人民的文學，而是官方文學，貴族文學，根基就不好，再加上統治階級對它的限制和利用，於是完全變成爲皇權服務的工具。一批熱衷於功名利祿的文學侍從之臣，緊緊地追隨著漢武帝，狂熱地吹噓他的文治武功，大量地製造辭賦來宣揚皇朝的聲威。

《兩都賦序》說：「昔成康沒而頌聲寢，王澤竭而詩不作……至於武、宣之世，乃崇禮官，考文章，內設金馬、石渠之置，外興樂府協律之事，以興廢繼絕，潤色鴻業……故言語侍從之臣，若司馬相如、吾丘壽王、東方朔、枚皋、王褒、劉向之屬，朝夕論思，日月獻納。而公卿大臣御史大夫倪寬、太常孔臧、太中大夫董仲舒、宗正劉德、太子太傅蕭望之等，時時間作。或以抒下情而通諷喻，或以宣上德而盡忠孝，雍容揄揚，著於後嗣，抑亦雅頌之亞也。」

實際上，在漢賦裡不僅「抒下情而通諷喻」的成分極少，就連「宣上德而盡忠孝」的內容也不多。只剩下「潤色鴻業」一條是確實的。爲了達到「潤色鴻業」的目的，辭賦家們也就顧不得眞假了。左思《三都賦序》說：「相如賦上林，而引盧橘夏熟；揚雄賦甘泉，而陳玉樹青蔥；班固賦西都，而嘆以出比目；張衡賦西京，而述以游海若。假稱珍怪，以爲潤色，若斯之類，匪啻於茲。考之果木，則生非其壤，校之神物，則出非其所。」左思這段話是對辭賦家「體物」失實的有力揭露。既然「體物」不眞實，那麼，「鋪采摛文」就變成說大話、說空話、說假話。這是漢代統治階級由極盛轉入衰敗時的精神狀態在文學上的反映。

漢武帝在位五十餘年，造成了軍事、文化的極盛時期，但在國家極度繁榮的背後，卻是「海內虛耗，人口減半」，貧者地無立錐，富者田連阡陌，階級矛盾發展到空前激化的地步。統治階級看不到這種深刻的危機，卻盲目地自信，繼續裝點昇平。到漢成帝時，獻給朝廷的辭賦已有一千多篇。但能夠流傳下來的究竟有多少呢？宋代歷史學家鄭樵說：「千古文章，傳眞不傳僞」（引自袁枚《答戢園論詩書》），一切虛假的東西總是經不起時間的考驗的。

從形式上看，這些大賦的規模大、結構宏偉，「控引天地，錯綜古今，包括宇宙，總攬人物」，恢張聲勢，洋洋灑灑，同宋玉淫麗的辭賦相比，則變其本而加厲。同時，這些大賦都有一套死板的公式：開頭是序（有的不叫序），中間是賦的本身，結尾（有的叫「亂」或「訊」）發點議論，點明作者的意圖。中間部分往往設主客問答，頗似《宋玉對楚王問》及

《戰國策》中那些縱橫家的辭說。

司馬相如是西漢最大的辭賦家，他的《子虛賦》、《上林賦》是典型的漢賦。漢武帝讀了《子虛賦》後，慨嘆道：「朕獨不得與此人同時哉！」他還不知道是本朝人的作品。由於司馬相如的同鄉漢武帝的狗監楊得意的推薦，相如被召見。「上驚，乃召問相如，相如曰：『有是，然此乃諸侯之事，未足觀也，請爲天子遊獵賦』。」於是又寫成《上林賦》。《史記》、《漢書》皆爲一篇，至《文選》始分爲二篇。

賦中假設楚國使者子虛在齊國烏有先生面前誇說楚國雲夢澤之大及楚王田獵的盛況空前，烏有先生批評他「不稱楚王之德厚，而盛推雲夢以爲高，奢言淫樂而顯侈靡」，於是又把齊國的渤海、孟諸誇耀一番。最後，亡是公聽了他們兩人的對話，誇說「天子之上林」，以壓倒齊、楚，表明諸侯之事不足道，歌頌了劉漢中央皇朝的無比強大的聲威。試看司馬相如是怎樣「鋪采摛文」的吧：

雲夢者，方九百里，其中有山焉。其山則盤紆岪鬱，隆崇嵂崒。岑崟參差，日月蔽虧。交錯糾紛，上干青雲。罷池陂陁，下屬江河。其土則丹青赭堊，雌黃白坿，錫碧金銀。衆色炫耀，照爛龍鱗。其石則赤玉玫瑰，琳瑉昆吾。瑊璃玄厲，碝石武夫。其東則有蕙圃，蘅蘭芷若，芎窮昌蒲。江離蘪蕪，諸柘巴苴。其南則有平原廣澤，登降陁靡，案衍壇曼；緣以大江，限以巫山……其西則有湧泉清池，激水推移，外發芙蓉之花，內隱鉅石白沙；中則有神龜蛟鼉，瑇瑁鱉黿，其北則有陰林，其樹楩柟豫章，桂椒木蘭，檗離朱楊，樝梨樗栗，橘柚芬芳。……

這裡，寫「其山」、「其土」、「其東」、「其南」、「其西」、「其中」、「其北」，似乎是面面俱到。堆砌了許多名詞和形容詞，使人眼花繚亂。「鋪采」則雜然紛陳，「摛文」則文繁意少，「體物」則失眞，「寫志」則無有。更可惡的是賦中大量出現冷僻的字、詞，成群結隊的聯綿字，幾乎把一篇辭賦變成了一部聯綿字典和難字表。比如《上林賦》中的一段：

洶湧澎湃，滭弗宓汩，逼側泌瀄，橫流逆折，轉騰洌潎，滂濞沆漑……。崇山矗矗，巃嵸崔巍，深林巨穴，嶄岩參差。九嵕巀嶭，南山峨峨，岩陁巘錡，摧崣崛崎。

黃侃《文心雕龍札記》說：「此蓋因揚、馬之流，精通小學，故能撮字書之單詞，綴爲儷語，或本形聲假借之法，自鑄新詞。」這段話一針見血地指出了司馬相如、揚雄等人是怎樣挖空心思來鋪陳文采、玩弄文字遊戲。

從根本上說，漢賦是缺乏現實生活基礎的形式主義文學，它不是從火熱的鬥爭生活中迸出的火花，而是脫離生活源泉的沒有生命力的紙花。辭賦家們不是「爲情而造文」，而是「爲文而造情」，爲寫文章而寫文章。《西京雜記》記載：「司馬相如爲《上林》、《子虛》賦，意思蕭散，不復與外事相關。控引天地，錯綜古今，忽然如睡，煥然而興，幾百日而後成。」桓譚《新論·祛蔽篇》說揚雄爲作辭賦而苦思冥索，結果大病一年。劉勰也說：「相如含筆而腐毫，揚雄輟翰而驚夢。」難道是由於這些大辭賦家才思不夠敏捷，所以爲文遲緩嗎？曰：否！根本原因在於他們缺乏生活感受，專靠雕鏤文字，沒有眞情實感，難於一氣呵成。揚雄晚年懊悔自己「少而好賦」，認爲寫辭賦是「童子雕蟲篆刻」，「壯夫不爲」。他的「詩人之賦麗以則，辭人之賦麗以淫」的理論，讚揚了屈原的《離騷》典麗而有法則，批評了漢賦華麗而淫侈，這是完全正確的。

王國維曾經說過：「凡一代有一代之文學，楚之騷，漢之賦，六朝之駢語，唐之詩，宋之詞，元之曲，皆所謂一代之文學，而後世莫能繼焉者也。」辭賦也是一代之文學，是漢代文學的正宗，在相當長的時間裡占統治地位。鍾嶸《詩品》說：「自王、揚、枚、馬之徒，詞賦競爽，而吟詠靡聞。」這種現象，是漢代統治階級的需要和提倡的結果。

由於漢賦的大部分作品「是追求形式美的供剝削階級娛樂的形式主義的文學」（茅盾《夜讀偶記》），而且產生於文學侍從之臣的手裡，其題材不能不受到限制。劉勰用了四句話對漢賦的題材作了概括：「京殿苑獵，述行序志，草區禽族，庶品雜類。」「京殿苑獵」一類都是大賦。寫「京殿」的，如班固的《兩都賦》，張衡的《二京賦》，王延壽的《魯靈光殿賦》，還有後來何晏的《景福殿賦》等。同樣是宏篇巨製，但也各具特色。《兩都賦》模仿《子虛賦》，假設西都賓向東都主人誇說西都長安的繁榮昌盛，而東都主人則批評他「馳騁乎末流」，轉而向他稱述東都洛陽的盛況，對東漢光武帝和明帝頌揚備至，是典型的「潤色鴻業」的文章。《二京賦》「精思附會，十年乃成」，內容詳備，成爲「長篇之極軌」。賦中夾敘夾議，對東漢統治階級的腐化墮落的行爲和階級矛盾的日趨尖銳有一定的揭露，具有諷諫作用。《魯靈光殿賦》以傳神的妙筆對靈光殿中的繪畫、雕刻作了生動的描繪：「飛禽走獸，因木生姿。」「圖畫天地，品類群生。」「隨色象類，曲得其情。」《景福殿賦》雖是應制之作，但想像豐富，文采高麗。今舉一段文字爲證：

爾乃豐層覆之耽耽，建高基之堂堂。羅疏柱之汩越，肅坻鄂之鏘鏘。飛櫚翼以軒翥，反宇巘以高驤。流羽毛之威蕤，垂環玭之琳琅。參旗九旒，從風飄揚。皓皓旰旰，丹彩煌煌。故其華表，則鎬鎬鑠鑠，赫奕章灼，若日月之麗天也。其奧秘，則翳蔽曖昧，彷彿退概，若幽星之纚連也。既櫛比而攢集，又宏璉以豐廠。兼苞博落，不常一象。遠而望之，若摛朱霞而耀天文；迫而察之，若仰崇山而戴垂雲，羌瑰瑋以壯麗，紛彧彧其難分。

寫「苑獵」一類的，有司馬相如的《上林賦》、揚雄的《羽獵賦》、《長楊賦》等。這一類辭賦總的說來是不可取的，但也一點好處，鋪張揚厲的作風突出，造成一種壯闊宏偉的氣勢。令人驚心動魄。比如《上林賦》中的一段：

於是乎遊戲懈怠，置酒乎昊天之台，張樂乎膠葛之寓；撞千石之鐘，立萬石之虡；建翠華之旗，樹靈鼉之鼓。奏陶唐氏之舞，聽葛天氏之歌；千人唱，萬人和；山陵爲之震動，川谷爲之蕩波。

屬「草區禽族、庶品雜類」的辭賦，名目繁多。《漢書．藝文志》載有：「雜禽獸六畜昆蟲賦十八篇」，「雜器械草木賦三十三篇」，「雜山陵水泡雲氣雨旱賦十六篇」。這些賦價值不大，且大部分已亡佚。

與大賦在思想內容和藝術風格上完全對立的是「述行序志」一類的東漢抒情小賦。它在文學史上的地位較高，對後代辭賦的影響是深遠的。

從西漢末到東漢末的二百年間，上層豪強、大地主把持了朝政，社會黑暗，人民災難深重，一般士人也找不到出路。封建王朝的統治力量日趨腐朽衰敗，如江河日下，統治階級的自信力與昔時（西漢）相比，則不可同年而語矣！一部分頭腦清醒的文學之士，不能不面對現實，唱出時代的哀歌和憤怒的歌。他們創作出一些批評現實、抨擊黑暗社會的抒情小賦，與大賦迥異，不以「體物」爲主，重在抒情寄志，同詩、騷非常接近。

第一個寫抒情小賦的是班固的父親班彪。他的《北征賦》以騷體形式寫自己從長安到安定沿途的見聞和感慨。反映人民的困苦生活和動亂的社會面貌，開東漢抒情小賦之先聲。張衡在宦官專權、朝政腐敗的清況下，作《歸田賦》，表現了不肯同流合污，甘願退隱田園的志趣。趙壹的《刺世疾邪賦》表現了對被壓迫人民的同情，揭露了統治階級唯利是圖、不顧人民死活的貪婪本性，具有一定的反抗精神。蔡邕的《述行賦》，藉古諷今，抨擊了統治者的驕奢淫逸，表現了對人民疾苦的同情和對志士仁人被壓抑的憤慨。禰衡的《鸚鵡賦》以鸚鵡自況，抒寫了才智之士生於末世、屢遭迫害的感慨。王粲的《登樓賦》表現了他自己長期受壓制、有志難伸的牢騷不平，使人產生對豚犬一般的劉景昇父子的切齒痛恨。

總之，東漢抒情小賦眞正繼承了先秦以來的現實主義文學傳統，感情眞摯，寄託遙深，膾炙人口，雖然數量不多，但質量很高，對魏晉南北朝抒情小賦的發展，產生了深遠的影響。

十三 《鸚鵡賦》

——屈騷的嗣響

魏帝營八極，蟻觀一禰衡。
黃祖斗筲人，殺之受惡名。
吳江賦《鸚鵡》，落筆超群英。
鏘鏘振金玉，句句欲飛鳴。
鷙鶚啄孤鳳，千春傷我情。
五嶽起方寸，隱然詎可平？
才高竟何施，寡識冒天刑。
至今芳洲上，蘭蕙不忍生。

——李白《望鸚鵡洲懷禰衡》①

禰衡是東漢末年的著名狂士，又是一位天才的辭賦家，他喜歡罵人，有時哭著罵，有時笑著罵，有時怒氣衝天地罵，有時瘋瘋癲癲地罵，百官公卿都怕他。尤其是他赤身裸體擊鼓罵曹操一舉，令人驚心動魄。故事傳到今天還十分動聽。禰衡膽大包天，直接斥罵過與他同時代的許多封建官僚，不被他罵的很少，罵錯了的也很少。

東漢之季，是中國歷史上一個十分黑暗和急劇動盪的時代，風煙滾滾，天下大亂，群雄角逐，瞬息萬變。自漢獻帝被迫離開洛陽之後，文士們像蓬草那樣吹落四方，再也不能如西漢武帝、宣帝時候那樣崇禮官，考文章，在金馬門、石渠閣氐祿待詔，等著皇帝的賜賞，也不能如東漢明帝、章帝時候那樣在辟雍、明堂學習禮儀，在白虎觀講論五經同異，過著儒雅的生活。爲了謀求出路，他們不得不到處奔走，選擇可以依從的對象，投靠大小軍閥實力派，他們的命運也就控制在軍閥豪強的手中。有的人，見風使舵，就地轉彎，一生得計。如陳琳，先爲大將軍何進主簿，何進爲宦官所戮，陳琳避難冀州，在袁紹手下典文章，曾作檄文大罵曹操，上及父祖。官渡之戰，袁紹大敗，陳琳乞降，主動向曹操謝罪，又受到重用。有的人，開始時仕途失意，後來遭遇明公，如魚得水。如王粲，十七歲從長安逃難到荊州，依劉表十五年不受重用，歸曹操後，官至魏國侍中，隨曹操轉戰南北，急於建功立業，四十一歲死在南征的路上。有的人，始終堅持自己獨立的人格，不肯枉道而事人，適應不了險惡的環境，結果遇禍。如禰衡，狂名鼎鼎，不屈服於任何權豪。一生爲統治者所忌恨，終于慘遭不幸。

(一)

禰衡（西元一七二～一九八年）字正平，平原般（今山東臨邑東北）人，年少時即以才思敏捷、善於言辭知名。建安之初，來遊許下，當時許都新建，曹操已迎獻帝到許，挾天子以令諸侯，加上他的「唯才是舉」的用人政策，吸引了四面八方的士大夫雲集許都。禰衡本是隱居放言的處士，其先不知所出②，沒有任何政治背景，當此風雲際會、「烏雀南飛」之時，他也投奔到曹操門下寄食。從思想上看，禰衡與曹操不是一碼事，而是儒家的信徒。他在《魯夫子碑》中讚揚孔子「受天至精，純粹睿哲，崇高足以長世，寬容足以包廣，幽明足以測神，文藻足以辨物。」又在《顏夫子碑》中讚揚顏回「德行邁於三千，仁風橫於萬國，知微知章，聞一覺十，用行舍藏，與聖合契。」他憎惡那個「蒼蠅爭飛，鳳凰已散」的腐敗社會，對現實世界的一切都看不慣。自公卿國士以下，禰衡皆不稱其官名，一律呼之「阿某」，或以姓呼之爲「某兒」，他罵曹操手下的著名官吏陳群、司馬朗是「屠沽兒」，如同引刀賣漿者流；罵荀文若、趙稚長是「弔喪、監廚之輩」，徒有其表，只會挺著大肚皮參加宴會，沒有實際用場。他視百官如木偶泥人，罵他們似人而無人氣，皆酒甕飯囊耳。禰衡每於稠人廣坐中哀嘆不止，有人訕笑說：「英豪樂集，非所嘆也！」④禰衡環視四周，回答說：「在此積屍列柩之間，仁人安能不悲乎！」他需要朋友，但不肯苟合。「唯善魯國孔融及弘農楊修」，常稱：「大兒孔文舉，小兒楊德祖，余子碌碌，莫足數也。」孔融是孔子二十代孫，年齡比禰衡大二十歲，政治上二人引爲同調，並殷勤交結，跌蕩放言。禰衡稱讚孔融說：「仲尼不死。」孔融回敬禰衡說：「顏回復生」孔融既愛衡才，多次稱述於曹操，曾上疏曰⑤：

……竊見處士平原禰衡，年二十四，字正平，淑質貞亮，英才卓礫。初涉藝文，升堂睹奧，目所一見，輒誦於口，耳所瞥聞，不忘於心。性與道合，思若有神。弘羊潛計，安世默識，以衡准之，誠不足怪。忠果正直，志懷霜雪，見善若驚，嫉惡若仇。任座抗行，史魚厲節，殆無以過也。鷙鳥累百，不如一鶚。使衡立朝，必有可觀。飛辨騁辭，溢氣坌湧，解疑釋結，臨敵有餘……

曹操欲見禰衡，禰衡稱病不肯往，且有侮慢之辭。曹操懷恨，罰禰衡爲鼓吏，於正月十五大會賓客，閱試音節。諸鼓吏必須改著岑牟單絞之服，乃能擊鼓。次至衡，衡不改衣，躡地來前，「躡馺足腳，容態異常，奏擊《漁陽參撾》，鼓聲悲壯，聽者莫不慷慨。」奏畢，衡進至曹操面前昂首而立。曹操的屬吏呵斥道：「鼓吏何不改裝，而輕敢進乎？」衡曰：「諾。」於是先解衵衣，次釋餘服，裸身而立，然後徐徐取岑牟單絞之服而著之，擊鼓而去，顏色不作。曹操苦笑曰：「本欲辱衡，衡反辱孤。」《抱朴子．彈禰》說，曹操罰禰衡爲鼓吏，「衡了無悔情恥色，乃縛角於柱口就吹之，乃有異聲。並搖鼗擊鼓，聞者不知其一人也。」禰衡擊鼓罵曹，藉悲壯的鼓聲控訴曹瞞挾主擅權、誅殺異己的罪惡行爲，曹操了然於心，而後老羞成怒，以衡言語悖逆，欲治罪，又怕擔負不容才士的惡名，於是遣送荊州牧劉表，當時，劉表正欲寫信給孫權，聯結孫吳抗拒曹魏，諸文士所作的書信皆不合表意，乃示於衡。衡覽閱未遍，投擲於地。曰：「但欲使孫權左右持刀兒視之者，此可用爾；倘令張子布見此，大辱人也！」⑥表憮然爲駭，衡乃從求紙筆，須臾立成，表甚以爲佳。不久，禰衡又侮慢劉表，表恥不能容，以江夏太守黃祖性急，故意遣送黃祖。後黃祖於蒙沖船上大會賓客，禰衡言不遜順，黃祖大慚，呵止之，衡破口大罵，遂被誅，年僅二十六歲。據《海錄碎事》記載：「黃祖殺禰衡，埋於沙洲之上，後人因號其洲爲鸚鵡洲，以衡嘗爲《鸚鵡賦》故也。」

禰衡生不逢時，死於亂世。後代庸人俗子以爲禰衡言行輕人，自及於禍，狂憨致戮；卻從來也不懷疑封建統治者曹、劉及黃祖有何問題，該當何罪。「將相以位隆特達，文士以職卑多誚」，⑦此江河所以騰湧，溪流所以寸折也。禰衡兩遭遣送，終至遇害，這是一個正直之士、一個具有獨立人格的知識分子在封建專制主義羅網之下的必然結局，如果有相反的結果，除非喪失獨立人格，別具一副面目。

東漢末年，四海鼎沸。五侯九伯，無非問鼎之徒；四嶽十連，皆爲竊國之賊。董卓、袁紹、孫策、劉備、曹操，都是提刀問政的野心家和刼殺者，而曹操尤爲亂世奸雄。建安六年，曹操以獻帝都許昌，自是「挾天子以令諸侯」，讚拜不名，入朝不趨，爲丞相，封魏公，廢黜伏后，自加九錫，窮凶極惡，千古未有。尤以廢后一事居最。《魏志．武帝紀》注引《曹瞞傳》云：

公遣華歆勒兵入宮收后，后閉戶匿壁中，歆壞戶發壁牽后出，帝時與御史大夫郗慮坐，后披髮徒跣過，執帝手曰：「不能相活耶？」帝曰：「我亦不知命在何時也。」帝謂慮曰：「郗公！天下寧有是耶？」遂將后殺之，完及宗族，死者數百人。

獻帝名曰天子，實唯寄命。至司馬氏擅權，因承陋習，挾主、篡位，詭詐特甚，可以說是曹家的報應。曹操不仁，殃及子孫。曹操親自迫害至死的名士有：華陀、董承、孔融、荀彧、路粹、崔琰、許攸、婁圭、吉本、吉邈、耿紀、韋晃、楊修、魏諷、劉偉等十五人。後來司馬氏殺曹氏子孫也毫不留情。禰衡之不臣於曹操，甚至手持三尺棁仗，坐大營門，以杖捶地大罵，一點也沒有錯。至於劉表、劉琮父子，皆豚犬耳⑧。自西京亂後，逃往荊州的士大夫極多，而劉表不知所任。盤據在江夏的黃祖又是什麼好東西呢？一個地道的流氓、兵痞，嗜血成性的老牌軍閥。「曹瞞尚不能容物，黃祖何曾解愛材？」⑨可以說，曹、劉、黃在本質上都是極端專制、極端反動的惡人，在這一夥人編織的羅網之中，正直之士有什麼前途？是以禰衡置死生於不顧，對凶惡的敵人罵不絕口。他途窮不憂，受罰不悔，面對權奸，痛罵不止，罵得敵人自慚形穢，老羞成怒……禰衡倒下了，可是他一身正氣長存於天地之間，留下了壯烈的風範。在漫長的封建社會裏，讀書人得勢則嚮往八珍九鼎之食，失時則隱遁深林大澤之區，往往如此。能像禰衡那樣敢於正視，敢於鬥爭的人，實在太少。所以封建統治者深知士人少有骨鯁，常利用文士懲治文士。如曹操利用路粹枉狀奏孔融之罪，使孔融全家被誅，而提拔路粹作秘書令，不久又殺路粹。司馬氏利用呂安交代問題，辭相證引，而同時誅殺了呂安、嵇康。這類事件，舉不勝舉。倘使人人有禰衡之節烈，則封建統治者何能逞其故伎而快意如是？

㈡

禰衡死了，死得何等慘烈剛強。他生前沒有地位，也沒有妻室子女，他死後，文章大部分散失，僅剩下《魯夫子碑》、《顏夫子碑》、《弔張衡文》及《鸚鵡賦》等四篇作品。然而從他遺留下的一鱗片爪中，我們彷彿見到閃電飛光，流星耀彩，永遠難忘。禰衡的代表作是《鸚鵡賦》，這篇膾炙人口的抒情小賦是他在宴會席間一氣呵成的。《後漢書》本傳記載：黃祖的長子射爲章陵太守，尤善待衡，射大會賓客，有人獻上鸚鵡，射舉酒於衡前曰：「禰處士：今日無用娛賓，竊以此鳥自遠而至，明慧聰善，羽族之可貴，願先生爲之賦，使四座咸共榮觀，不亦可乎？」衡攬筆而作，筆不停綴，文不加點，辭采甚麗。劉熙載《藝概·賦概》說：「古人一生之志，往往於賦寓之。《史記》、《漢書》之例，賦可載入列傳，所以使讀其賦者即知其人也。」又說：「禰正平賦鸚鵡於黃祖長子座上，蹙蹙焉有自憐依人之態，於生平志氣，得無未稱！」禰衡《鸚鵡賦》以鳥喻人，表現了才志之士生於末世屢遭迫害的感慨，也是作者自己懷才不遇、有志難伸的不平之鳴。

《鸚鵡賦》以精煉傳神的筆觸對鸚鵡的形象、品格、才能、志趣、身世和遭遇作了生動的敘述和描繪。這西域的靈鳥，稟自然的本性，「體金精之妙質，合火德之明輝」，具有金精一般的麗質，像火焰一樣鮮艷輝煌，光彩照人。它有俊美的姿容，更有動聽的歌聲：「紺趾丹嘴，綠衣翠衿，采采麗容，咬咬（音交）好音。牠心靈慧巧，耳聰目明，飛不妄集，翔必擇林，雖與衆鳥同爲羽族，卻有自己獨特的志趣，「嬉遊高峻，棲跱幽深，以隱居爲樂事，不汲汲於功名。才貌雙美是鸚鵡優越於衆禽的有利條件，卻也因此招來禍患。世上的張羅設網者，從來不是美的創造者，卻要成爲美的享受者。他們爲了獵取鸚鵡，不惜一切手段：「命虞人於隴坻，詔伯益於流沙。跨崑崙而播弋，冠雲霓而張羅，雖綱維之備設，終一目之所加。」從此，鸚鵡失去了自由，離開了夥伴，鎖入了雕籠，剪掉了羽翼，不再是廣闊天地間自由飛翔的歌手，而變成了主人手中的玩物，牠的活動範圍僅能容身，任何人都可以對牠施以恫嚇、侮辱，或是給予微薄的安撫和憐憫。然而這聰明而驕傲的鳥兒，對眼前發生的一切似乎早有準備，雖然是第一次遭遇這種難堪的情景，卻好像司空見慣，飽嘗過炎涼的世態人情。你看牠：「容止閑暇，守植安停，逼之不懼，撫之不驚。」猶如忠臣義士陷入敵手，鎮定從容，始終保持著峻潔的人格和高尚的節操。

生活環境的巨大改變，給這隻靈鳥帶來無窮無盡的苦痛：

> 流飄萬里，崎嶇重阻。踰岷越障，載罹寒暑。女辭家而適人，臣出身而事主。彼賢哲之逢患，猶棲遲以羈旅。矧禽鳥之微物，能馴擾以安處。眷西路而長懷，望故鄉而延佇。忖陋體之腥臊，亦何勞於鼎俎。

離鄉背井，辭別親人，越過千山萬水，受盡各種磨難。日月如流，寒來暑往；節候不殊，環境迥異。這鳥兒的一切都受到限制，過著臣妾一般的下賤生活，只有聽從命運的安排。孤棲獨處，窮愁羈旅，還得不到片刻的寧靜。主人以馴擾的手段強迫牠順從和安居，企圖使牠忘掉昔日在深山自由飛翔、自由歌唱的歡樂，讓牠在牢寵中習以爲常，彷彿生來也就如此生活。但是這靈鳥時刻沒有忘記自由的天地，可愛的故鄉，牠從西域遠道而來，還想沿著「西路」翩然而去。然而這只能是一個美麗的夢。眼前嚴酷的現實是：過著死囚一般的生活，得不到陽光的照耀，風雨的沐浴，羽毛失去了光澤，遍身都是腥臊。牠不堪忍受，不勝悲憤，恨不能立刻去死。牠嘆息自己的陋體即使加之於鼎俎也不會有可口的羹湯，唯是死不了，活不好，這種日子最難煎熬。

這可憐的鳥，屈居籠中，輾轉低迴，自怨自艾，有無窮的悔恨。

嗟祿命之衰薄，奚遭時之險巇。豈言語以階亂，將不密以致危。痛母子之永隔，哀伉儷之生離。匪餘年之足惜，憫眾雛之無知。背蠻夷之下國，侍君子之光儀。懼名實之不副，恥才能之無奇。羨西都之沃壤，識苦樂之異宜。懷代越之悠思，故每言而稱斯。

孔子說：「亂之所生也，則言語以爲階。君不密則失臣，臣不密則失身，機事不密則害成。」⑩鸚鵡能說會道，而不知道把這種本領隱密起來，終於成爲致禍之由，「咬咬好音」不但沒有給自己帶來幸福，反而招來誘捕的羅網，使這鳥兒後悔莫及。牠不得不撇下妻兒老小，隨人遠走，忍受著巨大的苦痛去侍奉大人先生，還恐侍奉的本領不強，主人不滿意。「羨西都之沃壤」一句，李善注曰：「西都，長安也。鸚鵡言長安樂，自古有之，未詳所見。」以情理推之，鸚鵡離開隴坻，先到西都長安，西都大亂，又跟隨主人南遷，居無定處，每下愈況，相形之下，時時念及西都，「故每言而稱斯。」飄零之感，故國之思，實是禰衡內心的表白。

秋去冬來，寒風蕭瑟，霜雪交加。聽不到鸚鵡悅耳的歌聲，聽到的是牠凄厲的哀鳴，好像那臨終前悲慟的呻吟。見不到牠那「紺趾丹嘴，綠衣翠衿」的美麗姿容，見到的是牠憔悴的形骸，奄奄一息的殘軀。此情此境，怎能不引起人們的同情和悲憤！「聞之者悲傷，見之者隕涙，放臣爲之屢嘆，棄妻爲之歔欷。」一切不幸者，都從這鳥兒身上看見了自己的影子，落下同情的眼涙。可憐的鸚鵡還想作最後的掙扎。但一切都枉然：

感平生之遊處，若壎篪之相須。何今日之兩絕，若胡越之異區。順籠檻以俯仰，窺戶牖以踟躕。想昆山之高岳，思鄧林之扶疏。顧六翮之殘毀，雖奮迅其焉如？心懷歸而弗果，徒怨毒於一隅。

昔日的遊樂如過眼的煙雲，崑山、鄧林只能殘留在記憶中，眼前無情的現實是：朝朝暮暮在籠中孤獨地俯仰、踟躕。羽毛損毀，有翅難飛，懷歸的一線希望徹底破滅，惟有一腔怨恨，千載難平。

《鸚鵡賦》是抒情小賦中的傑作，它的不朽價值在於作者以象徵手法塑造了一個具有普遍意義的典型形象——鸚鵡，鸚鵡悲慘的遭遇，那動人心魄的啼叫，在漫長的封建社會中必然引起廣泛的共鳴。可以想像，那些孤臣、孽子、逐客、棄婦、受壓的才人、含冤的義士，一切被侮辱被損害者，無不爲之含酸茹嘆，泣下沾襟。他們雖然各有各的不幸，但都有共同的怨和恨。禰衡作此賦，援筆立成，文不加點，竟寫得如此精妙，這裡，他的驚人的才華固然起了重要作用，但更重要的卻是他以自己的生活爲基礎，藉鸚鵡的形象寫自己的靈魂。洪邁《容齋隨筆》說：「觀其所著《鸚鵡賦》，專以自況，一篇之中，三致意焉。」禰衡坎壈終身，因放言而遭禍的經歷，輾轉飄零、寄人籬下的痛苦，同鸚鵡的身世是一種巧合，所以他感受最深，熱血沸騰，不加雕飾地借物以詠志，發憤以抒情，唱出了他那悅人的悲傷，嘔出了一顆破碎的心。

從創作淵源上看，《鸚鵡賦》眞正吸收了楚辭和漢賦的特點而又別開生面。騷人長於抒情，賦家工於體物。禰衡一方面繼承了屈、宋的遺風餘思，以比興的手段、瑰麗的文辭敘寫幽怨的感情，其作品旨遠辭微，文約體清，曲折深沉，跌蕩有致，靈均餘影，於是乎在。另一方面，禰衡畢竟是漢末的作家，他對漢賦的「鋪采摛文，體物寫志」的特點掌握得十分精熟，所以《鸚鵡賦》體物維妙維肖，準確貼切，鋪張揚厲，氣勢滂沛，典麗而有法則。《鸚鵡賦》在風格上與前代作品又有很大的不同，楚辭的「靡曼容與」、優遊不迫的作風和漢賦的腴厚溫和、明絢雅贍的作風，到東漢末葉已經難乎爲繼了，艱難時世不僅給人民帶來深重災難，一般士大夫也吃夠了苦頭，大家都唱不出和平的音調，都把調子唱變了，唱哭了。《文心雕龍．時序》說：「觀其時文，雅好慷慨，良由世積亂離，風衰俗怨，並志深而筆長，故梗概而多氣也。」激昂悲壯，感慨多氣，正是漢末建安文學突出的特點。帶頭唱出慷慨激越的調子的人就是禰衡。近代著名的經學家、文學史家劉師培在他的《中國中古文學史》中寫道：

> 東漢之文，均尚和緩；其奮筆直書，以氣運詞，實自衡始。《鸚鵡賦》謂：「衡因爲賦，筆不停綴，文不加點。」知他文亦然。是以漢、魏文士，多尚騁辭，或慷慨高厲，或溢氣坌湧，（孔融《薦禰衡疏》語）此皆衡文開之先也。（孔融引重衡文，即以此啓。故融之所作，多範伯喈；惟薦衡表，則效衡體，與他篇文氣不同。）

由此可知，禰衡是一位開風氣的作家，他慷慨任氣，磊落使才，用自己的創作實踐改變了東漢文學「雍容揄揚」、「漸靡儒風」的特點，代之以慷慨多氣的特點。他的《鸚鵡賦》是建安文學的前奏曲，對建安風骨的形成和魏晉文學的發展，起了積極作用。

禰衡死得太早，留下的作品很少，也沒有引起足夠的重視。認眞說來，他的才華和造詣都是極高的，不在「七子」之下。可是很多文學史著作竟然遺忘了這位天才作家，實在是不公平的，也是缺乏見識的。李白《望鸚鵡洲懷禰衡》一詩以才高識寡，斷盡禰衡。他對這位青年辭賦家的不幸遭遇表示了無限的同情和惋惜，故一則曰：「鷙鶚啄孤鳳，千春傷我情。」再則曰：「至今芳洲上，蘭蕙不忍生。」

【注釋】

①《李太白全集》卷二十一。
②禰衡先世不詳。
③《弔張衡文》
④《抱朴子・彈禰》
⑤《後漢書》本傳。
⑥同注④。

⑦《文心雕龍·程器》。

⑧《三國志·孫權傳》注。

⑨崔塗《鸚鵡洲即事》。

⑩《易·繫辭上》

十四　咽咽學楚吟
——論李賀歌詩的藝術

唐代詩歌是我國古代詩歌最高成就的標誌，不僅深刻而廣泛地反映了唐代的社會生活，而且呈現出多種多樣的藝術風格，百花競放，爭奇鬥艷。李白和杜甫兩位偉大詩人在唐代詩壇上如同兩顆熠熠閃光的明星，一個是以積極浪漫主義爲主要傾向的「詩仙」，一個是以現實主義爲基本特色的「詩聖」。其他開宗立派、影響久遠的名家，有十餘人；特色顯著、在文學史上有一定地位的詩人也有百人之多。就其創作方法的傾向性而論，絕大多數屬於現實主義一派，與杜甫前後相鄰；而以浪漫主義爲主要特徵，與李白相呼應的僅僅只有李賀一人。

李賀詩歌的最大特色是新穎和深刻。他的詩歌如崇崖峭壁，萬仞崛起，「一聲似向天上來」，叫人毫無思想準備，幾乎每一首詩都有獨出心裁的創造。在他的筆下，銅駝會哭，香蘭會笑，老魚會跳波，瘦蛟能起舞，蒼天會老，神仙會死。他以驚人的想像力和濃麗的色調創造性地描繪出許多生動的形象，顯示給讀者，給人以新奇的美感。同時，李賀在描繪各種藝術形象時，往往是窮物盡相，以比、興的手段從多方面使藝術形象典型化，給人留下不可磨滅的印象，產生強烈的質感。

從詩的淵源上看，李賀的詩歌受屈原的《離騷》、《九歌》的影響頗大。自來論詩的人，都認爲李賀詩歌是《離騷》的苗裔。李賀在自己的詩歌裡說：「咽咽學楚吟」，「楚辭係肘後」，「斫取青光寫楚辭」。他以屈原爲師，效法楚辭，來作自己的詩歌，是毫無疑問的了。李賀還善於吸收古代神話和民間故事傳說，融化在自己的詩篇裡，又採用樂府詩的體式和格調，使詩歌絢麗多彩而且能「流被管弦」，因此，聲情並茂，具有很強的藝術感染力。下面就李賀詩歌的藝術特色分五個方面作具體的論述。

(一)構思新穎，想像奇特

李賀的詩歌，大部分幾乎全憑想像來安排詩的情節和創造詩的藝術形象。詩人的想像力是那樣豐富、奇特，常常是異想天開，突如其來。他打破了時間和空間的界限，張開想像的翅膀，上天下地、古往今來地翱翔，他以奔放的火熱的思想感情去捕捉奇麗多姿的藝術形象，使他的詩歌成爲形象思維的典範。李賀詩歌中那些著名的篇章，往往不按照現實或歷史上實際存在的狀況來反映生活的本來面貌，而是把自己所要描寫的人物事件理想化，直接表現自己的主觀感受，富有濃厚的浪漫主義色彩。比如《秦王飲酒》就是一例：

秦王騎虎游八極，劍光照空天自碧。羲和敲日玻璃聲，劫灰飛盡古今平。龍頭瀉酒邀酒星，金槽琵琶夜棖棖，洞庭雨腳來吹笙，酒酣喝月使倒行。銀雲櫛櫛瑤殿明，宮門掌事報一更。花樓玉鳳聲嬌獰，海綃紅文香淺清，黃鵝跌舞千年觥。仙人燭樹蠟煙輕，清琴醉眼淚泓泓。

在古代詩歌或散文中，以秦始皇的政治活動爲題材的並不少。賈誼在《過秦論》裡是這樣表現秦始皇的雄武的：「……及至始皇，奮六世之餘烈，振長策而禦宇內，呑二周而亡諸侯，履至尊而制六合，執敲撲以鞭笞天下，威振四海……」這裡，以誇張、比喻的手段描寫了秦王烜赫的聲勢，但仍然是符合歷史事實的。李白《古風五十九首・秦王掃六合》是這樣描寫秦始皇的一生的：「秦王掃六合，虎視何雄哉？揮劍決浮雲，諸侯盡西來。明斷自天啓，大略駕群才。收兵鑄金人，函谷正東開。銘功會稽嶺，騁望琅琊臺。刑徒七十萬，起土驪山隈。尙採不死藥，茫然使心哀。連弩射海魚，長鯨正崔嵬。額鼻象五嶽，揚波噴雲雷。鬐鬣蔽青天，何由睹蓬萊？徐市載秦女，樓船幾時回？但見三泉下，金棺葬寒灰。」詩的前一部分讚揚了秦始皇的雄才大略，統一中國的業績；後一部分諷刺秦始皇乞求長生的愚妄，藉古諷今，對唐玄宗迷信神仙、求長生痛下針砭。李白描寫秦王，充分運用了誇張和想像，帶有濃厚的浪漫主義色彩，但通觀全詩，仍有不少地方是符合歷史事實的。

李賀寫《秦王飲酒》，完全是憑藉他的驚人的想像力虛構出來，有一句是事實嗎？沒有。但是，讀者並不認為詩人是撒謊，而是感受到一種比事實更爲眞實的藝術魅力，感到詩人的想像合情合理。因爲詩人是依據事物的本質去想像、去虛構的。詩人根據秦始皇叱咤風雲、雄視一切，求神仙，貪享樂這些特點，把他的飲宴不安排在地上，而安排在天上。「周以龍興，秦以虎視」（見班固《西都賦》），詩人想像秦王進行統一天下的事業，好像是「騎虎遊八極」，所向披靡。他騎虎不騎馬，何等威武！比周穆王「八駿日行三萬里」更雄武百倍。「劍光照空天自碧，」十分形象地顯示秦王以威武治天下，四海歸順。開頭這兩句，從半空落筆，「驅駕氣勢，若掀雷挾電，撐決天地之垠。」

秦王在天上巡遊，連太陽也得趕快讓路，避開他的鋒芒，「羲和敲日」像敲玻璃一樣鏗鏘有聲，這是奇思妙想。秦王邀酒星喝酒，爲了永作長夜之飲，竟然能夠「喝月使倒行」，更是異想天開。最後，以「青琴醉眼淚泓泓」突然煞尾，卻餘味不盡。

有人認爲這首詩是詩人李賀歌頌秦始皇的。其實不然。姚文燮在《昌谷集注》裡早已說明是藉秦王以追誚唐德宗的，趙樸初的《讀李賀詩》說：

《秦王飲酒行》，意亦指朝廷。李賀作此篇，刺李非美嬴。

李賀以歷史題材所作的詩歌，都是針對唐朝的社會現實的，並非頌揚什麼法家帝王。又如《金銅仙人辭漢歌》也是一首構思巧妙、想像豐富的著名篇章：

茂陵劉郎秋風客，夜聞馬嘶曉無跡。畫欄桂樹懸秋香，三十六宮土花碧。魏官牽車指千里，東關酸風射眸子。空將漢月出宮門，憶君清淚如鉛水。衰蘭送客咸陽道，天若有情天亦老。攜盤獨出月荒涼，渭城已遠波聲小。

詩的前面有一段短序：「魏明帝青龍元年八月，詔宮官牽車西取漢孝武捧露盤仙人，欲立置前殿。宮官既拆盤，仙人臨載乃潸然淚下。唐諸王孫李長吉遂作《金銅仙人辭漢歌》」。

魏明帝曹睿要將漢武帝劉徹的承露盤從長安搬到許昌，立在宮前，也像劉徹一樣飲仙露，求長生。盤拆下後，銅人臨上車前潸然淚下。這不過是一個傳說。詩題的「辭漢」二字，是統領全篇的關鍵，詩人根據「辭漢」二字展開想像，描繪出西風殘照的漢家陵闕的淒涼歷史畫面。詩一開頭就對高唱過「歡樂極兮哀情多，少壯幾時兮奈老何」（《秋風辭》詩句）

的漢武帝予以諷刺，批判了長生不老的妄想。三十六宮，一片荒涼，無情之物（銅人），竟然愴淚漣漣，漢武帝身後的衰敗景象，是不言而喻的了。這種淒涼景象，不是由詩人直陳其事，而是通過銅人的感受表現出來的；銅人的憂傷形象，又是詩人憑想像虛構出來的。至「天若有情天亦老」，全詩的悲涼氣氛到達高潮。結尾寫道遠波遙，永辭故闕，留下難堪的情景讓讀者去感受、去體味。這首詩是爲諷刺求長生不老、大造宮殿、腐化享樂的唐憲宗李純而作的，藉詠史對李純作了巧妙的批判。

李賀構思的新巧和豐富的想像力還表現在對理想世界的追求和描繪上。如《天上謠》：

> 天河夜轉漂回星，銀浦流雲學水聲。玉宮桂樹花未落，仙妾采香垂佩纓。秦妃卷簾北窗曉，窗前植桐青鳳小。王子吹笙鵝管長，呼龍耕煙種瑤草。粉霞紅綬藕絲裙，青洲步拾蘭苕春。東指羲和能走馬，海塵新生石山下。

空空蕩蕩的天空有什麼好寫的呢？可是在詩人的想像中卻是一個活生生的神仙世界。他從天河星雲寫到玉宮桂樹，從天上景色寫到天仙的生活，全憑想像虛構了一個天上樂園。詩人著意描繪天界的明淨和諧，天仙的悠然自得，反襯人間的污濁醜惡，對照自身的寂寞困厄，其手法是很巧妙的。「賀詩巧」，前人的評論是有道理的。李賀「巧」就巧在他善於幻想，「絕去翰墨畦徑」，不落俗套，辭必己出，語必新奇。他每天攜囊騎驢，到處搜尋，然後嘔心瀝血，琢磨成篇，使他的詩獨具一格。縱然是不大善於聯想的人，讀了李賀的詩，也會產生許多奇妙的聯想。

㈡巧設譬喻、形象生動

比、興手法，最早是從古代民歌創作中總結出來的，漢代學者通過對《詩經》的研究，提出了這些詩歌的基本表現手法是賦、比、興。梁代傑出的文學批評家劉勰在《文心雕龍・比興篇》裡對比、興作了詳細的解釋：「比者，附也；興者，起也。附理者，切類以指事；起情者，依微以擬議。起情故興體以立，依理故比例以生。」「興則環譬以記諷」。「興之託喻，婉而成章，稱名也小，取類也大。」「比之爲義，取類不常。或喻於聲，或方於貌，或擬於心，或譬於事。」比就是打比方，就是比喻，比喻是多種多樣的；興是託事於物，用具體形象引起人們的聯想，也就是「引譬連類」。比是較爲明顯的，興是較爲委婉含畜的，「比顯而興隱」。比、興是形象思維的重要表現方法，是《詩經》、楚辭以來的傳統方法。

李賀的詩歌廣泛地運用了比、興手法，很少直陳其事。他用比、興手法來反映現實生活，抒發感情，從藝術效果上看，避免了淺率浮露，而達到了婉轉而深入的效果。他的詩，總不讓人一眼望穿，能給人以迴旋的餘地，不僅叫人愛讀，而且發人深思，從而深化了詩的主題。他用比、興的手段創造出的典型形象顯得更飽滿、結實，更具有普遍意義。舉例言之，如《公無出門》：

天迷迷，地密密。熊虺食人魂，雪霜斷人骨。嗾犬狺狺相索索，舐掌偏宜佩蘭客。帝遣乘軒災自滅，玉星點劍黃金軛。我雖跨馬不得還，歷陽湖波大如山，毒虬相視振金環，狻猊猰貐；吐饞涎。鮑焦一世披草眠，顏回廿九鬢毛斑。顏回非血衰，鮑焦不違天。天畏遭銜嚙，所以致之然。分明猶懼公不信，公看呵壁書問天。

詩中以「天迷迷，地密密」這兩個節奏緊迫，音調渾沉的詩句起興，一下子搬出了熊虺，狂犬、毒虬、狻猊、猰貐、雪、霜等等毒蛇猛獸的凶惡形象和惡劣的自然環境來比喻中唐社會的黑暗、醜惡和凶險，令人毛骨悚然，不寒而慄。天是昏沉沉的天，緊緊地壓迫著大地，好像馬上就會倒塌下來；地上是密匝匝的，簡直沒有容身的地方。野獸、家畜一個個鼓瞪著眼睛，張牙舞爪要吃人，自然界的雪、霜也不斷地對人侵襲迫害。這種惡劣的環境正意味著當時的朝廷、宦官、藩鎮、酷吏所組成的封建統治階級對一切善良人們的殘害和打擊。這裡沒有一句是直說，卻給人以深刻的印象。詩人在現實生活中找不到出路，嚮往「帝遣乘軒災自滅」，把脫離苦難的希望寄託於天，反映了他認識的局限性。

比、興手法在《艾如張》這首詩裡運用得更巧妙，詩人是這樣寫的：

錦襜褕，繡襠襦，強飲啄，哺爾雛。隴東臥穟滿風雨，莫信籠媒隴西去。齊人織網如素空，張在野田平碧中。網絲漠漠無形影，誤爾觸之傷首紅。艾葉綠花誰剪刻？中藏禍機不可測。

本詩藉誘捕鳥雀的羅網比喻反動統治者暗設的害人圈套，警告人們不要受騙上當。詩人說：羽毛美麗的鳥兒呀，勉強過得去，可以養活你的幼鳥，就得過且過吧；隴東是滿天風雨，環境不好，但千萬不要上「籠媒」的當，被它騙到隴西去。所謂「籠媒」，是獵人把捕獲的鳥關在籠裡用來誘捕別的鳥。漠漠無形的透明絲網張在平原碧野，又以「籠媒」爲誘餌，再加上「艾葉綠花」的僞裝，很容易迷惑鳥雀，一不小心，誤入網羅，就會弄得頭破血流。這首詩完全用比喻的手法，以鳥喻人，警告善良的人們不要陷入陰謀家的羅網。同《公無出門》相比較，這首詩是從另一個側面反映中唐社會存在著一種不易覺察的殺人陷阱，其比喻方法也就用得隱晦曲折。

《李憑箜篌引》是一首描寫音樂的著名詩篇，它把比喻、誇張、幻想和神話故事的運用等藝術手段熔於一爐，從多方面來表現音樂美，達到了極高的藝術境界：

吳絲蜀桐張高秋，空山凝雲頹不流。江娥啼竹素女愁，李憑中國彈箜篌。昆山玉碎鳳凰叫，芙蓉泣露香蘭笑。十二門前融冷光，二十三絲動紫皇。女媧煉石補天處，石破天驚逗秋雨。夢入神山教神嫗，老魚跳波瘦蛟舞。吳質不眠倚桂樹，露腳斜飛濕寒兔。

樂師李憑高超的演奏技巧，在這首詩裡，表現得淋漓盡致。在長安的秋夜，李憑用吳絲蜀桐製作的精美的豎箜篌進行彈奏，他一開彈就收到了響遏行雲的效果。樂聲的悲涼氣氛使憂傷的湘妃淒然下淚，使彈瑟的神女暗然愁思。接著詩人用多種手法來描寫不斷變化的樂聲。崑山玉碎、鳳凰鳴叫，是形容樂聲的清脆激越，轉悲爲喜。其表現方法是以聲擬聲，用別的音響比喻樂聲的轉換。芙蓉泣，香蘭笑，形容樂聲的清幽，是以表情喻聲情，以視覺、嗅覺代替聽覺。樂聲給長安帶來溫暖，而且能感動天帝。詩人用了這些比喻和誇張的手法來表現李憑的演奏技巧，已經收到了很好的效果。然而就在瞬息之間，奇蹟出現了：「女媧煉石補天處，石破天驚逗秋雨」。由於樂曲突然變化，聲調猛然升高，詩人想像是女媧煉石補天的地方被震破了，引起秋雨大作。這比白居易的「銀瓶乍破水漿迸，鐵騎突出刀槍鳴」更爲奇特。樂聲的變化又由高轉低，縹緲幽忽，似夢一般的神秘，詩人彷彿在夢中看到神山上善彈箜篌的神嫗成夫人正在向李憑請教。樂聲的美妙動人，能使潛藏水府的老魚、瘦蛟動情，躍出水面跳波、起舞。樂聲使月宮裡的吳剛聽得入迷，倚著桂樹傾聽，竟忘了夜深，他身旁的玉兔也被秋夜的露水打濕了。

李賀的想像力豐富得驚人，他幾乎調動了天上地下一切可以表現音樂美的事物都來為描寫李憑的精湛的演奏技巧服務。他充分運用形象思維捕捉一系列可以稱得上美的典型形象，把有聲無形的音樂表現得淋漓盡致，給人一種多方面的強烈的美感。方扶南說：「白香山江上琵琶，韓退之穎師琴，李長吉李憑箜篌，皆摹寫聲音至文。」

杜甫有詩云：「庾信文章老更成。」他是說詩人愈老，其詩愈工。這是他自己的切身體驗。殊不知詩人早慧，在中國和外國都不乏這樣的例子。李賀只活了二十七歲，雪萊活了二十九歲，他們在種種困窘和難堪的情況下度著時日，他們短短的二十幾個春秋，卻「抵得太平天下的順民的一世紀的經歷。」（魯迅《且介亭雜文二集・葉紫作『豐收』序）有了對現實生活的深切感受和豐富經驗，又肯在形象思維方面下苦功，所以他們的詩歌眞正有「詩味」，能贏得不朽聲譽。

李賀不但善用比、興手法把不常見的優美新奇的事物搬到詩歌的畫面上來（如前所說的：秦王騎虎、銅人下淚、呼龍耕煙、石破天驚、芙蓉泣、香蘭笑等等），而且善用比、興手法賦予常見的事物以不常見的特徵，給人留下難忘的印象。如《羅浮山人與葛篇》：

依依宜織江雨空，雨中六月蘭臺風。博羅老仙時出洞，千歲石牀啼鬼工。毒蛇濃吁洞堂濕，江魚不食銜沙立。欲剪湘中一尺天，吳娥莫道吳刀澀。

唐代紡織工業發達，山東、河北的綾絹，蘇、杭的紵，廣州羅浮的葛布都是很著名的。李賀這首詩用多種比喻的方法來描寫葛布的精美，讚美羅浮山人織布技術的高超。詩中不直說葛布如何細密潔白，而用「江雨空」作比；不直說穿上葛布衣如何涼爽愜意，而用「蘭臺風」作比；不說羅浮山人手藝的高明，而用「啼鬼工」來烘託；不言盛夏之酷熱，而以蛇喘氣、魚不食來顯示。最後又把葛布比作倒映在湘水中的天光，催促吳娥趕快拿刀剪裁作衣裳，並從人們渴望得到葛布衣的心理狀態反襯出葛布的精美。詩的內容很簡單、但構思精巧，比喻新鮮，耐人尋味。

李賀的五、七言絕句，多以比、興手法抒寫自己的不得志，寓意深刻，情致淒婉，詩味雋永。他的《馬詩二十三首》全是五言絕句，每一首都有自己的特色。以馬擬人的辦法，由來已久，但如李賀這樣窮形極相地以馬喻人卻是空前的。

繆叔去匆匆，如今不豢龍。夜來霜壓棧，駿骨折西風。

——其九

不從桓公獵，何能伏虎威？一朝溝隴出，看取拂雲飛。

——其十五

伯樂向前看，旋毛在腹間。只今掊白草，何日驀青山？

——其十八

第九首用繆叔安養龍的故事，說明養龍的人如今不在，稱爲龍的良馬也就無人愛惜，在嚴霜壓棧的時候，竟折骨於西風之中。這裡，明寫馬，暗喻人，諷刺朝廷不用人才、摧殘人才，感情沉痛。第十五首用齊桓公乘馬出獵、降伏虎威的典故，比喻賢才得明主的重用；詩人希望一朝躍出「溝隴」，去施展「拂雲飛」的抱負。第十八首以伯樂善相馬的典故起興，表明詩人有千里馬的才能卻遭遇不幸，強烈遣責了腐敗的中唐統治者，抒發了要求改變現實的願望和「驀青山」的理想。詩中運用比、興的手法，自然貼切，生動具體。

在《南園十三首》的第一首裡，詩人寫道：

花枝草蔓眼中開，小白長紅越女腮。可憐日暮嫣香落，嫁與春風不用媒。

長長短短的花枝草蔓，有紅是白，嬌艷得像越女的面龐。可是，轉眼間，日暮花落，隨春風飄舞，無人過問。詩人惜花傷春，反映出積極用世的思想，吐露出自愛自惜的心情，同屈原的詩句「惟草木之零落兮，恐美人之遲暮」（《離騷》）在思想感情上是一致的。詩人也像屈原那樣，藉美人香草，寄託遙深，對後來的詩詞頗有影響。

李賀的《三月過行宮》也是一首很好的七絕詩，詩中比、興的運用也是十分明顯的。

渠水紅繁擁御牆，風嬌小葉學娥粧。垂簾幾度青春老，堪鎖千年白日長。

詩中以紅蓼花比宮女，以「小葉」比宮女的翠眉，十分形象。這些宮女一輩子鎖在深宮之中，寂寞地度過了青春，詩人表示對她們的深切同情。詩中除用比喻、象徵手法之外，濃麗的色彩也增強了詩情畫意，紅的、綠的、白的，互相輝映。然而聯繫詩的主題一想，這些絢麗的色彩都蒙上了一層凄涼的薄霧，顯得情致凄惻，色調悲涼。這既是表現宮女的不幸處境，也是詩人落漠困厄的自我寫照。

除上述幾例而外，其他如《猛虎行》、《白門前》、《五粒小松歌》、《昌谷北園新筍四首》等詩幾乎從頭到尾全部用的是比、興手法。比、興的巧妙運用，使李賀的詩歌高度形象化，富有濃郁的詩意。無論是自然現象還是社會現象，無論是有形的還是無形的事物，一經詩人的比附、點染，就以新奇的姿態呈現在讀者面前。寫敵軍圍城的嚴重情勢，他說：「黑雲壓城城欲摧。」寫迂腐無用的儒生，他說：「尋章摘句老雕蟲。」寫閃閃發光的寶劍，他說：「先輩匣中三尺水。」寫葛布的精美，他說：「欲剪湘中一尺天。」寫秋天的紅花，他說：「冷紅泣露嬌啼色。」寫荒溝死水，他說：「荒溝古水光如刀。」寫端州硯工技藝的高超，他說：「端州石工巧如神，踏天磨刀割紫雲。」寫天上的銀河，他說：「天河夜轉漂回星，銀浦流雲學水聲。」寫天上的彩霞，他說：「石榴花發滿溪津，溪女洗花染白雲。」寫樂師李憑彈琴的非凡技巧，他說：「昆山玉碎鳳凰叫，芙蓉泣露香蘭笑。」寫宮廷裡香煙繚繞、宮花飛舞，他說：「飛香走紅滿天春，花龍盤盤上紫雲。」寫黃昏江上的雲霧，他說：「江中綠霧起涼波，天上疊巘紅嵯峨。」寫暮春景色，他說：「況是青春白日暮，桃花亂落如紅雨。」寫自身的淪落和憤慨，他說：「衣如飛鶉馬如狗，臨岐擊劍生銅吼。」寫自己對進步理想的執著，他說：「我有迷魂招不得，雄雞一聲天下白。」寫貴族豪奴的揮金如土，他說：「開門爛用水衡錢，卷起黃河向身瀉。」寫宗臣去國的悲哀，他說：「衰蘭送客咸陽道，天若有情天亦老。」寫帝王求仙的虛妄，他說：「劉徹茂陵多滯骨，嬴政梓棺費鮑魚。」僅略舉以上十幾例，已使人感到琳琅滿目了。

杜牧在《李長吉歌詩》序中，對李賀的詩歌在藝術上的成就給予很高的評價：

雲煙綿聯，不足爲其態也；水之迢迢，不足爲其情也；春之盎盎，不足爲其和也；秋之明潔，不足爲其格也；風檣陣馬，不足爲其勇也；瓦棺篆鼎，不足爲其古也；時花美女，不足爲其色也；荒國陊殿，梗莽邱壠，不足爲其怨恨悲秋也；鯨吸鰲擲，牛鬼蛇神，不足爲其虛荒誕幻也！

詩人論詩，以一系列的比喻對李賀的詩歌進行了熱情的讚頌，寄託了杜牧的一片深情。

(三)清新自然與奇麗冷僻的不同風格

李賀的詩歌在格調上大體可分爲兩種：一類是清新自然，一類是奇麗冷僻。這種截然不同的兩種風格卻統一在一人的作品裡並不奇怪，這同李賀的身世、遭遇有極大的關係。王思任《昌谷詩解序》中「時而蛩吟，時而鸜鵒語，時而作霜鶴唳。時而花肉媚眉，時而冰車鐵馬。」當詩人憤發進取、慷慨述懷時，往往直抒胸臆，脫口而出：

大漠沙如雪，燕山月似鈎。何當金絡腦，快走踏清秋。

——《馬詩》之五

唐劍斬隋公，拳毛屬太宗。莫嫌金甲重，且去捉飄風。

——《馬詩》之十六

這些詩裡，詩人對自己的前途、理想抱著很大的希望，對未來充滿了信心，相信自己會得到重用，才能得到施展，往往直抒胸臆，痛快淋漓，富於青年人的朝氣。有時詩人爲了衝破黑暗的現實，掙脫痛苦的環境，他由憤怒、抗議轉爲對光明理想的追求，也常常脫口而出，不加雕飾，寫出清新自然的詩句：

男兒屈窮心不窮，枯榮不等嗔天公！寒風又變爲春柳，條條看即煙濛濛。

有些詠物寫景的詩，也極爲清新優美、自然有致：

春水初生乳燕飛，黃蜂小尾撲花歸。窗含遠色通書幌，魚擁香鈎近石磯。

短短四句詩，容量可不小，有代表性的春日景物都寫到了。春光明媚，景色宜人，充滿了詩情畫意。小尾黃蜂撲花採蜜的神態和魚擁香鈎時水清見底、白石離離的情景，一一呈現在讀者眼前。若不是詩人觀察事物細致，怎能寫得如此幽靜、自然。

可是在另一種情況下，李賀「以其哀激之思，變爲晦澀之調。」因爲詩人長期鬱鬱不得志，功名的道路被阻塞，所以他的一部分詩篇充滿了悲憤的感情，顯出奇麗冷僻的格調。如《傷心行》：

咽咽學楚吟，病骨傷幽素。秋姿白髮生，木葉啼風雨。燈青蘭膏歇，落照飛蛾舞。古壁生凝塵，羈魂夢中語。

在《蘇小小墓》中，詩人將《楚辭．山鬼》的意境與南齊時代名妓蘇小小的傳說結合起來創造了一個荒誕迷離、艷麗凄清的世界：

幽蘭露，如啼眼。無物結同心，煙花不堪剪。草如茵，松如蓋，風爲裳，水爲珮。油壁車，夕相待。冷翠燭，勞光彩。西陵下，風吹雨。

蘇小小不知死了幾百年了，可是在詩人的想像中卻栩栩如生。她的幽靈像生前一樣美麗而憂傷，在草如茵、松如蓋的墓塋往來飄忽，水和風成了她的環珮，任雨打風吹，息滅不了愛情的火焰。詩人描繪蘇小小的憂傷形象，可以說是「感慨繫之」，是他自己的寂寞感傷的心理的曲折體現。

在《感諷五首》的第三首詩裡，詩人寫南山的夜景一片淒清：「月午樹立影，一山惟白曉，漆炬迎新人，幽壙螢擾擾。」在《南山田中行》裡，刻意描繪秋野慘淡的景色：「石脈水流泉滴沙，鬼燈如漆點松花。」這已經遠離現實世界，接近墳墓和死亡，值得我們警惕的。

前人論李賀的詩，講他「喜用鬼字、泣字、死字、血字。」「牛鬼蛇神太甚」。又說「太白仙才，長吉鬼才。」李賀有少數詩篇描寫陰森恐怖的境界，是消極的，有害的，但畢竟不是主流，如果強調太過，又是捨本逐末了。

(四)優美形象的語言

詩，是語言的藝術，而且是最精粹的語言藝術，它要求語言高度形象化。劉勰在《文心雕龍·物色篇》裡對《詩經》語言的形象性和準確性作了高度的評價：

灼灼狀桃花之鮮，依依盡楊柳之貌，杲杲爲日出之容，瀌瀌擬雨雪之狀，喈喈逐黃鳥之聲，喓喓學草蟲之韻；皎日嘒星，一言窮理，參差沃若，兩字窮形；並以少總多，情貌無遺矣。雖覆思經千載，將何易奪。

李賀繼承了《詩經》以來古代詩歌在修辭煉字方面的優良傳統，別出心裁地創造出許多新鮮奇麗的詞語，令人矚目駭聽。比如：

魚曰「老魚」，蛟曰「瘦蛟」，螢曰「濕螢」，月曰「隙月」，沙曰「玉沙」，葉曰「膩葉」，霧曰「暖霧」，蘭曰「衰蘭」，花曰「冷花」，風曰「酸風」，血曰「神血」，骨曰「恨骨」，臉曰「露臉」，啼曰「嬌啼」，眼曰「啼眼」，春曰「酣春」，翠曰「冷翠」，紅曰「冷紅」，露曰「泣露」，燈曰「衰燈」等等。

李賀還善於在詩歌中運用相應的詞彙去代替某一事物的稱呼，突出該事物的特性。比如：淚眼稱「魚目」，晚霞叫「晚紫」，「花光」代春天，「涼節」代秋天，酒名「琥珀」，劍號「玉龍」，霜曰「露花」，月喚「玉輪」，九月風叫「鯉魚風」等等。

這種積極的修辭手法，使語言高度形象化，避免平淡輕滑，增強了表現力。李維楨《昌谷詩解序》說李賀詩歌「隻字片語，必新必奇，若古人所未經道，而實皆有據案，有原委，」陸游說：「賀詞如百家錦衲、五色炫耀，光奪眼目。」這些評論是確切的。

「日夕著書罷，驚霜落素絲，」（《詠懷》）李賀在詩的語言技巧上付出了艱辛的勞動，開拓了新天地，這種大膽創造的精神是値得我們借鑒的，但另一方面，詩人爲了刻意求新務奇，有時也適得奇反，奇怪的詞藻、過多的典故，把詩的意思弄得支離破碎，叫人看不懂，甚至產生曲解，誤解，這就成了他的嚴重的缺點。

㈤關於李賀的樂府詩

李賀除有很少幾首五言律外，七言律他一首也不寫，律詩包括五律、七律和排律，都是唐代創定的新體詩，有嚴格的格律，講求押韻、平仄、對仗、黏對、拗救。李賀才思橫溢，不願受嚴格的格律約束，他以楚辭、漢魏樂府民歌爲師，繼承李白詩的自由豪放和杜甫詩的「語不驚人死不休」的藝術傳統，寫了大量的樂府詩：三、四、五、七言詩及雜言詩。李賀的詩歌被前人稱爲「歌詩」，他的詩集被定名爲《李賀歌詩編》或《李長吉歌詩》，都說明它同樂府詩的密切關係。

李賀幼年時即以長短歌詩名動京師，他不僅繼承了古樂府的優良傳統，而且吸收了唐代新樂府的豐富營養，「感於哀樂，緣事而發」，無論是直接以時事入詩反映中唐現實社會生活或是藉歷史題材以古喻今，都具有強烈的現實主義精神，都能「深刺當世之弊，切中當世之隱。」李賀的樂府詩，一部分沿用古樂府舊題，如《雁門太守行》、《公莫舞歌》、《猛虎行》、《艾如張》、《拂舞歌辭》、《摩多樓子》等篇；一部分是詩人自創新題，如《秦王飲酒》、《長歌續短歌》、《公無出門》、《老夫采玉歌》、《李憑箜篌引》、《榮華樂》、《秦宮詩》、《黃家洞》、《呂將軍歌》等等。

古樂府詩，音樂性是很強的，都經過音樂機關（樂府）配曲，能歌唱，漢代人把他們在樂府所唱的詩叫做「歌詩」，沒有配樂的叫做「徒詩」。李賀通曉音律，他的詩歌之所以能稱爲「歌詩」，就是因爲音樂性強，他的「樂府數十篇，云韶諸工皆合之弦管。」（《舊唐書》）據記載：「李賀樂府數十首，流播管弦……每一篇出，樂人輒以重賂購之。」（《談薈》）「其樂府數十篇，至於云韶樂工，無不諷誦，補太常寺協律郎。（《舊唐書》）

李賀由於通曉音律，所以他的詩十分注意音響效果，增強聽覺上的美感。舉例言之：《秦王飲酒》起頭二句是一韻，押仄韻，以一種險峻不平的聲調表現出秦王叱咤　風雲的氣概：「秦王騎虎遊八極，劍光照空天自碧」。秦王很快統一了天下，詩的聲調馬上一轉，由險峻忽然轉入平和：「羲和敲日玻璃聲，劫灰飛盡古今平。」接下去一韻到底，如繁弦急鼓，一氣貫通，既顯示了秦王的威武，又能增加聽覺上的美感。

《李憑箜篌引》十四句詩，用了四個韻，隨著樂聲的強弱高低，感情上的忽悲忽喜，聲調也就不斷地發生變換，轉韻極其自然。《白門前》抒發了詩人在平叛戰爭取得勝利之後喜悅的心情，這種三言詩很像兒歌，緊湊有力，整齊響亮。

除了樂府詩之外，李賀也寫過少量的五言律詩，質量也是相當高的。如《示弟》寫得明白如話，感情沉痛，從頭到尾全是工整的對仗，從格律上講，是標準的五言律詩。又如《七夕》在格律上也是十分嚴謹的：

別浦今朝暗，羅帷午夜愁。鵲辭穿線月，花入曝衣樓。天上分金鏡，人間望玉鉤。錢塘蘇小小，更值一年秋。

詩的前六句寫淑景芳時，離情別緒；末二句藉蘇小小以自慨，心驚遲暮，佳人不偶。詩人效法屈原的《離騷》，以對愛情的熱烈追求比喻對理想的追求，以失戀的痛苦比喻理想難以實現，這樣寫，增強了詩的美感。

李賀的七言絕句，如前所舉《昌谷北園新筍四首》、《南園十三首》，五言絕句《馬詩二十三首》等，無論從思想上或技巧上看都是很成熟的，影響也是深遠的。

由於詩人活動範圍狹小，又不幸早逝，他的詩歌在反映社會現實方面不能不受到很大的限制，有些重大的社會問題並沒有涉及到。由於詩人遭遇的不幸，階級地位的限制，使他耽於幻想，在幻想中討生活，也就缺少豐富的社會實踐；有一部分詩歌沒有現實的生活土壤作基礎，是詩人嘔心瀝血雕琢出來的，僅有一些奇麗的詩句，沒有完整的形象和連貫的思想脈絡，不能成爲佳構。

十五 餘論

屈原是中國最偉大的詩人，是傑出的宗教家兼偉大的文學家，屈原的詩歌如此超凡脫俗，如此神妙無比，是宗教意識、宗教情緒干預文學創作的結果。屈原的宗教意識有其家學淵源，更與他的巫官職任分不開，如果沒有宗教職業的實踐，他的詩歌不會奇妙到別人不可企及的高度。宗教對文學的作用及影響是不能低估的，李白如果不學道，寫不出《廬山謠》、《夢遊天姥吟》；李賀如果不讀《楞伽經》，他的詩不會有虛荒誕幻的意境；李商隱如果不在玉陽山隱居學道，不找女道士戀愛，哪會有「一春夢雨常飄瓦，盡日靈風不滿旗」和「檢與神方教駐景，收將鳳紙寫相思」這樣撲朔迷離、神奇美麗的詩句？他們都是屈原的苗裔，但同屈原相比，可謂「小巫見大巫」。

假使當初王叔師、朱老夫子能從宗教神話學的角度闡釋楚辭，總比「依經立義」及轉述「興、比、賦」那一套舊聞要強得多；如果把楚辭當作偉大的藝術來研究，也比當作忠臣教科書要好得多。諸老先生的說教，如果在當時能起到一定作用，那麼在今天，這種作用就微乎其微矣！蠢人愚弄聰明人的時代，畢竟一去不復返了。眞正能領會騷人之旨的卻是另一幫人，「枚賈追風以入麗，馬揚沿波而得奇。」自是之後，學習屈騷而大受其益的詩人、作家該有多少！令人指不勝屈。大家都競效其奇麗之風，想當忠臣的卻少見。一直到清代，談狐說鬼的蒲留仙也想挨近屈原大夫，不然何以稱誦「披蘿帶荔，三閭氏感而爲騷；牛鬼蛇神，長爪郎吟而成癖」？泰山遍雨，河潤千里。屈原和楚辭對中國的文學和藝術的沾溉之功，是任何作家作品難與匹敵的。我們在研究屈原與楚辭的同時，對那些深受屈原影響的詩人、作家也應該認眞地加以研究，上下而察之，旁行而觀之，比較而言之，我們就能看到在屈原的高高飄揚的雲旗後面的千百成群的浩浩蕩蕩的隊伍，看到橫無際涯、氣象萬千的終古不息的長河。還有很多以屈原的作品爲題材的繪畫、書法等藝術，如李公麟、蕭雲從、門應兆和文徵明等人的丹青妙筆，難道就不值得珍視和研究嗎？

一道神光照古今，屈原永遠活在我們心中。

論宗教

（蘇）約瑟夫・阿羅諾維奇・柯磊維列夫
鄭在瀛　譯　周明琛校西元一九七八年

論宗教之起源

宗教之起，由來尚矣！非經數十萬年之積漸，千百代人之歲月，則難以發生。又因人類所居地域之差異，物質與精神生活水準之高或低，使這一發生發展過程十分複雜，所以宗教發生之確切時間，是無法說清楚的。

美國人E.O.James的《史前宗教》和荷蘭人C.H.R.von Kocnigswald的《史前之獻祭》都這樣說：宗教在中國猿人那裡已經發生。此話是毫無根據的。據稱：發掘出的中國猿人頭蓋骨帶有傷痕，可能是腦髓被吃掉。而且骨頭也被擊碎，以便吮吸骨髓，足見中國猿人是食人的。同時在他們的住地發現大量遺骸，證明他們擅長狩獵。我們不禁要問：爲什麼他們還吃人？可見他們吃人並非爲覓食之故，而是一種法術，一種宗教儀式。他們吮吸親人或仇人的腦髓，是為了獲得那人身上的力量。令人費解的是，為什麼排斥了另一種可能性，即是中國猿人雖然以狩獵為生，但在非常情況下也會用死人來加餐。事實上，那種認為在舊石器時代末期就產生宗教的說法，純屬無稽之談。

尼安德特人（Neandert（h）al）的喪葬制度是否與宗教有關，姑且不論。但在他們的意識中已有超自然觀念的萌芽，這是顯而易見的。可以這樣認為：舊石器時代中期已經出現了模糊的原始宗教意識，在晚期就正式形成了一定的宗教信仰和與之相關的法術儀式，到了奧瑞納——稜魯特文化時期，就能有把握斷定宗教意識的存在，克羅馬農人已經有了宗教。考古學及人種學的資料已對此作出答卷。

人類只有發展到一定階段才有可能產生宗教意識。不可認為人類社會在技術、經濟和智力等領域裡越是進步，而產生的錯誤越少。事實上，社會愈進步，人的理性思考所提出的問題愈趨複雜，而產生的錯誤也就愈是高明。宗教誤區的出現，要以一定的認識論基礎為前提，而認識論基礎只有當人類歷史和人類智慧發展到某一階段時才可能出現。

研討宗教產生的年代是毫無意義的，由於各地區的技術、經濟、文化發展不平衡，人們的經歷也各不相同，因此，試圖在某一支人群中去尋覓原始宗教的開端，同樣是毫無意義的。我們很難想像，原始宗教先在一支人群中發生，而後以獨特形式傳送到別的人群中去，從鄰邦部落那裡得到某些宗教思想、儀式，這是有可能的，大概也發生過這種情況。但宗教之產生，在所有人群中都有主客觀條件。這種條件是多麼重要，有了它，宗教信仰和宗教崇拜就能自然而然地出現。外部條件不過在一定程度上產生影響，對其形成起過某些作用而已。

由此可見，假定個別人物編造了宗教用以欺騙無所作爲的大衆的說法，純是一派胡言。因爲此種言論的謬誤還表現在以下方面：宗教之建立是由於個別人之眞誠的自我欺誑，而後又將此種自欺行爲欺騙他人。從來人的思想意識即爲社會的思想意識，法國社會學家杜爾克木倡言的，由列維——布柳爾闡述的關於集體意識的觀點，在馬克思主義者看來可謂一覽無餘，毫無新意。馬克思主義不僅於生產和生活中並且在思想意識領域裡都否認了「魯賓遜方式」，因爲思想從來是社會性的，是在人類的不斷交往過程中，在共同的生活中發生和形成的。

在初民的思想與行爲中，超自然的信仰尙未形成之前，還是自發的唯物主義者。在他們的思想與實踐中反映了客觀世界的規律性，此種規律性在平常生活中完全依賴於經驗，盲目地被發現，多次地試驗，從謬誤中取得教訓，這種方法具有決定性的作用。儘管此種辦法拙劣不堪，但日益增多的經驗能滿足繩繩相繼的人類之需要。隨著時光的流逝，日就月將也就成爲一種「原理」得以昭顯，並且成爲一定的體制條例相沿不改。

在人類之初，實踐活動與目的是一致的，既合乎邏輯，又合乎唯物主義觀點，此是顯而易見的事。學者們曾經指出，初民的生產工具精細，用場明確，他們打獵技術精強，觀察敏銳，判斷和推理都十分嚴密而合乎邏輯，這並非是列維——布柳爾所言先於邏輯之神秘性。初民的思想方法是從大量的實踐經驗中提煉出來的，這與社會發展過程中，人的思維之形成方式是一樣的。

當原始社會發展到某一階段時，人類在其行爲和思想上，除了衆所周知的依照客觀世界的眞實規律活動之外，還出現了一種超自然、超現實的幻想活動。宗教活動的實踐與現實生活的實踐並存不悖而相互影響，但從未混爲一體或取而代之。同時人的思想意識也就具有兩重性。到後來，這種兩重性的狀況愈演愈奇妙。因爲宗教意識這一虛幻圖景愈來愈多樣化、複雜化，而五彩繽紛。

「反自然派」二元論其所以必定產生，其原因何在？原因有兩個方面：其一是社會存在，其二是社會意識。二者密切相關，只有在理論上才能區分開來。大家知道，恩格斯和列寧曾經說過，初民的社會存在條件必然產生宗教，恩格斯並且說到「只有否定性的經濟基礎」。列寧曾說過，初民無力戰勝大自然，這就成爲宗教信仰產生的原因。他們的經典著作指出了事情的本質。我們應當依據所掌握的原始社會中人的社會存在和社會意識的材料，來證明他們的指示的豐富內容。

不能把初民無力戰勝大自然的問題推到極端。如果是那樣，人類就無法在地球上生存與發展，列寧曾說過：「生存的困難，同自然作鬥爭的困難，便初民受到嚴重壓抑。」可是不能因此而作出這樣的結論，困難使初民的生活能力完全喪失。如果是那樣，初民在與大自然的搏鬥中就會節節敗退，最終導致人類之滅絕。所謂在自然界面前顯示出人類的某種無能，只是比較而言之，事實上自然界本身就賦予人以潛在的能量，賦予人以逐步駕馭自然界的美好前程。雖然如是，但一切初民在大自然面前顯得軟弱無力卻是一個事實，初民的思想意識受到壓制，因而產生宗教之疑霧。

人們不禁要問：如果認爲自然界的力量從來就壓制人類，那麼爲何不在厥初生民之時就產生宗教呢？提出這一問題的本身就包蘊了重大意義，並且這一說法甚至往往被維護宗教者利用來解釋宗教之緣起。直立行走的猿人比克羅馬隆人在自然界面前要怯弱得多，而他們並無宗教，比人類更早出生的高級動物，在大自然面前是無能爲力，可是在他們那裡也不發生宗教。

須知此種無能爲力之狀是被人所覺悟、所意識才出現的。如果不從這一點出發，則無從探知宗教發生之根由了。任何動物在無路可走、困窘之極時，都會有疲憊不堪的感覺，但此種感覺並不能產生如宗教一類的觀念形態。而宗教觀念的產生，要依賴人類不斷地感受到對外界的無能爲力，對現狀的厭倦，對福祚毫無希望等種種感受。人類的如許種種心態，只有當人類發展到一定階段時才能發生。只有當人類感覺到無法實現自己的某些願望，才會導致神經上、思想上的緊張，才會感到在現實中的失落，感到一切的實際努力皆徒勞無益而在思想上不受外界的任何約束而想入非非，進而發生宗教怪影。因此，所謂「無能爲力」，即是說深感所願所求的東西而不可企及。馬克思曾經由上述意義而指出拜物教徒的野蠻慾望，慾望的發生在於人類不滿意自身的處境，對現實中無法實現的幸福圖景的迫切追求。直立猿人根本沒有此種想法，感覺不到現實境況的令人不滿，除了實際生活之外，毫無想像的可能。而人類當發展到一定階段時，就產生不滿，就產生宗教幻想。起決定作用的，仍是人類思想意識在發展過程中固有的一些特點。

宗教思想之發生，以認識上的或者說是心理上的條件爲前提，在於人的想像能夠脫離事實，而形成印象或概念。人類的思想意識還只能反映出單一的表象時，思想附著於被感知的事物本身，而不能產生幻想的形式。人的思想從感性發展到理性思維，乃是本質的飛躍。但由於這一過程中的「廢料」（列寧語），就能使幻想脫離實際。人的想像力是技術、經濟和智力進步的必要條件，但也有其消極面。即是說在人的思想上不僅有想像，而且有臆測成分。幻想固屬想像之範疇，而臆測則在存在與意識之間的一種消極因素的作用下產生幻覺，使人相信幻覺有過於事實和邏輯，把不可能的事情當成可能，在邏輯上造成荒謬絕倫。當然，想像的積極作用比消極作用大得無可比擬，可是消極作用畢竟是客觀事實，探討宗教之發生，必當重視這一問題。

初民的想像是由於對某一事物的特殊的感覺、極端的感受造成的。這種極端的感受，意味著完全信任自己個別的感覺和印象，而不要任何生活實踐加以驗證，也不能在是與非的判斷中予以合理的分辨。在初民思想上占主導地位的，是極端感覺所得到的眞實。因此，初民把自己的感受、印象連同幻覺、夢境等等一切都認爲是眞實事件。因此，想像不僅來源於客觀眞實，同時也來源於荒謬的感覺和印象，抽象的能力因想像的發展而逐步提高，不僅對客觀事實而且對幻想和願望都要加以利用。初民的思想意識憑藉抽象脫離現實，而製造不被感觀直接接觸的現象和觀念。於總體中抽象出事實與現象的特殊狀態，就能形成這一觀念。這與從邏輯思維的抽象是不同的，這不是什麼從客觀事實中提取的概念，而是一種人爲的表象。

把自然力人格化，這是人類思想發展中所具有的特點。在統系秩然的邏輯思維中，人格化是有一定範圍的，而其約定俗成的性質也被大家所承認。而在初民意識中，將自然力人格化的情況是漫無邊際的，各種形象和觀念顯示了各種事物的特殊性質。初民將各種遇見的事物隨心所欲地與自身比譬，這就是所謂擬人化。在這方面，應當對人類的情慾觀念更加關注和重視。當人類尚未按照自己的肖貌幻畫神靈之前，就能設想出超自然的客體各具不同的外貌，並且把自己的感受、感覺和情性乃至行爲都加在它們身上。

人所共知，人們對某種客觀事物瞭解的情況越少，就越是喜歡採取類比法來解釋和想像這一事物，即是拿他瞭解得比較多的其他事物作爲比方。採取類比法作爲判斷，在邏輯上是可行的，在多數情況下也能導出可信的結果。但是在初民思想上會引向錯誤和荒謬，因爲不是按照思維規律進行的。而是自發地進行的，宗教之發生正是這樣。

初民缺乏對日常習見的各種事物和現象的必要知識，往往採取類比法加以解說。嚴重的問題在於初民對各種現象的無知，因而可以用來類比的材料也非常有限。只有一個地方，他們知道得很多，那就是他們自己的內心世界。初民長期不能把自己與自然環境分別開來，至於他們能以某種尺度來衡量自己與客觀世界，則是經過悠悠歲月以後的事情。不能將自身與自然界區別開來，就等於不能把自然界與自身區別開來。初民不是依照自然界的有關知識來說明自身，因爲他們缺乏這些知識，相反地，他們依照瞭解自己的知識去說明自然界。初民需不需要瞭解自然界的知識呢？求知的慾望是否在其行爲和思想上起到重大作用呢？實驗主義對原始社會的史料研究證明：初民之所以陷入宗教迷妄，原因就在於迫切地需要滿足自己的求知慾望。另一種意見認爲初民之所以如此，也許是出自本能，不加考慮，意料之外的所得。以上兩種看法都不正確，必須棄之不顧。

任何一種動物對於新情況會作出反應，這就是巴甫洛夫稱之爲朝向反射。這在人類所處的階段上，具有更爲複雜、更爲豐富的心態，可以用求知慾望來揭示它，但是我們不同意那種「愛好參究哲理」的觀點。在社會發展的初期階段，人類爲何有求知慾望。這不是哲學上的問題，不是數千年來思想家們所喋喋不休的問題，而是人類自身存在的一種需要。人類具有求知慾望，首先在於生存鬥爭中如何應付環境，免於災禍。在解決這一問題過程中，既產生了務求實際的解決方法，同時又產生了虛幻的謬想。由此看來，初民按自身的情況推知客觀事物，並非爲了正確解釋自然現象的本質，而是爲了在其生活環境中把握方向。這不單指地域，同時也指其功用。

初民也關心與自身生活並無多大關係的自然現象，可是使他們產生求知慾望的，主要是破壞其日常生活的特殊現象。這使我們不禁要問：「這是怎麼回事？」「是從哪兒來的？」「爲什麼？」

因爲要對各種不懂的問題刨根問底、明白究竟，於是出現了解釋性的假說。故有人認爲宗教即從神話演變而來。但我們不同意這種主張，當然也要看到自發產生的神話對宗教的發生曾起到一定的作用。這種神話不僅是謬想，同時正如宗教一樣的虛幻。之所以釀成此種情形，究其原因在於初民的思維活動具有易於產生感情衝動的特點。

必須排除一種錯誤的說法，即是人類的神經興奮與文明的發展同步提高。不能設想初民在神經上和心理上是穩定的。人種學家證明，早期的人類比後期人類要神經過敏得多。因爲生活境遇的極度艱難，加之各種始料不及的危險和災禍從各方面襲來，可想而知，初民在神經系統上是經常蒙受創傷。我們必須承認這樣一個事實：在人類初期，神經病患者、喜怒無常者比較人類社會發展以後的狀況要嚴重得多。這個問題，人種學也提供了大量的旁證材料，總而言之，初民的感情波動幅度很大，完全是由於缺乏邏輯思維而愈演愈烈。當邏輯思維發展到高級階段時，感情在理性的控引下才變得平和起來。

當初民所用的比喻符合人們的迫切希望或是從另一方面觸及人的思想情感，如引起慌亂、恐懼或是使人處於極度緊張狀態，那麼即使此種比喻是胡說八道，也能被當作眞實的事情而爲衆人所接受並銘記心間。

在初民思想意識上，宗教的怪影產生了消極作用。如：驚恐萬狀，心理滯悶，渾身乏力，乃至陷入絕望。於是安慰就成爲人的必需品了。人的主觀意識告訴他：任何事情到了頭上仍然是有解決辦法的，當人們的思想意識發展到一定階段時，想像能夠造成一定虛幻觀念，那麼這樣的想像就能給人以慰藉之需要。生活實踐與理性思維，對於虛幻的觀念，若在別的場合必將大肆攻擊，而在慰藉之需要面前卻默認了，人類的需要、願望、不可企及的非非之想，都保護了虛幻的觀念，因爲唯此才可擺脫困境，起碼可以使人減少心理上的痛苦。宗教之荒謬，並不爲邏輯與實踐所戰勝，正因爲蒙受壓迫和恐懼的人們急需以宗教來安慰自己並把它當作眞理來信奉。

另外，積極的思想情感對宗教觀念的發生也起到一定的作用。比如人們在日常獲得某種成績而歡欣鼓舞，乃至在想像中取得勝利而滿懷喜悅之情，使自身得到滿足和快樂，凡此都要得到表達和宣洩，在人們的交往、歌舞中，在如同澳大利亞克羅博利人的節日喜慶中表現出來，還有一種宣洩情感的方式，即是同幻想的事物交往，而這些事物本身就是臆想出來的。宗教是在需要和可能的條件下發生，人類由於生活環境的艱苦，由於神經的緊張，理性思考受到摧折，而需要尋求慰藉，這就產生宗教幻想。宗教之發生以及宗教儀式的出現，還因爲人的思想意識發展到了一定的水準，因而想像能造出虛幻的宗教觀念。

或以爲宗教之起，是因爲人類最初就出現了特殊的形象、觀念和信仰，接著需要依據這些信仰開展宗教活動，制定宗教儀式。這種想法實在太無知了。人類的思想與行動是密切相關的，在其發展的任何階段上都是密切配合的。在初民的社會中更是如此。思想、觀念的產生，同人類的物質生活狀況密不可分的。萌芽的思想意識，就見之於行動，行動又能促進思想意識的發展，如此逐漸複雜化並且定型化。信仰和儀式就是如此同時進行，互相配合，互相裨益的。請記住：儀式之所以富有宗教特色，是因爲儀式本身就是表現超自然的觀念，並與此觀念緊密相連在一起。所以在研究原始宗教的性質及表現形式時，先必須弄清楚哪些信仰是開始就有的，並且見於哪些儀式活動，而哪些信仰和儀式是在發展中後來才出現的。生活在不同地區的人們所處環境各不相同，而宗教發生發展的過程卻具有某種共同規律，在很大程度上決定各種不同部族的宗教信仰和儀式的共同性。這些共同性表現在哪些方面呢？即是說：首先是社會條件和地理環境條件相同或相似；其次是原始思維的某些特性是人類初期階段所共有。說到第二個問題，我們還將言及原始思維的特點對早期宗教信仰有過直接的影響。第一個重要特點是直觀和具體性，這一點無論是過去和現在都在野蠻民族的語言中表現得最爲明顯不過了。與先進的民族語言相比，表達普通名詞的很少，而表達個別的、意義非常狹小的局部現象的語詞卻很多。可見原始宗教必定是具體而直觀的。第二個重要特點是原始思維的內容材料是初民在其生活環境中所熟知的，幾乎就是他們日常生活中的事物和現象。所以說宗教起初是與初民的生活環境是密不可分的。

從上述情況看，如果將原始宗教說成是一種抽象而複雜的觀念，並且認爲這種觀念的基礎在於信仰那些遙遠的、不可名狀的虛無的東西，那是一種無稽之談。英國十九世紀後期的人種學家、傳教士科特林頓，在美拉尼西亞人那裡觀察到他們信奉「馬那」——一種非人格之力量，很多學者在別的民族部落那裡也觀察到了這種信仰。此後，這一概念被廣泛使用。這樣一來，信仰廣爲流布的非人格力量，被當作最原始的宗教信仰，而成爲一種理論出現了。我們認爲這種理論是荒謬的。

我們斷言，初民樸實而具體的思維方式，不可能理解非人格力量這種抽象的觀念。只有經濟文化發展水準較高的民族，才會發生這種信仰。蘇聯學者莎列夫斯卡婭依據衆多人物的意見指出「馬那」這一概念，不僅是名詞，同時也是形容詞和動詞，含義即是「超自然物」。凡是採用抽象術語的民族，其發展狀況與所要表述的那種觀念旗鼓相當。

將「馬那」的信仰看成是原始宗教形式，這是同神學人種論中的原始一神論唱著一個調子，因爲原始一神論也認爲初民能夠設想這一抽象而崇高的理念。原始一神論認爲，人是從神那兒接受理念，因此，懷疑人能否掌握這個理念的問題是毫無道理的，因爲神的力量是無所不達的。這個理論顯然荒謬，到今天即使是原來的擁護者也對它棄之不顧了。

從文獻資料中還有一種與泛神論相通的觀點，認爲人類的思想從來就把萬物看成栩栩如生的活物。同意此一觀點的學者，其不同之點在於：泛神論在原始信仰中當置於何種地位。施特恩堡說泛神論係原始信仰之最初形式。而蘇可夫把泛神論排除在宗教範疇之外，而只將在泛神論之後出現的萬物有靈論列入宗教範疇。我們認爲泛神論的意義有限，人類並未把萬物看成眞正的活物，因爲人與萬物並不直接發生關係，而是通過一定的方式跟那些與自己生活相關的事物發生關係，朦朧地把這些事物和現象看成是栩栩如生的活物，這就造成神秘觀念，從而爲宗教之發生提供了心理上的條件。如果我們考慮到宗教信仰的原始形式中的思維特點，因而把這種原始形式看成是拜物教，這是可以接受的。

從文獻資料上看，這一概念的內容極豐富，拜物教有時是指對無生命的事物和動植物的宗教崇拜，有時將太陽及其他天體乃至種種可怕的自然現象奉若神明。若依廣義的解釋，拜物教同一切宗教沒有差別，失去了自己的特性。而我們這裡是從狹義上來解釋它。

在發達的宗教體系中，拜物教與各種宗教現象連在一起，而比較早期宗教要複雜得多。比如，崇奉聖像、乾屍，遺物，都是以拜物教的觀點對待之。必須看到，所謂拜物教只是複雜而龐大的宗教體系中的一個組成部分，只有通過科學的分析才能區別開來。在這一類的崇拜中，除了上述拜物教外，還有多種鬼神的崇拜，死人崇拜，圖騰崇拜等，而原始拜物教是其基礎。

從原始形式上看，拜物教與萬物有靈論，或是其他更爲複雜的觀念和信仰，都沒有關係。要知道，用神化、崇奉一類的概念來解釋拜物教，都是不恰當的。在原始拜物教中，除了感知的自然屬性之外，還將感知所不及的屬性也加在崇拜對象身上。這些屬性被認爲是崇拜對象所具有，這種設想不是經過推理認知的，而是憑想像得出的。正如馬克思所言，事物在人的想像中既可感知而又超越感知。人對於物，常處於懼怕狀況。但這還沒有把物神化，甚至也談不上崇拜。將所崇拜的對象奉若神明，爲它頂禮膜拜，這只有在宗教觀念日益發展並且逐漸複雜化之後才能產生。

拜物教的最初階段還沒有很多類似人的情感的東西，也沒有二重性。因爲沒有把人的複雜感受和體驗加之於崇拜對象，也沒有認爲崇拜對象除了有形的自身之外，還有無形的幽靈。這些複雜情況是後來才具有的。只有當人對於崇拜物從周圍環境中抽拔出來另眼相看時，這些崇拜物才具有人爲的神性。

人對於崇拜對象別具目光的情形是否就是宗教現象呢？可是在這裡究竟沒有定型的宗教信仰，也沒有一套宗教儀式。但是，已經開啓了超自然的宗教現象的大門。原始拜物教徒認爲，某些對象身上具有與普通事物不同的可以被感知的屬性。足見他給予了這些對象以超自然的屬性，這就表明了宗教的萌芽。

以拜物教的觀念來看待某些對象，於是在人的行爲上出現了一些作法，進一步發展成爲宗教法術儀式。人有時佩帶崇拜物作爲避邪驅災的符籙，有時用崇拜物醫治疾病，有時又拿崇拜物去「殺害」自己的仇敵。這一切不過是宗教儀式的初期階段。拜物教由信仰演變成法術活動。拜物教之於對象，不僅表現在意識上，同時表現在行動上，理論與實踐是同步前進的。

宗教發展的初期階段，只有那些與人關係密切的周圍事物才能成爲崇拜物，在打獵中所使用的那些效果極好的工具，在人的想像中也有著超自然的神性。比如，人在非常飢餓的情況下，忽然得到果實充飢，則認爲這棵樹具有神性。又如，人遇到猛獸襲來，忽見洞穴可以容身，則洞穴也成爲崇拜物。只有當這些崇拜物比較明顯地表現爲某種靈驗並在人們的頭腦中形成比較系統的觀念時，它才能成爲拜物教的來源。這只要有點想像能力就會明白的。

崇拜對象的秘密，慢慢地被揭開：原來不能活動的東西卻有著人的感情和思想。它之所以有害於人或造福於人，是因爲它發怒或是開恩。拜物教徒往往是依照自己的心裡狀況來想像崇拜對象的精神思想狀況。伴隨這一發展過程的，是拜物教向更複雜更高級階段過渡。拜物教發展的第一階段是崇拜物被賦予了超自然的屬性，那麼在後一階段則是教徒在想像中日益明確崇拜物身上有一個具有神性的幽靈。在第一階段，教徒們並不關心崇拜物的超自然屬性的資源問題。而在第二階段不僅關注這一問題，而且作出了自己的答卷：在崇拜物中所包攝的除了憑感覺器官可以覺察的部分之外，還有看不見的幽靈。這就產生了最初的二元論。英國人種學家泰勒把這種二元論稱做萬物有靈論，並將它與唯靈論相提並論。這裡所說的並不是關於靈魂的觀念，而是關於可以感覺到的對象身上存在著感覺不到的靈魂的觀念，它難以道出具體的形狀，但也不是沒有形狀。初民的意識還沒有出現完全抽象的靈魂。由於超自然界的觀念越來越明確，人開始以新觀點看待動物界。

人類起初並沒有把自己同其周圍所見並經常與之關係密切的動物分別開來，因爲他從來也沒有把自己與自然界分別開來。事實上，他往往把自己也看成是動物，因爲他與動物差別不大。初時，人還沒有大量的生產工具，沒有豐富的生活用品，沒有專門建造的住房。在此情況下，他與其他高等動物的區別僅在解剖學和形態學上的區別而已。至於人與其他動物有血緣關係的觀念，那是後來在新的形勢下才發生的。

當人類認爲萬物有靈的觀念一經產生和形成，則幻想有了廣闊的天地，並且利用各種幽靈去虛構各種荒誕而複雜的觀念。本來現實中的事物在人們眼前不會變成另一事物，它的物理屬性受自然規律支配，而這些規律性在人的實踐活動中爲人所熟知。可是這些事物的「靈魂」可以弄出許多奇怪的事情，雖然不爲人的感觀直接感受到，卻可以由人假設和幻想出來。看不見的靈魂不爲山河阻隔，自去自來，無跡可尋。靈魂與靈魂之間又有各種複雜的相互關係，它們之間的關係雖然可以由人推想出來，但沒有必要去弄清其究竟，因爲人所感知的只是靈魂的載體所能及的事情。在人的想像中，靈魂可以互相轉化，對調原物。這就產生了後來的變形術的觀念。

在原始宗教中，變形術有極大作用。後來在神話故事乃至宗教課本中廣泛流傳。當原始宗教發展到一定階段時，人們相信萬物都可以變化，狼可以變成人，岩石可以化爲蟒蛇，月亮可以變成美女，狂風變成老虎。變形術的幻想，使人和動物相統一的觀念又有新的發展，即是相信人起源於動物，這就爲圖騰崇拜的發生提供了認識論基礎。

用血緣關係爲紐帶將人們聯繫在一起的氏族社會，就會發生圖騰崇拜。統一的氏族是全體族員的共同觀念。既然動物可以變人，那麼，某一氏族人種起源於某種動物的設想就不會遙遠。這種設想正是產生圖騰崇拜觀念的根由。

爲什麼氏族起源要到動物中尋找祖先，爲什麼不能設想自己起源於人呢？當然，問題並不只是人起源於動物這一設想，圖騰崇拜不限於動物，同時也有植物崇拜，還有對個別自然現象如風、雨、電的崇拜。從多數情況看，我們經常遇到的是動物崇拜。從圖騰崇拜問題上看，爲什麼人不是起源於人，而是起源於物，特別是起源於動物呢？這是應當說明的。

這種說明必須從某一社會發展階段的人類思維特點中去找。思維已經成熟，才會提出人的起源問題；又因爲還不十分到家，所以對問題作了虛妄的解釋。

圖騰崇拜認爲不同的氏族出於不同的祖先。僅此可見人的眼界之狹隘，也表現出氏族制度的特點。人的起源要追溯到某種物類，這物類應多種多樣，所以氏族各不相同。這些氏族都與外界隔絕，在氏族內的成員看來，他們與別的氏族不相同。除了動物之外還能從哪裡去尋找人的起源呢？植物界離人更遠，非生物與人的關係更疏遠得多。

認爲人起源於動物或植物，這種想法還不能說即是宗教。但這與變化多端的超自然觀念是緊密相聯的。比如說，袋鼠是人，人是袋鼠。相信如此聯繫，就得同圖騰建立友好關係。因爲意識到這種聯繫，就要擔當一定責任，檢查自己飲食起居行爲是否與崇拜物相忤。這些就具有一定的宗教性質了。

圖騰信仰與崇拜就導致動物、野獸崇拜。當然，圖騰崇拜不僅僅對圖騰尊奉和崇拜，同拜物教一樣，還有一個相互原則，一種眞誠的聯盟，雙方都得履行承諾，背叛就受罰。如果圖騰受罰，就由人來執行；如果人受罰，則由圖騰來執行。

二元論的拜物教在其發展過程中，除圖騰崇拜之外，對以後的宗教史上的祖先崇拜所起的作用非常巨大。

祖先崇拜起源於遠古時代。斯賓塞認爲它是宗教之開始。在我們看來，祖先崇拜不過是原始宗教中的一個環節。尼安德特人的墓葬即使表現出某種對死者的宗教態度，也不能說明他們那裡已出現祖先崇拜，只能說是對死者的崇拜。只有靈魂觀念產生後，或者說是拜物教二元論產生後，才可能發生祖先崇拜。只有當人認爲可見的形體之外，還存在著不可見的靈魂，人的幻想才能編造各種複雜觀念。泰勒、斯賓塞、芬特等學者曾言及夢幻的作用，以及人在昏厥、死亡，乃至人與動物處於睡眠情況時的精神狀態。這些有關論述，都值得我們參考。

初民認爲，人死後，其靈魂離開肉體到別的地方去了。想像靈魂逃離人體，比想像靈魂不存在要容易得多。靈魂到底跑到哪裡去了？它已逃往另一世界。因爲某些特殊原因，人甚至也可以到那個世界裏探訪。某些部落相信另一世界在太陽止息的西方；而在另一些部落則認爲它在不可攀越的萬山叢中，或是可望而不可及的九天之上。這無疑是超凡脫俗的世界。但是人的想像還不能脫離自然界來編造另一世界，另一世界發生的一切與現實人間簡直是一回事。在那個世界裡，同樣有自然景觀，山川流沙；也有芸芸衆生，家禽野獸。死者如同活人一樣過著自己的生活。……對死亡及對死人的宗教態度是在相應的社會條件下發生的，在這裡，老年人因爲地位崇高才能變成祖先崇拜。當母系氏族或父系氏族首領確定之後，其社會地位必定影響到同族人於他死後仍然崇敬其人，這神對死者的宗教態度，漸漸變成了祖先崇拜。於是有了自然現象的幽靈，圖騰崇拜的客體，祖先崇拜的靈魂，這一切造成一種活人心理上的神奇世界。他們也有各種聯繫，各種團體，互相爭鬥。令活人關心的是這些精靈對人的命運會帶來什麼結果，精靈（或精神），從神學轉到哲學的術語，因爲使用的不準確，甚至造成混亂。這個術語應當與肉體、實物相對立。要知道在原始思維中，這與唯心主義哲學所使用的精靈是不相同的，不應當以「萬物有靈論」來表示精靈，應當承認自然而然地存在著超自然的東西，能對世間事物、人類命運施以積極的或消極的影響。凡與此有關的信仰可以稱之爲多鬼崇拜。鬼怪很可能早就是客觀世界事物和現象乃至人類的幽靈，幽靈逃離實體就能逍遙遊盪，獨立活動。他們不被我們所感觸，故神秘莫測。人類沒有正常的辦法對他們起作用，反而覺得他們有著特殊威力：他能看見我，知道我，而我卻不知道他。他有普通方法或特殊辦法作用於我，我只能用超自然的法術對付他。

開始的時候，鬼怪都是一樣貨色。到後來，宗教思想有了發展，社會條件也發生變化，又由於事物自身內部發展規律的支配，宗教幻想將鬼怪按不同規格區別開來。首先是住的地域有別。當然他們並不受空間範圍限制，他們能在空間之外以自然物所不可比擬的辦法來克服各種障礙。但是，人的幻想還不是漫無邊際，乃致使鬼怪不受任何拘束。比如：鬼怪或住在洞穴，或居於森林，或棲於江湖，或寓於丘壑。住於某一地方之鬼怪則有權掌管其地，而被認爲是一方之霸。這就近乎自然職司，這觀念被稱爲自然崇拜，也是宗教的原始形式。其次，按照鬼怪對人的態度加以區別，他們的形象有善惡之分。善神惡鬼，生性決定的。他們對不同的人有不同的態度，或善或惡，也可以根據情況改變態度。人對鬼神主要是勸善懲惡，求其福佑。要懲治鬼怪的惡行，就得以鬼治鬼；有些鬼怪本性與人友好，有的則許諾和幫助人，要令鬼怪助人，就得供奉犧牲玉帛，並且祈禱祝願，誠懇相求。還要供奉祭品向惡鬼獻媚，比對善鬼更優厚。因爲善鬼不計較待遇，總是與人爲善；而惡鬼陰險毒辣，對他們要特別禮遇。與信仰過程中的多鬼崇拜相一致，薩滿曾經是盛極一時宗教崇拜形式。

由於人的設想，鬼怪也有等級之分。他們的體力、智慧、超自然力也各不相同。這是依照自然界的生物，尤其是人類的能力的不同而推知的結果。人類的不平等，社會的不平等，反映到幽靈世界，出現了上級、下級、老牌、幼稚的差別。居於崇高地位的鬼怪都變成神祇，其他的就成爲受制於神的使者或魔鬼。與多鬼崇拜相接踵的是多神教階段，多神教的發生發展不在原始社會，而在原始社會消亡之後形成的階級社會。要辨明多鬼崇拜與多神教的不同，就要把神靈與鬼怪分開。一般認爲有如下不同特點：一，神靈萬能；二，他們住在天上。即使在人間也不直接與人往來；三，他們都善良；四，他們都有個性品格。如果僅僅突出前面三條是不對的。在各種宗教中，並不是一切神靈皆萬能。在古代多神教中，沒有一種萬能的神。《聖經》中的艾洛希姆神不居天上，許多神以本來面目或以別的替身向人顯靈。若說神都善良，並非如此。古代伊朗宗教中的安哥拉．曼紐即爲惡神。

總之，古代宗教中許多神對某些生物友好善良，而對另一些生物則殘暴至極，這些神的名字多得很，羅列不完。猶太教和基督教的上帝，他的憐憫之心同樣十分有限。他雖然對人發慈悲心，但只要人犯了罪，就給以慘酷懲罰，使人永受煉獄之苦。又譬如鬼中保衛者，看起來卻善良。分清鬼怪與神靈的標誌在於：神靈在信徒心目中有個性，還有表示人格的名字。鬼怪卻是一群沒有人格的無名之輩，而神靈有人格。把神與鬼分別開的特徵是比較而言的，鬼怪中也偶有表示人格的名字，也有個性特徵。特別是保衛或主管一個地方的鬼怪，常以地名爲名，其個性也打上地方特點的印記。可見神與鬼的差別難以把握。德國哲學家兼心理學家芬特說：荷馬史詩中的鬼和神相差無幾。宗教信仰和宗教觀念越是複雜，就出現圖騰崇拜、祖先崇拜和多鬼崇拜。此外，還有自然崇拜，並且日益深入人心。自然崇拜曾經被認爲是宗教的原始形式。這種觀點已受到萬物有靈論的摧毀，已成爲過時的煙雲。但是自然崇拜是宗教史上重要的一頁，產生時間要遲得多，爲了畜牧與農耕時期，自然現象作爲宗教崇拜的對象，於人來說才有特殊作用。可以推知，對自然現象的崇拜就在此時形成。歷史證明，自然崇拜在古代各文明民族已經盛行。甚至可以說早在原始社會已發生，只是很不發達。自然力對人的作用非常明顯，尤其是大的災禍對原始人的影響，比對文明社會的人的影響大得多，當然，自然力與人的關係遠不如周圍事物與人的利害關係之密切。日常現象不會使原始人關注，日出而作，不會破壞其生產秩序，若是日蝕就會引起恐慌。偶發的異常現象可能是自然崇拜的主要原因，但由於這種情況稀罕，未必在初民心中留下深刻印象。所以說與上面各種崇拜相比，自然崇拜晚出是可信的。

與社會進步之後的人類意識比較，初民的意識同實踐更爲緊密。初民不長於抽象思維，其思想很少超越其行爲。有時恰好相反，由於片刻的衝動，行爲竟然超過其思想。衝動原因是多方面的：一、激情的突然勃發；二、偶遇事件引起冒然行動；三、興趣激起了大膽的嘗試。在原始宗教中，這種情況多有發生。人們施行某種法術，不必根據神話故事去做；依神話故事施行法術則爲時較晚。若是以爲與超自然的觀念相聯繫的事物才能稱爲宗教，這就意味著凡是與超自然觀念無關的事物就不能算是宗教。此外，還必須指出，人的一時感情衝動是不能持久的，暫時行爲必是暫時的結果。要能持久，而不是偶發衝動，那就有一套與行爲相關的邏輯思維。這種邏輯思維必是建立在明確的超自然觀念之上。

宗教如何發生，我們不必歸於盲目的或偶然的行爲，好像是行爲產生儀式，乃至產生宗教。我們應當看到宗教意識是產生宗教的基礎。即使這種意識模糊，也是產生行爲的依據。當然，初民不是哲學家，不是事先有了周密思考而後決定行動；但也不是毫無思慮、盲目行動。儘管思慮不成熟，但一定會有的。由於社會實踐與思想意識的進步，人們按照超自然的朦朧設想來進行宗教活動，宗教活動又成爲這種朦朧設想的土壤。這是互爲因果的關係。而超自然的思想意識的不斷發展，總是起決定作用。要之，宗教活動是以宗教思想爲根據並且從中衍化出來的。即使是最初的宗教信仰也與其活動不可分開，原始的宗教崇拜明顯地伴有「巫術」活動。

在初民的思想意識中出現超自然觀念之後，就花費極大精力向超自然力祈求福祚，或是相反地盡力防止超自然力造成的災禍。這兩個目的都借助於巫術來實現。主要是祈求福祚，大致分兩個方面：一曰保安全，免遭野獸、自然災害和敵人的襲擊。二曰足衣食。三曰強體質。四曰飽性慾。為達到這些目的，為自己求福，就得打敗敵對勢力，於是傷害敵人、猛獸、情敵的巫術也應運而生。必須指出，原始巫術沒有救人靈魂、使之來生幸福的目的。可是宗教發展到後階段，這一目的卻占主導地位。原始社會中已經有喪葬儀式，但若以為其目的在於來生獲福，則甚有可疑，在死人周圍放食物、兵器、傢俱、首飾，這樣做並不能證明活人相信死者結束生命之後仍有衣食之需。原始宗教認為死者的禍福並不決定生者的祭祀與否，也不決定生前的好壞，而是由他在陽間生活的運氣而定。對死後的生活狀況，一般只跟上述觀念相連。

總之，原始巫術只以減少現實人生的痛苦為目的。巫術行為因其目的不同可分為治病或動情兩種，屬於行業崇拜範疇。在原始崇拜中，一種叫做「安全巫術」的法術儀式占有重要地位。這一儀式使用各種法符以求壓倒敵對的超自然力或自然力的各種陰謀手段。上述的巫術行為帶有「非人格的」性質，設想其自然會實現超自然的作用。原始宗教直接依賴超自然物，為了討得它的歡欣或是令它懾服。原始崇拜使用的口訣上具有雙重作用：其一是施行巫術時念咒語以期得到實效；其二是向超自然的力量發出召喚。此種召喚有具體內容。比如印度原始部族托德族中至今流傳一種禱祝詞，其詞曰：

但願一切皆無恙，老牛小牛都健壯。
但願一切皆無恙，無病無痛常健康。
沒有禍患來襲擊，沒有毒蛇把人傷。
沒有猛獸來侵害，不會跌倒在路旁。
沒有洪水掀巨浪，沒有烈火燒門牆。
風調雨順無災異，雲蒸霞蔚好風光。
芳草青青密又壯，大河小河都流暢。

在這首禱祝詞裡，我們見到了威脅托德族山民日常生活而又難以克服的災害，也反映了一切宗教興起的緣由。

初民向超自然物的禱祝詞並不全是關於生活方面的要求，但可以說都有功利的目的。在與超自然物的交往時，求其保佑健康，這是主要目的。人有了疾病，往往求神。初民認爲人生病是因魔鬼作祟，或病毒侵入人體。最好的治療辦法是把它們統統趕走。於是產生了驅逐妖魔的巫術。除了祈求或強制性地向超自然力呼喚之外，除了採取巫術對超自然力發生作用之外，信徒們還有一套使超自然力大慈大悲的崇拜手段。在原始宗教中早已採用虔誠的禱祝而使供奉的神祇對禱祝者發生好感。

祭祀是原始時代最重要的崇拜儀式，人們用佳肴、美酒、香火敬奉鬼神。獻祭者看不見超自然物享用供品，爲了對他們表示尊敬，就把供品吃掉或燒掉，造成一種假像，好像神祇已把供品吃光了。

更有一種人祭，這是奉獻給超自然物的最高級的禮品，它曾廣泛流行於原始崇拜中。許多部落在平常就有食人現象，人祭的崇拜形式就在他們當中發生。也不排除另一種可能，即是說食人現象首先在宗教儀式上發生，而後才用於日常生活。人祭不僅出現在原始宗教中，後來也同樣出現，這是宗教史上最黑暗的一頁。

宗教儀式伴有歌唱、諷誦、舞蹈。宗教歌舞是落後部落日常宗教活動的一種普遍現象。這在《舊約》中也有記載，其中說到大衛王在耶和華桌前跳舞。宗教儀式上有歌舞，這是爲什麼？爲什麼信徒的禱祝，不用陳述方式而用歌舞形式向神靈表白呢？這令人迷惑不解。但若是從另一角度來揭示這一奇特現象的底細，則宗教儀式上的載歌載舞，不僅出於人的宗教需要，同時也表現了人的審美要求。人的行爲諸方面於此得以體現。在這種崇拜活動中，宗教情感、審美體驗以及旺盛的精力都於此得以協調與和諧。

與原始宗教儀式有關的是薩滿教的崇拜儀式的地位問題。宗教文獻資料中有很多論述薩滿的著作，都把薩滿當做宗教的特別形式，這種觀點是有缺陷的。宗教崇拜活動中的諸因素，並無一條爲薩滿所獨有。崇拜活動由人與神之間的中介主持，肯定雙方的實際存在，乃是一切宗教之特點。現代宗教學強調薩滿的一個突出特點：薩滿的入神狀態在巫術活動中起非常重要的作用。其實這一點並非薩滿所專有。《聖經》中的先知往往在入神狀態中。五旬節到了，門徒都聚在一處，當聖靈降臨到他們頭上，他們就進入入神狀態。中世紀各派宗教教徒在禱祝時也往往處在入神狀態中。直到現在的五旬節集會上，也是如此。薩滿與其他宗教一樣有以下特點：一，有宗教團體——薩滿，其成員的職司就是在人與神鬼之間起中介作用；二，薩滿的工作就是同鬼神打交道，並且給在薩滿寄名的人求福佑；三，巫術是一種特別娛戲，薩滿表演故事，有說有唱；四，施行巫術時，薩滿先進入神經興奮狀態，然後進入入神狀態；五，扮演薩滿角色的人喜怒無常，甚至是些有精神病的人。宗教形式由其性質決定，薩滿也不能例外。這種信仰的性質是多鬼崇拜。薩滿與鬼神打交道有兩套法術。一種法術不是鬼神附體，薩滿代表鬼神講話或活動。另一種法術是薩滿到陰間去尋找他需要找的鬼神。薩滿人在原處，而靈魂卻作路遠山遙的遨遊。漫遊中，靈魂依賴與他相好的鬼神的援助，而與另一些同寄名者爲敵的惡鬼搏鬥，巫術是相信通過薩滿可以與鬼神打交道的一種法術，薩滿是多鬼崇拜的一個方面或一個體系。

原始宗教的早期，既無祭司長，又無巫術師，宗教儀式由部落成員、或長老主持。到後來，由一些被認爲有特長、能同超自然力打交道的人主持。這就是巫師、巫醫、薩滿或祭司。其主要工作是「治病」，在英語中叫做「巫醫」（medicine man）。巫師在宗教上的地位和作用日漸提高，於是有了專用的器具、頭銜及巫職的標誌（竿杖、搖鈴、金鼓、木魚、巫衣、髮型等）原始宗教中有各種廣爲流布的禁令。據學者所記，禁令在波里尼西亞人的語言中叫做「塔布」。這些禁令涉及到人的一切行爲，遠遠超出宗教範圍。但禁令與宗教關係密切，因爲它得到宗教承認，並宣布不可違犯，若有忤逆就得受超自然力的懲罰。許多禁令與食物方面有關，最簡單的形式是禁止吃本部族圖騰動物的肉。但也有例外，如澳大利亞人就可以讓別的部族成員吃自己部族圖騰動物的肉，也可以屠殺之後送給外族人。食物上的禁令，意義不明確。被禁食的原因不知是由於其本身神聖，或是不乾不淨。因此，對禁令之產生還無法說清楚。但用衛生法則來解釋食物禁令，是沒有根據的。不僅止此，對穿戴、日常生活、生產勞動等也有禁令。比如在一年中的某些季節，或者在一晝夜間的某一時辰，不准發出聲響（不能幹活、唱歌、講話）。這並不是怕吵鬧影響別人休息，而是與宗教禁令有關係。在性生活方面也有許多禁令，主要是控制婚姻成分，保障異族通婚，禁止親屬同居。這種禁令之緣起至今尚無可信的說明。誠然，性生活的禁令並不緣於宗教信仰及法規，應當有社會原因，只不過得到了宗教的承認而已。

宗教禁令施於有害公德的事情。這作爲一條理由爲衆人所接受傳佈，並證明在原始社會中，宗教是道德之源，亦是道德規則實行之保證。這一觀點不正確，已爲人類學的事實推翻。泰勒總結道：事實證明，在人類早期文化中，道德與宗教僅有某種初步聯繫，或者毫無關係。他認爲原始社會的道德原則不同於宗教禁令，它不依靠萬物有靈論而存在，而與其並存。就此說明一下，泰勒所言萬物有靈論與宗教是同一觀念。原始社會的道德原則是由社會關係決定的，宗教卻是發生在現實生活之後並且遠遠落後於現實生活。有些禁令得到宗教的認可，而宗教法則是僵化保守的，所以有些風俗禁令雖已過時，卻難於除掉。

論述宗教之發生之同時，不可小視對宗教在人類歷史上所起作用的評價，它在世界觀上有重要意義。至今還流行一種說法，人類發明宗教，對人類自身有積極作用。人想像世界上充滿了鬼神，使這個世界更令人感到愜意和安詳，沒有冷清寂寥之感，而且還讓人經常希望得到自然力量的幫助，因爲人能借助巫術影響自然界，所以似覺自身強大有力，而不至於感到無能爲力。發明神的人認爲宗教壓抑了初民的動物本能的個人主義，他們有了社會的企圖，並且產生了與他人同心同德、互相愛慕之情。他們還認爲原始宗教在發展智慧方面起過促進作用，巫術是科學的最初形式，而宗教則是人類求知慾望的必由之路，是發展這種慾望的支柱。宗教之發生是人類歷史上的一種進步。關於所謂原始社會的宗教壓抑了動物的利己主義問題及其在社會發展上起到積極作用，這方面，列寧曾經清楚明白而令人信服地指出：事實告訴我們，壓抑動物的利己本能的不是神，而是初民自己的原始公社組織。凡與社會進步後的宗教有關的事物，都與原始宗教有關聯。宗教給予人以幻想，認爲超自然力能賜人以福佑，人就過得平安。然而幻想並不能讓人在其生活中掌握正確的方向。人遇到險情，如果知道原因而採取對策，那他就無所畏懼。相反地，宗教在人與超自然力大敵面前不知所措，甚至與正確方向相背離。宗教壓抑人的思想，叫人感到恐怖而毫無辦法。初民能逃脫自然和敵對勢力設下的重重障礙，並不在於發明了宗教，恰是戰勝了宗教迷霧。推動原始社會向前進步的，不是虛妄的宗教意識，也不是巫術的成功，而是生活與實踐的結果。初民朝著技術、經濟和社會進步之路上迅跑，是因爲其生存及活動有著本然的唯物的傾向，故能排除宗教迷霧所帶來的禍害而走向勝利。

論神的擬人性

神的擬人性在古代文獻記載和文物中都有清楚的表現，奧林匹克山諸神即可證明。希臘神只有一樣不同於人，即長生不老。但也不全然如此，人也可求得長生，即是說也能成神。希臘神生的或是神與人共生的英雄也是不死的。希臘神都比人強，與人相比，體型高大，體質強壯，聲如洪鐘。他們身上有神血，不食人所食，專吃神仙果，喝的不是人間的薄酒和泉水，而是仙露瓊漿。神迥異於人，可以變形，可以潛身，能以人弗能及的步伐在廣宇遨遊。但是，神與人在各方面的差異僅爲量的不同，不是質的不同。神也有四肢，也有的因受傷而成殘廢。一次宙斯大神大怒，將霍維斯特從奧林匹斯之顛拋入地中海，落在里木勒斯島上，他折壞雙腿後，在奧林匹斯諸神宴會席間跑堂打雜，跛著腿引起衆神訕笑。神也跟人打鬥，有時也敗在人手下。奧瑞斯和塞浦路斯神曾經被希臘英雄阿莫底斯殺傷，奧瑞斯跟人爭鬥總是敗陣。有一回，他被奧特利斯和阿非爾特斯鎖入嚴密的羅網，達十三月之久。荷拉也曾爲毒箭所傷。荷馬史詩中的神祇並非萬能。無論宙斯如何力大無比，他跟別的神打鬥，往往費九牛二虎之力才能獲勝。神掌握人的命運也非萬能，有時也不能按自己的願望行事。他們也屢遭厄運女神的磨難。任何一個神不可能橫行宇宙，因爲有宙斯上管蒼天，有哈德斯下管大地，有博色頓管海洋。

奧林匹斯諸神之組織是按當時人際關係和家庭組織形式建立起來的。在同一神系中之神靈，有不同的愛好，也有互相的嫉恨。他們拉幫結派，違法亂紀，男盜女娼，詐騙舞弊。一會兒明爭暗鬥，一會兒串通一氣。或是丈夫摔掉妻子，或是妻子背叛丈夫。互相以怨報怨，手段卑劣至極。上述種種宗教中的神，就是這樣具有擬人性。《舊約》的雅赫維與其餘諸神在肖貌、體格乃至情操、氣質上都像人。……諸神平日所用器具也是在擬人觀念下才有的頗具時代特點的器具。他們在戰鬥中使用弓箭、盾、矛等武器，就餐按順序入座，出門乘駕馬車。埃及諸神與人一樣暢遊於尼羅河上，在戰艦和普通帆船上都有神像。希臘神荷耳魔斯有飛行的雙翼，可是不同於別的民族習慣，他的雙翼不在脊背上，而在腳上。

神在空中占有一定區域，神所棲居的高山是被神話表現出來的。奧林匹斯並非諸神獨一無二的居所。《阿吠斯塔》列舉了許多神山。《舊約》時期流行圜丘崇拜，先知對此種「偶像崇拜」作過鬥爭，可見它在當時影響大。古代神的擬人性，這從保留至今的許多雕像和飾物中清晰可見。奧林匹斯諸神、羅馬諸神、埃及、亞述、巴比倫以及波斯諸神，他們的塑像及畫像是如此傳神和壯麗無比。就此可證人是依據人的模樣去想像去創造神的。此外，古代人還創造出動物型的神，這比擬人神更早。

在古埃及流行動物崇拜。西元一八五一年，法國人默利特在門菲斯城的色拉皮阿姆墓穴發現了六十四頭公牛的木乃伊。還有牝牛神荷特霍爾、貓神博斯特、孔雀神托特、鷹神賀拉斯、都被奉爲神。在希臘化及羅馬時期，動物崇拜更盛行。城市多以動物命名，如：克羅克狄爾（鱷魚）、利雅得（獅子）即是證明。此外，還有崇拜蛇、蛙，貓頭鷹、黃鼠狼、公羊、金龜子等。還有其他民族所奉的神也形如動物。早期克利特島的宙斯是公牛形狀，山鬼潘是公山羊形狀。奧爾諾波爾城的雅典娜是蛇形，阿波羅是鼠形。奧爾特米斯神在有的地方是熊，在有的地方是鹿。奧林匹斯諸神有著動物形狀，宙斯如禿鷲，雅典娜如鴟鷹，賀拉如孔雀，阿芙羅迪特如鴿子。雅赫維原也是動物形象，狀同雄獅、牡牛。其餘各神估計也與動物類似，凶神厲鬼也如動物形象。沙漠的奧茲拉伊勒形如山羊。人所共知，《舊約》嚴禁雕塑神像，於是宗教史學家認爲即此可證《聖經》中的神學思想潔淨而高尙，斷無狀人狀物的俗事。但這僅僅是雅赫維祭司反對崇拜的競爭之一種表現，所謂「不允許替自己造神像」即是禁造任何神像，可是此禁常不爲人遵守，故不能作爲一條原則。將作爲古代神靈之動物形狀特點與古代神靈的擬人性特點加以對照和比較時，不可將這兩個方面絕對化，還要看到兩個方面的互相聯繫和互相影響。此種情況，從神的複合形狀即可認知。如：巴比倫的人頭鳥翼公牛，人與馬的複合怪物肯達羅斯，腳如山羊後腿的撒迪耳，形貌如牡山羊的山鬼潘，埃及的貓頭女人胸的博斯特，孔雀頭人身的托特。狗頭人身的阿陋比斯。神的擬人性和擬獸性二者之間的複雜關係，比人和動物的形象複合要深廣得多。

總而言之，神似人的觀念，表現在擬人和擬動物的結合，並且把人的思想、志趣附著在神身上，神不論擬動物或是類人形貌，都與人的感情相通。神也能感覺到歡樂和悲傷，憤怒和同情，嫉妒和悔恨。神如人一樣按規畫辦事。神的類人或類動物只是表面現象，而類人之思想感情才是根本之點，這種觀點包括了古代神靈的一切。

神類人之情感這一點，也反映在《聖經》中的神靈形象上，神的形象所表現出來的不是抽象的人及其一般心理特徵，而是具體時期中的某一階級，階層中的人的特徵。埃及萬神廟中的神，在崇拜者看來，如同世俗官僚體制下的具有一定身分地位的埃及人一樣生活著和思考著，最高神則如同一個法老。宙斯是父系社會體解、階級社會開始時的氏族公社首領，雅赫維和胡拉也是如此。

這種神擬人的觀念使得與之相反的情況也能順理成章，即是說將現實中的人神化，首先是將統治者神化，既然神仙與獲得爵位的高級人物相差無幾，並且過著同樣的好生活，那麼這些高級人物能稱爲神是不難想像的事。人能成神，這一觀念就被世俗的強者，尤其是古代國家統治者藉以樹立自己的權威，在很多國家，帝王被奉若神明，且享受著眞正的宗教崇拜，古埃及的法老就是神，每一位法老都是某一神靈的代表，且用神名爲自己的名字。有的宗教中的神，也稱帝稱王，這就更使二者混爲一談。比如：所羅亞司得教，他們稱胡拉是保佑全民的上帝，這裡，神靈、帝王和所羅亞司得是一樣的，三者的圖像都沒有光環。有的帝王生前是預備神，死後即獲得神號。也有的一當上帝王即得到神號。法老便是活神仙，他們的尊貴封號每每加上大慈大悲、偉大神聖之類的修飾語。古羅馬的皇帝，生前是半個神仙，雖然的有時被稱作赫利俄斯、赫爾古里斯神。只有在死後，爲他立號及舉行宗教儀式時，才能稱爲眞的神。西元前三世紀至前一世紀，在羅馬，希臘作家優希邁呂的學說廣爲流播，這就大大地有助於羅馬皇帝神聖化。他的長篇小說《聖史》裡說，一切神都曾經是世上的活人，死後才獲得神號。他的學說在羅馬十分流行，這不僅爲我們得知神的起源找到了根據，同時也說明人可以變成神。

人與神之間的界限並不嚴格而明晰，是人相信神與人同樣會遭遇凶險和磨難。神遭難至死的故事在古代宗教條文中常有記載，也成了其中一項重要內容。這些故事裡的神往往死而復生。巴比倫的傳說中，死而復生的神有坦姆茲和馬爾杜克。坦姆茲是主神伊亞的兒子。馬爾杜克是巴比倫城隍，後來是宇宙大神，地位在諸神之上。學者認爲，馬爾杜克遇難的傳說與「福音」中所記大致相仿。腓尼基神話中的亞杜尼神同巴比倫的坦姆茲類似。弗里基亞的阿提斯又與腓尼基的亞杜尼相似。阿提斯的崇拜又與衆神之母庫博納相似，因而從羅馬傳遍地中海。在神受難至死的一切神話故事和儀式中，有些共同之處能使我們推原關於崇拜的起因，有一個情況值得注意，神的復活節安排在春季，以示大地回春，而追悼儀式則在秋天或夏末舉行。

古代宗教中所有蒙難之神都是樂於助人的慈悲者，其特徵表現爲救苦救難的度人音的形象，這在彌賽亞教義中出看得出來。在《舊約》早斯先知書中包括了這一教義。教義中對雅赫維夫能執行與以色列盟約中共同擔負一定的義務作解釋，說原因在於以色列人有瀆神行爲。但是雅赫維變憤怒爲諒解，決定派彌賽亞以王者身分領導猶太人步入尋求已久的康樂之門。在作於西元前八世紀後期的《第一以賽亞書》中，曾預言在以色列將出現彌賽亞，他以聖人的身分把以色列治理得上和下睦，一派興旺，消除不平，永無外患。國民指望聖哲和統帥彌賽亞的到來而又不能實現，仍然在憂患重重之中生活。於是所企慕的彌賽亞形象跟蒙難之神的形象相同。在《以賽亞書》第五十三章裡，彌賽亞形象逐漸鮮明，這使基督學相信此一章所言即是基督將出世並由他承受苦難，並擔負起拯救人類的大任。基督形象本身彙合了古代宗教中流傳極廣的許多觀念。比如說：罪惡可以轉到別人或動物身上，所謂替罪羊便是。罪惡能用祭祀、尤其是人祭贖回。以親生子女祀之最靈驗。此在群衆的宗教心理上十分牢固。並將此觀念加之於雅赫維大神，亦可被宗教思想所接受。爲了使人類免於苦難，雅赫維就獻子作人祭，雖然並不清楚獻給誰，因爲這並不重要，表示奉獻，自有神靈受之。此種觀念後來成爲基督神話之基石。基督中的神所獻祭的已不是一般的人，而是神的親生子，同時又是父親本人。或者可以這樣說，神奉獻自己，可以看出，神受難至死，死又復生，這都是古代宗教神話所講的，是在當時歷史情況下孕育出來的。此時，神話的根由早已湮滅，僅剩下擬人性的故事，故事的主角是擬人之神，神以自己遭罪乃至死亡來爲人類救苦救難，又在死後復生，總的目的就在於將人們從一切苦海中救出來。

論靈魂不滅與來世生活

相信靈魂不死及來世的生活，這在宗教信仰中比其他方面更能表現出古代各族宗教之差別。這種信仰在古代以色列宗教中已有表現，而在古代埃及宗教中最爲盛行。古代以色列宗教認爲人死後，其一切事業即永遠休止。人在現世中的善行或惡行，根據其遵從或違忤與雅赫維成約的條例而受到賞賜或懲罰。《舊約》中多次提及死者的靈魂將去到的某一處地方叫

「舍奧里」。這就是所謂「陰間」。但其眞正含義卻難以說明。只有到後來，希伯來人因流散而受到其他民族的宗教影響，於是猶太教才產生了靈魂不死及來世生活的教義。

對於靈魂不死問題，猶太教在相當長的時間裡持懷疑態度，這種情況在西元前二世紀初葉寫成的《便西拉智訓》這一晚期文獻中也有說明。文中說：「人死之後，爬蟲和蛆就成了他的遺產。」在同時的其他聖典中也有類似的觀念，但也出現了新的內容。這裡有表示一種希望，說是到世界末劫，死者將要復生。當然不是所有的死者。比如說：「睡在塵埃中的死者，必有多人復生。其中有長生不老的，也有受羞辱而被永遠憎恨的。」還出現了普遍復生日即將來臨的說法，「大地將把睡在它身上的人交還出來，把人們的遺骸交出來、有司部門將把寄存那裏的靈魂交還出來。」還有在天堂或地獄的死者繼續生活的情況，在上述聖典或其他典籍中尙無明確記述。據西元一世紀的弗拉維．約瑟夫記載，猶太兩大宗教派別法利賽和薩都該曾展開鬥爭，其中對現世生活的說法有爭論，薩都該否認靈魂不死的觀點。亞述人、巴比倫人和腓尼基人對來世生活的概念很淡薄。在他們看來，來世生活將是悲慘與黑暗的世界。由阿拉圖女神掌握的陰曹地府是一座七道城牆圍住的大監獄。獄中的死者不管生前爲善爲惡，統統過著苦不堪言的生活，人人驚惶失措，個個鬼哭狼嚎。然而巴比倫人認爲儘管阿拉圖冥府沒有歡樂可言，但仍不失爲最後的避難所，總比死無葬身之地的受害者要好得多。若死無葬身之地，則靈魂永久飄泊無依，未有一枝的棲息。在阿拉圖冥府裡，有些人或許苦盡甜來，有走運之機遇。在冪府中央一處，矗立一座安樂島，偶有機運的幽靈，憑藉其符咒法術排除萬難而到此棲居。腓尼基人認爲，死後幽靈生活無幸福可言，唯一的願望就是安息。

埃及人比較早地認爲陰間也有比較平等的現象，一切死者都靠自己工作謀生。這是在當時現世的比較發達的民主制度影響下形成的觀念。由於不平等現象在奴隸制社會的不斷擴大，階級對立反映到宗教方面，認爲在陰間也有一些人爲別人幹活。於是，在棺材裡放一些奴隸俑，他們要耕種奧賽里斯賞賜給死者的土地。木俑上刻有符籙，其作用不知是驅使奴隸去幹活或是本身即表示代替幹活，奧賽里斯與死者在陰間的關係，反映了現世法老與臣民間的關係。

荷馬史詩中描寫人死後的生活尤其黑暗悲哀。但其中也說到極樂之地「沒有狂風驟雨，沒有酷暑嚴寒。」幸運的英雄依靠神靈幫助，進入極樂之地而過著舒適生活。在赫西俄德的《神譜》中說及安樂島，在那裡，土地無須耕種而一年中卻自然有三次豐收。關於來世生活的二重性——地獄與樂土的觀念，大概是因爲把死後生活說得過於黑暗之後才出現的。

如上所言，關於人死之後的狀況，在埃及人那裡早有一套明確的說法。至今尙存的其上有記載的棺槨，聞名世界的金字塔，寫在蒲葉書上的禱祝詞，更有《死者書》這一古代文物，都證明古埃及極信奉來世生活，並且爲研究這種信仰提供了證明材料。埃及人信仰來世，採取了簡單的物質觀念，認爲人有形體而外，還存著與後來靈魂觀念相近似的四種本質：幽靈、名字、身魂和護衛靈。護衛靈保有了人身上最大特點，也是最保守的特點。比如它要吃、要喝、要穿；吃的是麵包、啤酒、烤鵝等。爲了保證護衛靈的活動，必須使屍體不腐爛。因爲有此觀念，所以把屍體做成木乃伊，以便保存下來不受損壞。他們把屍體塗上香料，放入棺槨，葬入墳墓。他們給帝王建造了巍然的陵墓——金字塔。

埃及人相信死者的四樣靈魂中，必有一樣要到地府陰曹中去遊歷。因而會遇到各種危險。首先就可能遇上兇頑的大怪物把它吃掉，那是貪食惡魔，專門吃死人的魂魄。只有借助符咒才能脫身逃開。因此，死者必須懂得符咒，它就刻畫於棺槨四面，寫在《死亡書》中。若是經過這一番考驗還存活下來，那麼接著就要受奧賽里斯審判，審判的儀式以及埃及神殿上有哪些神祇陪審，在埃及人的信仰中都說得一清二楚。根據審判結果，對死者魂魄的各種考察的成績，將決定其命運。或是升入供守戒者享受的雅魯樂園，或打入地獄。在雅魯樂園，有尼羅河衆多支流分布其間，雨露所潤，天朗氣清，佳木成蔭，溢彩流芳，禾高一丈，豐收倍增。可是用來懲罰破壞戒律者的地獄，那是埃及人編造的黑暗無邊的處所，永遠地黑暗，地獄中的不息之火也不能破除，滾滾火流也不能將它明亮。受審判者被撕成肉塊，用火燒烤，而後丟進湯鼎或火流中。它們總想逃避此境，躲入洞穴，但往往被揪出處以極刑。後來猶太教、基督教和伊斯蘭教都說天堂享福，地獄受罪，這觀念在很大程度上是從古埃及宗教教義中學得的。古希臘、羅馬的來世觀念，也是這些宗教思想的來源。希臘人的這一觀念又被羅馬人的宗教所接受。這些信仰在羅馬的文學作品中、尤其在味吉爾《亞尼雅士之歌》中有充分的表現。

論崇拜

主人認爲要得到神的好感，主要之點在於保證神祇有優越的生活條件，因爲神同人一樣有吃喝穿用之需。經常地日祭月饗，仍是崇奉的頭等要事。古代宗教場所不是信徒禱祝的會場，而是神靈的住址。宗教發展初期，神的住所是：露天場地、小林園、山洞、樹下、石窟、石堆、山丘。對於普通人，則限制或禁止他們走近神所，但可以到這兒來舉行祭祀。神或爲泥塑木雕，或是將其作爲化身的象徵物，他就是神所中心。遠古時代，雅赫維及其神所也是此。雅赫維本身是一塊石頭，不知其爲何種形體，放在一個名曰「約櫃」的箱子裡。另有一說，約櫃裡放有刻上十戒的碑碣，猶太教和基督教的專家學者都這麼說，其實也無證據。格蘭特·阿倫這位保守的宗教學家認爲，神學家之所以堅持這種說法，是因爲他們對古代宗教如此粗鄙而深感羞愧。雅赫維——一塊鎖入木櫃的石頭，當它的信奉者處於游牧生活時期它被置於帳篷內的神龕上，後來才給它建造了永久的住所——所羅門神廟。神所逐漸變爲神廟，神廟也就是擴建原有的神所而加以修整而已。廟的周圍有垣牆，還有廊柱大門，廟內有幾座神殿，殿上有神像或神的替身之物，有祭壇、倒廳，儲放祭器、樂器，錢鈔及各種廟產。人對神的獻媚，這從廟宇的建造上看得出來。在階級社會初期，神廟的建築就愈來愈富麗堂皇，神祇的住宅更爲瑰麗壯觀。無論是外部的規模或內部的陳設，都遠勝於尋常屋舍。不論是亞述、巴比倫的神廟、埃及的神廟，或是希臘、羅馬的神廟、所羅門神廟，都代表了當時建築藝術的最高成就。室內的陳設給造型藝術提供了範例，雕刻、繪畫也給予造型藝術以巨大影響。所有的人都承認，希臘藝術大師塑造的神像永遠是人體美的典範，是永不衰謝的藝術奇葩。《舊約》的猶太教禁止雕像，但不能禁止希伯來人造型藝術的發展。其他的古代宗教中的繪畫、雕刻也都是以宗教內容爲題材的。希臘與羅馬神廟中只有一個主神，埃及神廟裡，衆神和主神合在一起，所以經常有客戶搬進來。在殿前左右兩廂增設廊屋，設專門祭壇供奉。神廟崇拜的主要任務是供奉神靈，必得天天向神獻祭。

宗教祭祀制度同現實社會生活中的人際的經濟關係是相適應的。泰勒說：「非常清楚，獻給神的供品完全可以分門別類，如同人世的饋贈一樣。比如說，有人臨時向需求者贈送禮物；有人爲謀私利或維護既得利益而巴結優待所依賴的靠山；臣下定期向皇上進貢。這些情況都非常明白地反映在世界各地的祭祀制度中。」可見宗教制度與社會經濟基礎是密切相關的。至如供品也是五花八門，如肉、餅、飯、酒、牲血、油膏、香花。神喝血大有益處，希臘人說，血是維持超自然物活動能量的源泉。《奧德賽》說，死人的魂魄在陰間吮血，可使恢復容顏。雅赫維認爲若不供奉祭品，神靈就不會見你。神通過摩西傳示以色列人：「不能空手來見我，各人按自己的實力及神所賜與你的福佑獻上禮品。」

基督教和猶太教神學專家竭力想像《舊約》的宗教思想很高尙，都說「先知書」中有否定獻祭的觀點。不錯，「先知書」中有所表示，但並不是從根本上反對獻祭。只有神對某人怒不可遏，才拒收供品；如果表示懺悔，以後一切順從，再獻祭仍然被笑納。所以說，僅此而言，《舊約》的宗教思想水準，並不比其他宗教的祭祀制度高明。就算懷著最大希望到宗教中去尋找高尙智慧，也必將承認這樣的事實：送給神以美酒佳肴，這種做法不僅不高尙，而且違背道義。神靈強大而且萬能，卻需要飲饌，信徒們爲使神靈不致因挨餓而發怒，就隨時供奉它。不僅止此，他們於神有求必應，還得向老百姓討好貪官污吏一樣對待神，不能空著手，而是捎上表示感謝的禮品去賄賂神。這裡，神要人的施捨來維持生活，這種不大體面的情況與神的光明正大的作風如此合契，倒是很有趣的事情。

還有一種人祭，尤其是以未成年的兒童作犧牲，這在古代宗教崇拜中占有重要地位。狂熱的信仰而至於發生殘忍行爲，這在宗教上找不到比如此鮮血淋漓的篇章更爲悲慘的、駭人心魄的一頁。能夠用什麼聖水來洗清血債，用怎樣高尙的思想去爲屠殺人類乃至兒童的行爲辯解呢？腓尼基人對太陽神兼火神名叫摩洛的崇拜是人人知曉的，此神的塑像爲一頭公牛，人們曾向它獻過大量人祭。波爾菲利曾說：「腓尼基人每遇戰爭、瘟疫、旱災，總是將自己最寵愛的孩子獻給撒土恩神（即摩洛）。」他還援引了桑霍尼阿騰的《腓尼基史》。據波爾菲利說，這部歷史描寫腓尼基人的童祭最多。西西里島的狄奧多寫道：「迦太基人同錫臘庫扎城的奧加弗克洛斯作戰失敗後，認爲失敗原因在於沒有先向赫拉克利斯獻人祭，還因爲摩洛神對於用貧苦兒童代替貴族兒童作祭品的簡單作法表示氣憤。所以後來敵軍來臨時，幾個豪門巨族一次用了二百個男孩獻給神。另有三百個成年人因得罪摩洛，就把自身獻給他。」又據特爾圖良說，在非洲和高盧，早在三世紀初時就採用人祭。除在規定的時間舉行人祭之外，還有特殊情況，如在戰前祈求勝利，勝利後表示答謝，防病救災等，也用人祭。也經常殺成群的俘虜祭奠摩洛神。人所共知，漢尼拔曾一次殺三千名伊梅利亞俘虜獻祭。不僅用別族人供祭，也有本族人，還有自願燔祭獻給摩洛的人。巴比倫人在西巴爾城向奧德拉麥利赫神和阿拉麥利赫神獻人祭，這裡的人祭是爲安葬死人而舉行的。凱撒述及高盧人的人祭說：「高盧人認爲，只是爲保全人命才獻出人命，才能使神靈發慈悲心。甚至爲此而舉行公祭。有的部族將樹枝編成籃簍裝滿活人，從下面點火焚燒。如果捉來偷盜之輩向神獻祭，效果更佳。這種人不夠用，就拿無辜者獻上。」塔西特也談過日耳曼人和塞莫隆人的人祭。《舊約》也載有人祭和童祭的例子。亞伯拉罕將以撒燔祭而後來未實行，人們用這個故事證明《舊約》沒有人祭，因爲雅赫維不讓亞伯拉罕獻祭，他寧可用羊羔也不用兒童祀神。這個說法不可信，此一故事的要害是：亞伯拉罕聽說讓自己的兒子上祭，於是理所當的地接受了。足見這一承諾並無特殊意義，宗教活動用人祭是古已有之。雅赫維不受亞伯拉罕的獻祭，可是在別的場合卻不拒受，比如他不反對耶弗他把女兒作爲燔祭。《舊約》中多次說到把頭生兒獻給雅赫維的陋習。雅赫維說：「以色列的頭胎，人或畜都是我的，都要爲神獻祭於我。」《聖經》的許多地方都說到要把頭生子獻給神，但又說可以贖回。故以色列信徒至今仍有贖回長子的儀式。不用多說，大約贖回儀式是後來才有的，它代替了原先的殺人祭神的儀式。迦南土著流傳一種風俗，建造房屋要用人或兒童作爲奠基祭禮。《舊約》說，伯特利人希伊勒重修耶利哥城，立城基時喪失了長子亞比蘭，安門時喪失了幼子西割。在米基多、耶利哥和基色所進行的考古發掘，也提供了這種野蠻陋習的物證，住屋屋基下有兒童骸骨。

殉葬在古代很多民族中有特種地位。在埃及，人殉已被人俑所替代，但在許多民族中，長久地用人殉葬。凱撒提起高盧人此一陋習時說道：「凡是死者生前喜愛的物品，統統燒掉，……自實行葬禮至今，一直將死者的奴隸和妻妾隨同火葬，只要是死者生前所愛。」荷馬史詩記敘特洛亞城的俘虜及牛、羊、狗、馬等，全被扔進焚燒帕特洛克羅斯的大火中。此一習慣之殘忍，根源不全在宗教崇拜之影響方面，而是植根在當時的風俗觀念上。然而，宗教不僅不能改變其舊習，反而當作神聖法規，連同相應的規定和要求都被看成神的旨意加以崇拜，要大家遵命執行。殘酷的人祭到了慘絕人寰的地步，這是人對神靈諂媚至極的結果。爲了讓享祭者不致於輕視獻祭之舉，奉祭者採取一切可能的辦法引起神靈的注意。他們在神壇前狂呼禱祝，鑼鼓齊鳴，忘其所以地狂歌亂舞，乃至發瘋地摧折自身而弄得皮開肉綻、鮮血淋漓。

古代宗教崇拜活動，禱祝爲其中一個重要部分。禱祝又分爲咒語和祝詞。其主要目的是表明對神的竭誠信仰崇拜，指望自己所宗奉的神保佑自己。猶太人自古迄今每每在禱祝時，總是重複一句話：「雅赫維啊，我們的眞主！」古代的伊朗人也屢稱「我宣布篤信馬茲達。」然後表白一通要消滅惡魔，而對阿朗拉·馬茲達大大贊揚。禱祝除了積極作用的一面之外，也有消極的一面。比如說對於與自己的信仰相反的神祇往往予以否定和詈罵。如今在基督教洗禮時，神父給受洗禮的人誦念著否定魔鬼的口訣，這來源於《阿吠斯塔》教義。消極的內容也可以告訴善良的神靈。禱祝的人一方面祈求神靈開恩啓慈，同時又竭力引起神靈對敵人的憤恨。他們痛罵敵人頭目，求神將災禍降臨於其身。另外，還以詛咒的法術對敵對勢力進行鬥爭，也是常事。例如，在雅典就有過奉宙斯之命的人公開地大張旗鼓地詛咒那些建立暴政的獨夫民賊和叛國分子。

咒語和祝禱詞逐漸趨於一致，乃是因爲禱祝內容及方式逐漸規範化。隨意地祈禱，向神祝福，在公開的正規的崇拜活動中已不能進行，取代原先的方式的是成套的咒語口訣。在廟堂做禮拜，除了燒香祭祀之外，還有各種朝拜禮儀，僧人及普通人對神像跪拜，作揖，還有其他動作，以表示對神靈的虔誠，還要誦經，奏樂。巫師唱祭祀之歌，有音樂伴奏。歌詞用來贊譽神靈，竭力吹拍。現代宗教的儀式諸多方面，可以說古已有之。

神同人的生活一樣，要吃要喝，要玩要樂。所以崇拜活動除了酒肉以祀之外，還舉行壯觀的遊行活動，表演各種遊戲節目。在古羅馬和希臘，每向葡萄種植及釀酒的護衛神巴克斯獻祭時，就舉行盛大遊行，這一天稱爲巴克斯節，即酒神節。這種活動按例在夜晚的火光下進行。參與活動的多半是婦女（女巫）。她們穿著色彩斑斕的獸皮衣，頭戴藤蔓編織的花冠，手握神杖，縱酒狂舞，鼓樂齊鳴，狂歡至極乃至放蕩縱情而不顧一切。在埃勒夫希斯城，祭神活動節日也十分熱烈，但莊重典雅得多。爲慶祝秘密祭祀而舉行公開儀典，充滿節日氣氛，載歌載舞的遊行，多姿多彩的表演，千萬支火把把黑夜照得亮堂堂，映照著披紅掛彩的人群。鼓樂震天，歡聲雷動，壯麗的場面比較平日廟堂上的祭祀則又有天壤之別，尤能激勵人們的宗教情感。人們一想起舉行祭祀大典的同時，還舉行只有受封號者參加的秘密祭祀，更是心情振奮。

神靈欣賞的熱烈場面，也是人所嚮往的。這種場面不僅滿足了人對宗教的追求，同時在一定程度上也滿足了人的歡度節日、抒發感情的要求。人對神的崇拜，目的在於與神親近，體驗神對人非常友好非常親切之情。當時的人認爲，可以採取非常手段超離凡塵，去接近神靈，先要進行洗禮和象徵性火禮。信徒們也想通過這個辦法實現這個願望。

與神親近的願望在古代宗教中表現爲女巫的賣淫，這是由崇拜而產生的慾火。在巴比倫神廟（德・利阿格・伯爾稱「窰廟」）裡，有大量助祭女巫供使用。她們的工作繁雜，而大部分人要在性慾上爲朝拜者服務，被看作神聖禮儀。這是名副其實的賣淫，因爲女巫的這項服務工作得到報酬，報酬交給神廟。希臘、羅馬、敘利亞、腓尼基的廟堂裡，巫妓充盈，敘利亞和腓尼基的神廟裡不僅有女妓，還有男娼。前者爲祭神，後者爲受封。廟堂裡的此類事情，以色列人也都有過，《舊約》裡有不少地方就有記載。

這種被看成是宗教禮儀的性行爲，在那時如何能同宗教及神靈崇拜結合到一塊呢？弗雷則爾有一種說法爲大家所接受。即是說：在信徒們眼中，這種禮儀的產生，是順從人的願望以加快添人進口。這裡的要害問題在於：性行爲禮儀是以神爲對象的。就是說這種性交是與神結合。施特恩堡稱作「與神結婚」。神廟裡有衆多娼妓供使用，那麼廟中的主神如同人間帝王一樣妃嬪滿宮、粉黛成群。祀神者以爲同神發生性行爲，讓神得到快樂，討得神的好感，就算是最成功地完成了崇拜事業。

從現象上看，這種行爲與宗教的禁慾不相容，須知禁慾在宗教上是十分重要的內容，在基督教中更是起了重大作用。實際上，禁慾與性行爲禮儀並不矛盾，或者可以說前者是後者的繼承。因爲與神相交，同神結婚，就等於終生不跟人結婚。若要跟人結婚過正規的性生活，就等於背叛。只有個別情況例外，比如崇奉威斯塔的巫女不是許身男神，而是對這位女神終生不渝。當然，禁慾的實質仍如前面所言，有的祭司爲了表示對女神無限忠貞，就給自己閹割去勢。基督教的修女們也是遵守獨身主義，永遠忠於基督。

論祭祀

古代宗教因人神往來，事多而雜，需要一定的機構掌握其事。原始社會雖已有這類組織形式，但並不是按宗教等級而構成的一套完整體系。到奴隸社會，這種祭祀體系才正式形成。巴比倫的祭祀機構有三十多個級別，各級神宮按其職能不同而分別組合起來。比如有的會念咒，有的會唱歌，有的會占卜等等。特拉耶夫說：「祭祀的機構是一種典型的機構，它飽經國家政治興亡而歷久不衰。」只有帝王才有權不要祭祀組織的干預而獨行其崇拜之祀。埃及的祭祀機構也是在崇拜禮儀日漸複雜的情況下形成的。此前，掌握祭祀的是些顯貴官宦，他們在地方行政長官領導下，擔任最大的祭祀官職，負責祭祀工作。在底比斯時期，祭祀組織有很大的政治經濟權力。在新王國後期，廟產情況在爲拉美西斯三世舉行葬禮用的蒲紙本上就有記載，列舉了他在結束其統治之前的廟產。總共有農奴一〇三一七五人（在底比斯有八一三三二人），牲口四九〇三八六頭，海船八十八艘，土地占埃及耕地總面積的百分十五。此外，敘利亞和努比亞的很多城市也歸神廟占有。

在巴比倫和亞述，神廟擁有財產極多。國中大量耕地歸神廟所有，耶路撒冷神廟占有巨額財產。人所共知，克拉蘇清查神廟，沒收現金達二千塔蘭。尚有未做成成品的黃金價值八千塔蘭，其中一個金錠重三百米那。腓尼基的神廟和以後希臘、羅馬的神廟也一樣積累了大宗財富。然而，大批財富並不被祭祀機構用於宗教事業，神廟成了企業財團？德國史學家庫里求斯談及希臘神廟時寫道：「神靈是古代希臘最初的資本家，神廟是最初的金融組織機構。」狄羅斯廟放高利貸，不僅有私人，即使是好多城邦也是它的債戶。另外，神廟還包納賦稅，受國家政府委託收取各類苛捐雜稅，比如對捕魚業，採製特別染料等，要上稅。神廟還有土地出售。在亞述和巴比倫，神廟也按例從事企業活動。出租土地，按一定比例收租。於是神廟做起大生意經，將糧食、海棗、棕櫚酒等販往市場拍賣。所以神廟不僅管生產，而且搞貿易。希臘神廟也有巨額貿易，早就有了規定，常常於宗教節日在神廟附近場地上大肆買賣。因而按市場行情，把宗教節日安排在合適的時間，就在秋收之後為宜。希臘的祭祀組織地位雖不高，卻很受敬重，司祭的官是國家官員，按政府機關規定行事。可是掌占卜之官則對國家政策施加影響，一項政策法令的制定執行要從祭司長或女巫皮蒂婭所得神示中說些什麼而決定然否。

羅馬的祭祀組織人多面廣，最高司祭機關是掌祭祀的主要領導機構。它負責召集宗教會議，對國家祭祀最高神祇實行監察。最高祭祀領導機構必以祭司長為首，這個祭司長就是先前的基督教羅馬教皇。長期以來，祭祀組織的成員也過問司法工作，享有對法律的各種解釋權。此外，影響較大的是掌占卜的官，其職責爲占卜、打卦，推知吉凶。占卜官也可以由祭祀組織成員兼任。還必須說明：在羅馬祭祀官職中，有些別的職務，如火神祀官、農神祀官、戰神祀官、牧神祀官等。

《聖經》上說，不僅是大衛，就連他的繼任者所羅門和耶羅波安，都能隨便任免祭祀組織成員。與人們讀《舊約》時容易引起的看法相反，世代相傳的職業性祀官，在以色列宗教裡很遲才出現，即使在帝王統治時期也沒有。早先的祭祀這種崇拜職任由信徒自己擔任。多數情況是由帝王或更早理官擔任。

世襲的祀官產生於西來王在西元前六二二年所作的一次改革之後的耶路撒冷。此後，又有一種說法，說摩西的哥哥亞倫是本族祭祀官的老祖。同時還說到，神廟下級人員都是利末族人，而這一族有一位始祖撒督，曾被所羅門任命爲祭司長。後來，無論是高級祀官或神廟中的下級人員，皆由上述兩個族系的後代繼任。

在以色列宗教中，有一大批稱爲先知的神官，他們不是眞正的祀官，因爲不在神廟任職，也不從事崇拜祭祀活動。但是，在《舊約》諸篇中有兩種不同的先知。其中有一種按其工作性質說與祀官並沒有兩樣。這種人是在耶路撒冷神廟中任職的先知。如拿單與迦得就是大衛的御用先知。而成爲大衛和雅赫維之間的橋樑。先知撒母耳也是如此，他似乎成了雅赫維的替身，事實上他的地位還在人間帝王掃羅和大衛之上。曾在以色列歷史和宗教上起過重要作用的卻是另一種先知。他們嚴守清規戒律，卻與神廟沒有聯繫。他們是民間傳教士，還經常揭示宗教及現世中的謬論。他們的言論和預言，在《舊約》的「先知書」《以賽亞書》以及三篇「老先知書」、二十篇「小先知書」中都有記載。須知這些「先知書」有一部分可能是僞造，但不能否認歷史上有過先知的活動並且有活動家這個基本事實。

祀官是統治階層的人，不僅有經濟實力，而且在思想上對信徒施加影響。應當將兩方面的情況結合起來考察，信衆贈送禮物給神廟和祀官，他們的宗教信仰成爲祭祀團體的經濟來源。這些情況對於加強祭祀組織在政治上的作用和影響是大有益處的。

在階級社會之前，宗教人員的職業對其生活方式甚至外表形式都產生深刻影響。巫師、薩滿的行動舉止、穿戴佩飾都有別於一般。在古代宗教中，祀官的打扮與普通人的樣子越來越不一樣。之所以有別，乃是因爲祀官的外部裝束是按宗教規定固定下來的，也就自然地形成神靈所看重的模特兒。人世幾多興衰變化，習俗、規矩、衣冠屢遷，而祀官打扮仍依舊制。在埃及中王國間期，祀官全副古裝，與衆庶超殊。故現代東正教教徒的衣著與西元前最後幾百年間的伊朗馬茲達教祭祀官完全一樣，毫無足怪。

祭祀組織的成員多數有相當的文化素養，這種情況對於說明古代宗教中的祭祀官的社會作用，有重要意義。

古代很多民族的意識形態被祭祀組織壟斷，因為全部精神文明都貫串著宗教神話意識。不論是科學或藝術無不打上它的烙印。這些科學和藝術的創造大多來源於宗教崇拜活動。埃及的尼羅河、亞述、巴比倫的底格里斯河與幼發拉底河，它們的水利工程給人們帶來舟楫之便、灌溉之利，這種巨大工程是在祭祀官的主持和領導下完成的。占星術帶來了天文學的進步，天文學與宗教有關，這不光是因為占星術是祀官的一項工作，而更重要的是這門偽科學具有宗教性質。天文現象是亞述和巴比倫祀官全部工作的一個重要部分。在亞述和巴比倫的七層樓的神廟屋頂上設置了天文臺，時常觀察天體運動狀況。祭祀官的醫療工作雖然是宗教巫術性質的活動，卻造成了醫療事業的進步。他們口誦符咒驅趕病魔，使神靈之力讓病人恢復健康，同時也採用藥物治療和手術治療。

有些國家的文化活動由神廟統一掌管，同別的各個民族一樣，亞述和巴比倫的書記由祀官擔任，他們所記述的文獻，大部分是宗教禮儀制度和宗教神話的內容。文學也是按宗教的需要發展，用於禱祝神靈的頌歌和其他禱祝的陳詞，其宗教特點表現在形式上與一般應用文根本不同。它們在風格上壯麗超逸，敘述上文采斐然，氣勢奔放；抒情上意味深長，感情深厚。對語言的豐富和發展也起了積極作用。當然不是一切民族文學只限於宗教神話之內，埃及就保存了大量反映科學和現實生活內容的寫在蒲紙書上的文學。極為豐富的希臘、羅馬文學，也以反映現實生活內容為主。以色列的文學藝術幾乎全在《聖經》的故事之中，這些故事生動有致，多彩多姿，所以《舊約》成了世界性的文學。由此可見人類的宗教事業與藝術事業總是緊密地聯繫在一起。但又不能因此而證明宗教思想推動藝術創作的發展，藝術創作進步的動力並不在於宗教體驗，也不在於信仰與崇拜。在古代歷史條件下，在宗教意識占統治地位的情況下，動力即是與宗教信仰有關的，或者說是帶有宗教色彩的形式。總的來看，從事科學製造或文學創作而以宗教形式出現，實在有些背道而馳，因爲宗教在好多方面限制了科學與文學的創造。

古代社會由於階級分化，貧富日殊，不同的社會階層，其宗教信仰也有很大不同。統治階級的宗教及其神廟、祭祀團體、神話教義比下層社會的這一套更爲穩固。下層人民不反對上流社會的宗教信仰，而他們有自己的信仰和崇拜。這種信仰和崇拜完全適合於他們的實際狀況和文化水準，更重要的是反映了他們自己的階級利益。這種反映同樣以虛幻形式出現，同任何宗教並無二致。社會下層的宗教因文獻不足，給研究工作帶來困難。舉凡廟宇、神壇、金字塔、陵墓、碑碣，蒲紙書上的經文，一切可以表現宗教信仰之物，皆爲社會上層人物所有。雖然如此，但反映下層宗教的文物資料仍得到有限的保存，可供研究。蘇聯的埃及學專家馬季耶利用碑碣之類文物寫成《埃及窮人的宗教》。從前，在古代底比斯墓地，有許多匠人、書手、雕匠、石工及各種雜役於此勞作，很多石碑就是他們因生活之故而就地建立。碑碣文字對馬氏所謂「埃及窮人宗教」提供了實物證明。試舉例言之，馬季耶認爲，上層宗教，其思想信仰逐漸走向抽象化，其神學思理日益精微複隱，也就日漸脫離群衆，不被衆庶所知。而另一方面，古代的宗教信仰卻得以大發展以至推陳出新。

祈求病癒、健康長壽，這在對神的禱祝詞中是主要內容。不同的社會階層在此一問題上沒有什麼差別，因爲不論其社會地位及財物多寡，同樣會遇上疾病喪亂之苦。底比斯墓地上的碑文就有很多求神治病的祝詞。拿被壓迫階層人們的文物與富貴者的相比，向神控訴的不平之鳴則比比皆是。馬氏從蒲紙書中抄下一段祝詞，其詞曰：「阿蒙神啊！請您憐憫法庭上可憐無告的人，他一無所有，而他的對頭有錢有勢。法官讓他無能爲力：『給對簿文書送錢吧，給衙門差使送衣吧。』只有如此，阿蒙神才爲窮人說話，使他們脫離困境，法庭才替窮人伸張道義，讓窮人獲勝訴。」窮人搞不到錢財衣物去賄賂法官，只好求神明庇佑。神也要祭享，否則也難祈求。窮人獻上自己最好的祭品，一邊禱告表示誠心，這樣神才笑納。……

古羅馬的一些神本來在上流社會無甚地位，衆庶也不表示特別崇敬，可是後來搖身一變而成爲強大尊神，位高名赫，倍受崇拜。若普里阿普即是一例。《羅馬帝國被壓迫階級的道德與宗教》一書中說：「在羅馬詩人眼中，普里阿普是一名可笑的角色。而在下層人看來，他不僅是小園圃的守護神，在他們那裡要比在富貴比鄰那裡更受崇拜，他簡直是一位偉大神靈。羅馬帝王釋放出來的奴隸朱利亞把他稱做強大無比、不可戰勝的神祇。朱利亞向他獻詩，讚美他是世界大神。」普里阿普統治一切神，若丘匹特神乃是性愛的化身，諸神都受此種力量所左右。……土地女神泰勒斯是一位平凡而偉大的神，碑文上稱她爲萬物之母、衆神之神、衆神之母。赫拉克利斯在上層宗教中還算不得完全的神，乃是一位半人半神的英雄。然而他在民間所崇祀的諸神中占有特殊地位。此神頗有平等作風，不恥於繁重粗鄙的勞作，如打掃奧吉亞斯牛棚，幫窮人幹活，敢於打抱不平等等，不勝枚舉。

《舊約》反映出猶太人那裡的上層宗教信仰與人民的信仰有別。《舊約》中的先知慷慨陳詞，反對築壇焚香和參拜偶像，批判以色列背叛雅赫維。這是因爲在耶路撒冷神廟和祭祀機關尚有雅赫維崇拜之外，人民群衆更有許多崇拜。這許多崇拜被祭祀團趕走，信徒亦受迫害。而這些崇拜其中一部分本是相傳已久的全民族的信仰，後來在西元前六二二年被新教派雅赫維排擠，還有一部分則是由於通婚和經濟文化交流從貴族學得來的。民間宗教畢竟沒有官府的闊氣，無廟堂之祭饗，無祀官出場演出宗教劇，也無必要的設備以供演唱之需。崇拜活動在家中或小範圍內舉行，由德高望重的長老主祭，他們也不以供奉爲專職。上層宗教的內容與民間有異，神的組成情況及禮儀形式也不同，至於所持道德標準、宗教感情迥不相侔，反映出壓迫階級與被壓迫階級不同的階級利益。

（譯自ИСТОРИЯ РЕЛИГИЙ ТОМ ПЕРВЫЙ Исдательство《Мысль》Москва・1975）

參考書目

楚辭補注（王逸、洪興祖・中華書局）
楚辭集注（朱熹・中華書局）
楚辭通釋（王夫之・中華書局）
楚辭新注（屈復・青照堂叢書次編本）
楚辭燈（林雲銘・中華書局）
山帶閣注楚辭（蔣驥・中華書局）
屈原賦注（戴震・商務印書館）
楚辭解故（朱季海・中華書局）
楚辭概論（游國恩・商務印書館）

屈原（游國恩・中華書局）
離騷纂義（游國恩・中華書局）
天問纂義（游國恩・中華書局）
楚辭研究論文集（郭沫若等・作家出版社）
屈賦通箋（劉永濟・國立武漢大學講義）
楚辭補注（聞一多全集・北京三聯書店）
離騷解詁（聞一多全集・同前）
楚辭書目五種（姜亮夫・中華書局）
楚辭學論文集（姜亮夫・上海古籍出版社）
楚辭選注及考證（胡念貽・岳麓書社）
楚辭譯注（董楚平・上海古籍出版社）
天問正簡（蘇雪林・廣東出版社）
屈原與九歌（蘇雪林・文津出版社）
屈賦論叢（蘇雪林・中華叢書）
楚騷新詁（蘇雪林・中華叢書）

參考書目

屈賦新探（湯炳正・齊魯書社）

楚辭類稿（湯炳正・巴蜀書社）

周禮（鄭玄注、賈公彥疏・阮刻十三經注疏本）

儀禮（同前）

論語（何晏集解・邢昺疏・同前）

禮記（鄭玄注・孔穎達疏・同前）

孟子（趙岐注・孫奭疏・同前）

春秋左氏傳（杜預集解・孔穎達疏・同前）

國語（韋昭注・上海古籍出版社）

戰國策（高誘注・同前）

越絕書（袁康、吳平輯錄・上海古籍出版社）

世本（茆泮林等輯・商務印書館）

路史（羅泌・四部備要本）

史記（司馬遷・中華書局）

漢書（班固・同前）

後漢書（范曄・同前）
三國志（陳壽・同前）
舊唐書（劉昫等・同前）
新唐書（歐陽修等・同前）
史通（劉知幾・上海古籍出版社）
崔東壁遺書（顧頡剛編訂・上海古籍出版社）
觀堂集林（王國維・中華書局）
古史辨（顧頡剛等・上古籍出版社）
老子注譯及評介（陳鼓應・中華書局）
莊子今注今譯（同前）
穆天子傳（四部叢刊本）
抱朴子（葛洪・四部備要本）
淮南子舊注校理（吳承仕・北京師範大學出版社）
淮南鴻烈集解（劉文典集解・中華書局）
容齋隨筆（洪邁・四部叢刊本）

山海經校注（袁珂校注・上海古籍出版社）
大唐西域記校注（玄奘・季羨林校注・中華書局）
瀛涯勝覽（馬歡・商務印書館）
水經注校（酈道元・王國維校・上海人民出版社）
禹貢錐指（胡渭・皇清經解本）
昭明文選（蕭統、李善注・世界書局）
文心雕龍輯注（劉勰・黃叔琳注・中華書局）
文心雕龍注（劉勰・范文瀾注・開明書店）
古文辭類纂（姚鼐・四部備要本）
通志（鄭樵・同前）
四庫全書總目（紀昀等・中華書局）
中國中古文學史（劉師培・人民文學出版社）
大戴禮記解詁（王聘珍・中華書局）
文化人類學（林惠祥・臺灣商務印書館）
比較宗教學（釋聖嚴・臺灣中華書局）

中國原始社會史（杜耀西等·文物出版社）
藝術與宗教（烏格里諾維奇·王先睿譯·北京三聯書店）
民俗學講演集（費孝通等·書目文獻出版社）
西方美學史（朱光潛·人民文學出版社）
美的歷程（李澤厚·文物出版社）
愛情心理學（弗洛伊德·林克明譯·作家出版社）
情愛論（瓦西列夫·趙永穆等譯·北京三聯書店）
聞一多評傳（劉烜·北京大學出版社）
李長吉歌詩（王琦注·中華書局）
玉谿生詩箋注（馮浩注·四部備要本）
屈原研究論集（姜書閣等·長江文藝出版社）

後記

前言中不便說的話，就放在後記裡說。我有機會讀書並且長期在大學任教，這與祖父的教育有極大關係。幾十年來，我醒裡夢裡最不忘記的是我的祖父。

先祖諱之銘字玉清，是英山縣著名塾師，一生以教書爲業。曾經聽父親說：祖父年輕時專攻四書五經，準備應試，因科場罷考，科舉廢除，只好教書。他先在本縣滿溪坪教書，新任知縣路過此地，聽到一片讀書聲．十分驚異，欣然下馬入塾，向塾師表示敬意說：「到處兵慌馬亂，這裡卻是書聲朗朗，難得難得。」因問道：「《三字經》不知是何人所作？四書不知何時定名？毛詩何以稱經？左氏春秋何以稱傳？」祖父答道：「三字經是宋代王應麟所編，後人所增益。四書乃四子之書，孔子之言，門人記之，是爲論語；曾子作大學；子思作中庸；孟子及門人撰孟子七篇。至朱熹撰四書集注，始立四書之名。六經不言經，三傳不言傳，曰經曰傳，乃漢儒所爲。」知縣回到衙署後說：「讀書不必捨近求遠，近師鄭之銘可也。」一時傳為美談。

家運不幸，頻有哀禍，伯父和三叔在抗戰中接踵犧牲，祖父悲哀至極。我那時正在私塾讀書，親見祖父悲痛之狀，實在難以言表，幾乎是眼中流血，心內成灰。而且他的巨痛一觸即發，一日講到「顏淵死，子曰：噫，天喪予！天喪予！」眼淚涔涔下落，不能再往下講了，我於是悄然地把書移過來自己輕輕地讀。又一次，他講《石壕吏》，講到「存者且偷生，死者長已矣！」三復其文，慨嘆不止。沈憂傷人，祖父病倒了，嘔血，半身不遂，仍強起誨我，我愈加發憤。我長於理解，善於背誦，一背就是半日，腳酸了，祖父讓我坐著背，我的嗜學，給祖父帶來一些欣慰。我四歲入塾受書，吃飯穿衣一依祖父料理。先讀三字一句的三字經、弟子規，次讀四字一句的小學韻語，再讀五字一句的鑑略，然後讀四書和經書，同時兼讀唐詩、司空圖詩品、笠翁對語、古文辭類纂，學習做淺近文言文。我九歲時，祖父因腦溢血遽然長逝。我懷著巨大的悲痛送祖父的靈柩上山後，頓覺一片空虛和孤獨無依。此後，我放過牛，砍過柴，「耕牧於河山之陽」，讀讀停停，掙扎了兩三年，又開始了新的征程。

我在貧病交加中讀完本縣初中，考入黃岡高中，自己擔著行李步行二百八十里到黃州讀書，曾因經濟上的困難而屢屢受窘。後來到武漢師範學院（湖北大學前身）讀書，吃飯不要錢，這才解決了最大的難題。西元一九六二年七月，我畢業了，學習成績全優，為本屆畢業生之冠，留在中文系古典文學教研室任教。我一則以喜，一則以懼，因為在「政治掛帥」的年月，學業是不足恃的。文化大革命剛開始，我被揪出來示衆，因爲癡心於專業，早已受到別人的嫉恨。第二年夏天，我回故鄉拜謁祖父的丘墓，寫下數行詩：

大父黃泉裡，深居二十年。
一坏留故域，幾樹挺中天。
幽谷鳴寒澗，空山泣杜鵑。
無言傷往事，雙淚落墳前。

天道周星，物極必反，整人的人不久也遇上厄運。在那十日九風雨的年代，看慣了窮達昇沈，於是出門東望，避地黃石。西元一九七四年春天到湖北師範學院任教，主講先秦兩漢魏晉南北朝文學，雖然個人興趣廣泛，但於《楚辭》和《文心雕龍》用力尤勤。我學祖父的腔調誦《詩經》、唱《楚辭》，在課堂好幾回唱出了眼淚。「狂風吹我心，西掛咸陽樹。」我想調回武漢，本校卻不肯放行。西元一九八五年，我受聘到華中理工大學中文系任教，又回到白雲黃鶴的故鄉，適逢黃鶴樓重建告竣，登樓覽勝，發憤以抒情，寫下數行詩：

黃鶴乘風上九霄，白雲青岫暗魂銷。

禰衡賦後殊惆悵，崔顥詩成久寂寥。
樓閣新昇通紫闕，龜蛇夙好托長橋。
重聞妙曲來江上，一笛梅花醉晚潮。

有了安定的環境，我又不忘所好，試圖在屈原與楚辭研究上作新的思考。半個世紀以前，就有人說屈原可能是優伶、巫者、嬖臣，但並未展開論證，故無甚影響。大膽假設爲易，小心求證爲難，系統而詳盡地證明屈原爲楚之巫官，是從拙作《巫官屈原論》開始的，此文發表在《江漢論壇》西元一九八九年第七期上，從而引起了近年來屈原研究上的「巫官熱」。爲了將這種研究引向深入，又在《中州學刊》等刊物上發表了《巫詩天問論》、《神曲九歌論》、《奇人屈原》、《巫官屈原補證》、《鯀功考》等文章多篇。中國屈原學會會長湯炳正教授賜函說：「知閣下乃好學深思，頗具才華之士」，「望能在搜羅論據上多下功夫，以成一家之言。」於是又增加內容，補充證據，彙成一集，名曰《楚辭探奇》。《文心雕龍辨騷臆說》，《騷賦不同論》，《咽咽學楚》吟等文章，都是十餘年前在《四川大學學報》、《北方論叢》、《武漢師範學院學報》上發表過的，雖然與「巫官說」關係不大，但與楚辭研究有關，故不能割棄。《論宗教》一文是十五年前在我的外文老師周明琛教授指導下譯出的片斷文章，在此向恩師表示感謝！臺灣蘇雪林教授惠賜大著《天問正簡》、《屈原與九歌》以及《燈前詩草》，使我很受益，在此向蘇老表示感謝！湯炳正教授爲本書扉頁題簽，在此向湯老表示感謝！我的好友潘英俊先生受我的委託介紹拙著在萬卷樓出版發行，竭誠盡力，令我感佩！謹此深致謝忱！

一九九三年十月二十五日

國立中央圖書館出版品預行編目資料

楚辭探奇／鄭在瀛著. --初版. --臺北市：
萬卷樓發行；三民總經銷，民83
面；　公分. --(文學類叢書；21)
ISBN 957-739-125-7(平裝)

1. 楚辭-評論

832.18　　83011718

楚辭探奇

著　　者：鄭在瀛
發 行 人：葉曉珍
總 編 輯：許錟輝
責任編輯：李冀燕
發 行 所：萬卷樓圖書有限公司
台北市和平東路一段67號14樓之1
電話(02)3216565・3952992
FAX(02)3944113
劃撥帳號15624015
總 經 銷：三民書局股份有限公司
台北市復興北路386號
訂書專線(02)5006600（代表號）
FAX(02)5164000・5084000
承印廠商：晟齊實業有限公司
定　　價：340元
出版日期：民國84年 4月初版
出版登記證：新聞局局版臺業字第伍陸伍伍號

ISBN 957-739-125-7